风中的芦苇花

FENGZHONG DE LUWEIHUA

王黎黎/著

时代出版转媒股份有限公司
安徽文艺出版社

图书在版编目（ＣＩＰ）数据

风中的芦苇花/王黎黎著. 一合肥：安徽文艺出版社，2017.5
（2023.4 重印）
ISBN 978-7-5396-6005-9

Ⅰ. ①风… Ⅱ. ①王… Ⅲ. ①散文集－中国－当代②
杂文集－中国－当代③短篇小说－小说集－中国－当代
Ⅳ. ①I217.2

中国版本图书馆 CIP 数据核字(2017)第 008617 号

出 版 人：姚　巍
责任编辑：周　丽　　　　　　装帧设计：石　英

出版发行：安徽文艺出版社　　www.awpub.com
地　　址：合肥市翡翠路 1118 号　　邮政编码：230071
营 销 部：(0551)63533889
印　　制：山东百润本色印刷有限公司　　(0635)3962683

开本：880×1230　1/32　印张：10.75　字数：280 千字
版次：2017 年 5 月第 1 版
印次：2023 年 4 月第 2 次印刷
定价：59.80 元

写在前面

黎黎准备将她在报刊和网络上发表的文字编辑出书,我很高兴。邀请我写篇序言,我却不敢贸然答应。

我做了将近40年编辑,在浙江10来种人文杂志上辛勤耕耘,种瓜点豆,栽草莳花,园丁自任,忙活得晨昏不辨。每天要审读处理许许多多文稿,耳闻目睹普世间真真假假的杂事,见识文坛上下形形色色的人,付出很多,收获也不少——磨炼了辨文阅世察人的眼光,积累了若干有用的知识,结交了一些值得交往甚至是肝胆相照的朋友。

拒绝的原因有二。一是我名望资历不够。既非高官也不是名流,连做个摆设用的花瓶都不够斤两。况且,此类沾名趋利的事,我一般是不屑去扎闹猛的。二是黎黎的散文。雍容不饰,典雅不雕,自然清新,委婉有致,写得比我这个编辑老师好。我怎好意思厚颜觍脸,上前涂脂抹粉,说三道四呢?当然,推脱了写序,信手写几句我们相识相知的前因后果,是理所应当的。

我与黎黎素昧平生,结交纯属偶然。那是2012年,我被一位熟识但多年没有交往的领导相中,以退休资深编辑的身份,受聘于《浙江侨声报》,成为负有终审职责的副总编辑,要不是有这个小小的平台,我与黎黎,这两颗运转在各自轨迹里的星星,是不可能相逢相识相知的。

上任后,最先走进我视野的是临海市外侨办的副主任张辉。她在界内浸淫多年,懂侨情侨务,喜欢写作,文笔流畅,是《浙江侨声报》的老作者。我还因她"梅子"的昵称,记起一段刻骨铭心的往事,从而成为推心置腹无话不谈的好朋友。在刊用了她数篇文稿后,她非常热心地向我推荐了好几位她们"祖母绿"论坛里的文友。其中位居其首的便是昵称"艳阳"的网友王黎黎。

我离开文学刊物编辑岗位已有数年,对风起云涌的当今文坛知之不多。读了几篇艳阳发表在网络论坛上的散文,非常震撼,颇有触电般的惊异感:这么优美的文章居然出自一个名不见经传的女作者之手,她没有文科高等名校的学历,没有任何文学活动获奖的桂冠,甚至没有在正儿八经的名刊上发表过作品,充其量不过是个有才华的文学发烧友而已。

我在惊诧之余,忽然想起一件往事。记得自己当年报考大学时,一位资深文科教师悄悄对我说:如果你真喜欢文学,我劝你不要报考中文系,或许还能成为作家。我惊奇地问为什么?他说你看作家当中有几个是中文系毕业的学生?读了中文系,脑子里多了一些条条框框的限制,反而泯灭了创作的天性。

如今想想当年老师这话是对的,中文系不是作家的摇篮。我一生交往的作家不算少,知道真正从高校文科浸泡打磨出来的作家并不多;中文系毕业擅长写文牍材料、批评表扬文章的不少,在文坛上享有盛誉的实属凤毛麟角。

话扯远了,言归正传。喜爱写作码字爬格子,立志当作家,首先得对文学有一股炽热博大而执着的痴爱,爱读书,爱文学,爱观察,爱思索,爱琢磨,爱模仿,爱奇思异想,善于拿笔把自己的瞬间感悟写出来,捕捉一闪而过的灵感。其次必须有敏锐的思想和观察分析能力,以及丰厚的社会生活积累。还有一条非常重要,那便是文学的天资天分一定要好,要有特异的灵气和悟性。没有这天赋的独特灵犀和博大的文学艺术涵养,仅仅像愚公那样每天挖山不止,努力挥毫,乃至染黑一池清泉,废笔堆积成山,鼠标点坏几篓,基本上是没有用的。而黎黎,就是那个具有文学天赋的人,她

的灵气和悟性像山间的潺潺溪流,叮咚作响地一路流淌在她的文字中

黎黎早年有没有做过作家梦,我不知晓。但从她的随笔中不难发现,她爱好写作纯粹是出于喜欢,喜欢阅读,喜欢读一切知名的不知名的作家的书,喜欢李清照、李煜、李白、杜甫的诗词,喜欢张爱玲、苏青、萧红、朱自清文字的深邃,也喜欢三毛、安妮宝贝、池莉和芳芳文字的清新雅致。

对于书,她痴迷到废寝忘食、神魂颠倒。以至"一书在手,百事皆忘"。她饕餮文学,喜欢写作,追求文辞生动,简洁优美,曲折有致,别有意蕴,终于在初中时期崭露头角,她的作文常常被老师当作范文到其他班级朗读,全校十篇优秀作文选,其中她占据了两篇。

黎黎的文笔清丽委婉、雍容优雅,一如山涧清泉,充满对故乡对亲友对生活浓烈的挚爱,流淌的几乎全部是正能量。她的写作题材,有相当大一部分是描绘歌咏故乡的。在她的笔下,故乡安徽宁国那个小县城的山山水水是那么美好,天是那么的蓝,水是那么的绿,云是那么的白,花是那么的红,简直是陶渊明笔下的桃花源。如若不信,你不妨看看书中的《五月·在水之湄》《又见油菜花》《雨中探春》《采采卷耳》《紫薇花开》《桂树开花的日子》《秋语》《风中的芦苇花》,每篇都深情款款,如画如诗,色香醉人。我曾经被她描写的河滩上的芦苇花深深打动,在杭州西溪湿地的一个芦苇荡前,发了半天呆,东施效颦似地使劲酝酿情绪,却对这普通植物始终找不到半点诗意的感觉。

黎黎散文还有一个显著特点,是特别关注她身边人和事,关注他们的生存状态和喜怒哀乐的人生际遇。《春湄》《黑丫头》《帅哥老爸的潇洒人生》《房客众生相》《时妈》《晴》《西津河畔》等作品里

有她的父亲母亲、弟弟妹妹、奶奶外婆、老师同学、闺蜜玩伴,饱蘸满腔深情,从容写来。一个个都脉络清晰,个性鲜明,有血有肉,有声有色。最让我击节赞叹的是那篇《奶妈》,回忆幼年在奶妈身边生活的一桩桩一件件往事,丝丝缕缕、点点滴滴、扣人心弦、打动人心,直看得人泪眼婆娑,欲罢不能。奶妈那超乎寻常的淳朴善良,不是亲生胜似亲生的无私母爱,一一跃然纸上,描述非常细腻。作者对奶妈的挚爱、依恋和思念,异于常人,也让人肃然动容,感佩之心久久难已。

我与黎黎失联两年多,在浏览她书稿目录时,惊喜地发现又增添了好多书目篇章:《旗袍情结》《隔世花——开在断崖处》《逛书店》《想你的时候》《雨中邂逅》《青花瓷》等等,这些作品,以清丽之笔出之,写芳春景物情事,风致嫣然,奇秀清逸。不难想见,她这两年没有一刻放松手中的笔,正是由于她的勤勉耕耘,才有了这本笔底灵秀、满纸烟霞的大作问世。

胡嘉廷

2016.8.7

目 录

序 / 001

心情走笔

风中的芦苇花 / 003

秋语 / 005

合欢花，女人花 / 007

雾海 / 009

时光日记 / 010

雨中探春 / 012

一袭幽香茉莉开 / 014

岁月不老 / 016

早春二月 / 018

五月·在水之湄 / 020

采采卷耳 / 022

旗袍情结 / 024

又见油菜花 / 027

青楼女子·夹竹桃 / 030

紫薇花开 / 032

桂树开花的日子 / 034

初绽的花朵——写给朵朵 / 036

一个人的清欢 / 038

南瓜头 / 040

心思与心事 / 042

写字 / 044

仓央嘉措——我只能在书中凝望他的背影 / 046

安 / 049

把苦难揉进岁月，给生活一个微笑 / 051

微创 / 053

君若安好，便是晴天 / 055

祛痣 / 057

亲爱的，让我抚摸你的容颜 / 059

冬天里的树 / 061

人在别处

相看两不厌 / 065

紫阳街一瞥 / 066

磨合跑塔川 / 069

青春驻足的那片土地 / 072

临海奇葩——记五星级华侨大酒店 / 075

春日伤寒——锁眉之旅 / 078

那年我十六 / 080

老街小溪口 / 082

走进丽江 / 085

浪荡坞 / 087

岁月陈酿

西津河畔 / 091

梦比现实温柔 / 093

晴 / 095

野孩子 / 097

青青草地 / 099

时妈 / 101

女儿的新车 / 104

老屋里的房客——小脚伊奶奶 / 106

帅哥老爸的潇洒人生 / 108

奶妈 / 112

怀念外婆 / 117

心魔 / 120

房客众生相 / 123

老师,长大了我一定娶你 / 132

春湄 / 136

黑丫头 / 141

想你的时候 / 146

弟弟 / 150

内心里的童年 / 153

秀 / 156

小狗阿欢 / 159

二哥 / 162

杂谈空间

香水与女人 / 169

端午节,端午粽 / 172

栀子树,栀子花 / 174

婴儿般睡眠 / 176

你说过,你是我的影子 / 179

因字生情 / 181

夜谈 / 184

雨天邂逅 / 185

平平淡淡又一天 / 187

路遇 / 190

春天里的行走 / 192

溜走的时光 / 195

逛书店 / 197

临潼石榴 / 200

风衣——舞动在秋天 / 202

爱上风油精 / 205

永远的凡·高 / 208

喜欢青花瓷 / 211

能为你挡子弹的男人——我看《敢死队》/ 215

浅谈汪曾祺 / 219

再看《我的父亲母亲》/ 221

猪啊,猪! / 223

梦里故事知多少 / 225

假日乌托邦 / 228

教子有方 / 230

太子弘之死 / 232

与文字纠缠 / 234

我是巨蟹座 / 237

打的 / 239

重读"今生今世" / 241

闲话下午茶 / 245

读诗 / 247

说梦 / 250

此猫彼猫 / 252

小说天地

巴哥妞妞的幸福生活 / 257

隔世花——开在断崖处 / 275

相思渺无畔——著名画家丁绍光的爱情故事 / 306

秃宝命交桃花 / 322

行走在春天深处——黎黎文学作品赏读 / 326

心情走笔

阳光和风的魅力,让芦苇丛霎时间流光溢彩,光华四射。那杆杆芦花像芦丛中树起的翩翩旗帜,在原始的荒芜中飘扬,招摇。它们有如白色的精灵在苇尖上跳跃,翻飞,欢快地前俯后仰……

风中的芦苇花

深秋是芦花摇曳的季节。

深秋是令我心驰神往的季节。

我无法说清我何以如此挚爱风中的芦苇花。

古往今来,文人墨客们都爱赞美松、竹、梅,都喜欢鲜花、芳草,而钟情芦苇的却极少。其实,这平凡朴实的芦苇也是极具魅力的。

芦苇于我有着不可抗拒的诱惑。

小时候,家乡的小镇有一条小河,小河的水终年不息地蜿蜒流淌着,一路欢歌向东奔流。

家乡的河滩上总是长满了一撮撮、一丛丛的芦苇,它们集群而生,聚众而长,只要有水的地方就有一簇簇、一片片的芦苇繁茂蓬勃地生长。

盛夏季节,每根芦苇从杆到叶都是鲜绿的,绿得发亮,嫩得每片叶子都要滴出水来。风吹处,那丛丛芦苇随风舞动着,涌起阵阵绿色的涟漪。

每到黄昏,大人们来到河里洗衣服、刷碗,河滩上的芦苇丛就成了孩子们的乐园,小时候的我们在芦苇丛里捉迷藏,在芦苇丛里嬉戏打闹,芦苇营造的温馨神秘境界真是世界上最美最美的。我们躲在芦苇丛里,仿佛躲在母亲温暖的怀抱里,安全又安心。

轻风抚弄着衣裙仿佛是一种温柔的牵携。侧耳细听,仿佛听得到生命拔节的絮语,大自然成长的声音从芦苇丛中轻盈地传出,被风吹撒在我们儿时的记忆里,荡漾在童年的欢笑中。

秋天,芦苇的叶子由夏季的葱绿变成金黄,远远望去,宁静深远。风儿亲吻着芦苇洁白的花絮,摇曳出万千风情。阳光从天空

直直地照射下来,给它们镀上了一抹亮丽的色彩,阳光和风的魅力,让芦苇丛霎时间流光溢彩,光华四射。那杆杆芦花像芦丛中树起的翩翩旗帜,在原始的荒芜中飘扬,招摇。它们有如白色的精灵在苇尖上跳跃,翻飞,欢快地前俯后仰……童年的我,和小伙伴们踮起脚把芦花拔下,高举着一路奔跑,高兴地又跳又叫,一串串欢快的笑声像一串串银铃摇响在深秋的河滩上。

到了冬天,芦苇被砍光,人们可用它编织席子和日常生活中的各种用具,芦花可编织草鞋、床垫。

来年春季,几场春雨,几声春雷,芦苇便从地下探出小脑袋,"蒌蒿满地芦芽短,正是河豚欲上时"。此时的芦苇充满了快乐的笑声,用不了几天,就变成一株株青翠挺拔的小芦苇了。空旷荒芜的河滩上瞬间被生命的绿色填满,河水像镜子一般清澈。春意渐浓,我们就可以像往年一样,在芦苇遍地的河滩上挖野菜,在茂密的芦苇丛里找野雀蛋,在芦苇的世界里玩耍。

而芦苇却始终苍苍翠翠地挤在一起,摇曳着赏心悦目的绿,发出沙沙的低吟,欢快地接纳着我们的到来。

芦苇不是树,却有着树的坚强和厚实!

芦苇不是竹,却有着竹的清新和秀美!

芦花并不艳,却有着质朴诱人的魅力!

风中的芦苇花是我童年记忆里最美最美的花,它已深入我的梦中、深入我的骨髓、深入我的灵魂,与我的生命同在。

秋　语

秋日,阳光灿烂,碧空高远,淡淡的浮云,和煦的微风,绚烂的树叶,澄澈的河流……都呈现出无限的韵致。

每年此时,秋,总在不经意间拨动了我的心弦,一瓣残红,一阵细雨,一片落叶,都能聚成我心中温暖的潮水……每每此时,我都要奢侈地浪费一些好时光,把一些将散未散的情怀细细梳理,打磨成温润的暖玉。

望着窗外静静的秋色,泡一杯上好的花茶,看袅袅升腾的水汽,感受着一个人的心情,不争世俗,不染纷扰,多好!

这样的时候最好不看书,远离网络,闲适地翻一本旧相册,或是看几页泛黄的日记,那种温柔的惆怅、恬静的美好便慢慢聚到眼前……

那年我几岁?穿一件碎花夹袄,牵着外婆温暖的手,欢快地走在去奶妈家的小道上。秋色熏染后的满山遍野明媚通透,风儿打着旋儿将绛红的枫叶吹到我头上,像戴了只漂亮的发夹。

在外婆身边的日子,岁月静好,温馨祥和。秋日的午后我总爱睡觉,记得那时的我最爱做梦,傻傻地、痴痴地做着一个个斑斓多彩的梦,不去管它们是否成真,沉浸其中已是最大满足。许是因了秋日的阳光,我的梦境总是温煦的,如今忆起,还有无尽的暖意。

那是哪一个秋季?在茫茫人海中,一个偶然的邂逅,成就了我美好的初恋,让我的人生从此变得丰盈饱满。

秋天,在我眼里是那般辉煌、那般灿烂,我的人生像初开的花蕾,在它的怀抱里一次次美丽绽放,秋天,注定是我今生的祥瑞。

生日在秋天,属猴的秋季长满果实,相命的说我"手捧仙桃,自

在逍遥"。

出嫁在秋天,金色的秋季让我一生一世有了依傍,给了我一个温馨美满的家。

孕育在秋天,满含着羞涩的喜悦,期盼着来年的好运。

不知不觉,今年的秋天又如期而至,温暖的阳光从窗棂照射进来,满院的秋景尽收眼底:玉兰花正吐芬芳,一叶兰青翠欲滴,扁豆藤缠绕着红枫和蔷薇,自有一番百转千回、绕指柔肠之美。而邻家的四季桂,花开正浓,伞形的树冠延伸到墙内,整个庭院便时时掩映在桂香中了。

已经很久了,我沉浸在日复一日的琐碎中,忙碌着、抱怨着、欣喜着、料理着。今天延续昨天,明天重复今天,虽无惊喜,亦无忧患,但内心偶尔也会泛出一丝惆怅,却无法捕捉个中缘由。

当秋日的阳光洒在身上,心中涌起莫名感动时,我才惊觉——秋天来了,我钟爱的秋天回来了。

于是,那些有关秋的记忆,像风中蹁跹的叶,片片飞了回来。

合欢花，女人花

合欢花，美得让人心醉，伞状的花，像一把小扇，静静地开放着。

喜欢这种花，树冠丰满，花开满枝，族群大得遮天蔽日，远看不明媚，近看却有动人心魄的美丽。

第一眼见到它，是在公园小径，几朵柔柔的小花躺在路中央，白里透红，纤纤弱弱。想拾起它，又恐它的娇弱承载不起手的抚摸。于是，用手机拍下它的芳容，发到网上索名。

在众多的答案中，我确认了合欢花一说。此花像一把粉红的折扇，棱角分明的扇骨，纷纷散散地交错在叶柄之上，一缕缕的粉色丝绸从扇骨中滑落，合起扇骨，每一条丝绸都柔软顺服地偎在扇骨之上，或者弱不禁风地向下坠去。真正是美到极致。

由喜欢而关注，很快，我便发现小区里也有它的身影，公园里也随处可见：羽状复叶的花，小叶对生，夜间成对相合，那意蕴像极了曾经喜欢的香水百合。羽络绣着罗裳，粉抹色的，是一种淡淡的冰腮雾状。婷婷的碧伞，悄染着绯云。

合欢花的花瓣丝丝缕缕，呈半圆形，又似一把巧夺天工的小伞。伞柄以上为白色，顶端为红色，那白，白得纯粹，那红，红得嫣然。美得羞羞答答，有犹抱琵琶半遮面之媚。

此花在古代的寓意是：转瞬即逝的快乐。花语充满了忧伤，抑郁。"不见合欢花，空倚相思树。总是别时情，那得分明语。"满满的离情别绪。而现在合欢花的花语是：象征永远恩爱。是夫妻好合的意思。顾名思义：合欢者，团圆也，怎可言分离呢？

这让我想起梅花，旧时文人多以梅花形容苦命之人，用以比喻

一生清高群芳嫉妒,到头来寂寞无助清冷自怜。记得陆游有一首咏梅词:"驿外断桥边,寂寞开无主。已是黄昏独自愁,更着风和雨。……"诗人笔下的梅花孤芳自赏,让人怜惜,感叹它的生不逢时。而毛泽东却赋予了梅花新的含义:"俏也不争春,只把春来报。待到山花烂漫时,她在丛中笑。"

这首诗词,让孤苦伶仃的梅花顿时焕发笑颜,一展芳华。充满了生命的乐观主义精神。

花无语,所有的花语都是人寄予的,时代的变迁,花们也因了人的喜好而改变了自己的命运,一扫昔日的郁郁寡欢而变得喜气洋洋。

我想,合欢花的一生,如果用女人来比喻,是不是有点牵强?或许,它们真的每朵都蕴藏着瑰丽美好的心思,叙述着春夏秋冬的故事呢。你看,当它初绽的时候,是不是有点少女情怀? 曼妙中含着羞涩。有艳气逼人的妖娆。随着花儿的开放,它的艳丽被削弱。时间磨灭了它的张扬和锐气,使之变得淡雅宜人。当它即将枯萎时,颜色由原来的嫣红变成了淡紫色,演变成为沉静和蔼的老妇。

岁月流逝青春不再,它的色彩开始变得暗淡。然而,在它凋零之际,当人们经过它的身旁,却能嗅出时间沉淀出的花香,有沉醉的甜蜜,也有淡淡的苦涩,似一杯陈酿的老酒,有了一种难以言说的韵味。

合欢花。由曼妙的少女,到妖娆的少妇,再到雅致的中年,继而是沉寂的晚年。这是每一位女子都要经历的事情,但是其中的变化却是各自不同的,蕴含着捉摸不透的神秘。

雾海

清晨,推开窗子,外面混沌一片,天上人间浑然一体,一阵蒙蒙的湿气夹杂着酷似尘埃的气息扑面而来,下雾了。

走向阳台,目击之处,除去雾还是雾,简直是雾的海洋,淹没了所有的景物,什么也看不见。

这样遮天蔽日的大雾,实谓可遇不可求,只知道大雾蒙蒙这个词,只有用"磅礴"和"滔滔"才能与此刻的雾相匹配。

突然就有了想徜徉雾海的冲动,于是,换上运动鞋,乘电梯下楼,一出门,立即被大雾席卷……

四周蒸腾的雾气沉浮漂移,眼前全是雾,浓郁的、飘逸的。只听到身边有零星的脚步却看不见人影。有种蓦然间被尘世抛弃的感觉,心里竟有一丝葬身雾海的大义凛然。

我目不转睛地盯住脚尖前面的一席之地,唯恐不小心撞上其他生物。忐忑地小心翼翼地走出了小区大门,来到大路旁。

透过层层迷雾,我终于看见了星点闪烁的红色指示灯,还有慢如蜗牛的车辆,车灯在雾里失去了耀眼的光芒,晕染成朦胧的光团,鸣笛声被大雾过滤后,也变得轻柔了很多。

能见度由一米渐渐扩展到两米,人声、车声,掀起了少许噪音,我像个被从雾海里打捞起来的幸存者,再次回到了尘世。孤独感顿消。

横穿了两条马路,闯了一次红灯,绕公园走了半个圆,终于迎来了属于今天的第一缕阳光。

我孩子般地雀跃着,欣喜地回头看看,雾,已然消散成稀薄的乳白,此时的雾,是冬天里最常见的薄雾。

心情走笔

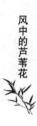

时光日记

日记,于我而言,它们属于时间深处,写在曾经的烟尘和光影里,写在沉默和回声里,就像一面镜子,映照人对春日、花鸟迁就。检点着自己的点点滴滴,或对或错,它们的存在,亦是为了对时光的纪念。

其实,写日记是个习惯,每天睡前,打开暖色的笔记本,写上年月日,星期,天气。然后看见笔与笔的影子在一片粉黄温馨的纸页上耕犁。它不疾不徐,有条不紊。像在数今天留下的脚印,又像是与一截生命道别。

日复一日,就这样静静地记着,生活中不敢骂的人,不敢想的事,不能让人窥视的秘密,可以尽情地在日记中得到宣泄。

记思想的日记像闪耀着星光的夜空,深邃睿智;记人情的日记又像叮咚的小溪,飞溅出激越的水花;记心思的日记却像一幅水墨丹青,处处点染着化不开的诗意。

时光如白驹过隙,唯有日记能留住飞逝的光阴,就像从每天的日子里摘一束花,插在当下;又似用笔从日子里钓出一尾尾文字符号的鱼,做成书签,夹在日子里。

一本日记,像一块块播种了密密麻麻文字的土地,收获着心情,收获着感想,收获着经验和智慧。

当你闲暇无事,沏一杯香茗,丝丝缭绕,翻阅着一本本日记,细细品读,那些过往的岁月便轻轻地回到你身边,满含深情,与你温柔相向。

如果你无意信手翻翻那些哗哗作响的纸张,有如溯风吹响了一树树的叶片,那些过去了的时光,又飞了回来,像雪花、像翅膀,纷飞着、蹁跹着、舞动着,飞满生命的整个天空。

很多年了,我已习惯了写日记,每天晚上在日记上画上最后一个句号,心里才算踏实。就像把今天的日子郑重地送出门,与时光道一声珍重。

雨中探春

早春二月,冬的脚步裹在斜斜的冷雨里,缠绵着迟迟不肯离去,为躲避这份冷,连日来我一直不想出门。

今日早起,站在窗前望着窗外的雨,这雨没有停歇的迹象,还是一个劲地淅淅沥沥下个不停。风不大,雨中院里的望春树看起来很美,像一幅画,静立着,畅快地接纳着雨丝。树枝向周边伸展着,毛茸茸的嫩黄的幼芽已开始含苞,没有树叶,只有枝干和开始萌发的苞。它与相隔一米之遥郁郁葱葱的桂花树相互映衬着,给雨中的庭院带来了无限的生机……我突发奇想:雨天也是春呀,我何不打伞出去信步走走?

沿着水阳江的上游西津河一直往前行,一路上,柔柔的小草轻拂着我的裤管,叶尖上的滴滴雨花有如明亮的露珠而坠坠不肯滑落,春的气息是那么真实地贴近肌肤,我小心翼翼地移动脚步,生怕惊醒了小草们的梦。也许是雨中漫步太泥泞,一再注意还是印下了一条清新的痕迹,像春天不经意地抹过一笔淡淡的油彩。

站在河堤,放眼远眺:昔日静静流淌的河水被春雨连日的泼洒已涨成满满的一河春潮,浩浩荡荡地向东流去,堤边的垂柳也在雨中显得更加婷婷袅袅,婀娜多姿,真是:"碧玉妆成一树高,万条垂下绿丝绦。不知细叶谁裁出,二月春风似剪刀。"岂不知二月的风、二月的雨都是装点春天的使节呀。

这时,一阵清香扑鼻而来,原来,滨河路边绿化带里的红梅、山茶花正在争芳斗艳呢,走近细看:那一树树红梅开得热烈奔放,像漫天的红霞落满枝头。而那丰满艳丽的山茶花更是艳得逼人,被油光水滑的绿叶映衬得姹紫嫣红,唯有一棵茶树还没开始怒放,刚刚从绿苞中探出红晕,像睡梦中的一抹笑意,看了让人心醉。

再往前走就是翠竹公园了,那里是西津河的中游,两岸有大片大片的竹林,一丛丛、一撮撮、一根根,像倒插的凤尾。它们修长、挺拔而又窈窕俊秀,在风中妖娆地摇曳着,细雨打破了原有的宁静,发出了沙沙的响声。而林中的竹笋正在细雨中破土而出,我仿佛听到了它们拔节的喧响,欢快地生长。

一路走来,竹林深处曲径通幽,要在天晴,竹梢倒映在清澈的河水里,微风拂过,竹叶在水里微微颤动着,犹如一张张细长的小嘴在呢喃细语。而今天,雨中的新竹像一团淡淡的绿,在竹海深处萦绕着,却另有一番别致的风韵。

这时,雨已渐小,斜撑着雨伞,只见头顶上的天空比来时要敞亮多了,春雨像蛛丝一样轻,麦芒一样尖,线一样长,像筛过一样密密地向大地飞洒着……

回家的路上,偶尔经过人家低矮的院墙,看见墙内那满树满枝的粉红色樱花不甘寂寞地把头探出墙外,似在向人们低语:春来了! 春来了!

不知何故,此刻,我的心中生出丝丝暖意:春天真的来了,她是不会因下雨而放慢脚步的。看吧,明天一定是个明媚的春日,有着温暖明亮的阳光,轻轻吟唱的和风,婉转清脆的鸟语,馥郁醉人的花香。明天我家庭院里的望春花也会在灿烂的春光里绽放出淡紫色的花朵,露出羞涩的笑靥……

雨中,春正旋转着舞步蹁跹而来。

一袭幽香茉莉开

深夜,一袭幽香扑鼻而来,浸入心田,润入肺腑。蒙眬中醒来,被这丝丝缕缕的香气萦绕得睡意全无,心想:一定是庭院里的茉莉花开了。

次日早起,我便迫不及待地打开门,一看,果然是茉莉花开放了。那翡翠般的碧叶,衬托着那些珠圆玉润的皎洁花朵,玲珑剔透,优雅绝伦。它们清香淡雅,婉约秀丽。不以艳态迷人而以芬芳取胜,不加修饰却楚楚动人。

古往今来,喜爱茉莉花的文人雅士举不胜举。"露华洗出通身白,沈水熏出换骨香。""荔枝乡里玲珑雪,来助长安一夏凉。"

这些诗都道出了茉莉娟秀清丽的美感和花香四溢的情怀,细腻传神,令人叹服。

清代诗人江奎还授予了茉莉花"人间第一香"的美誉:"虽无惊态惊群目,幸有清香压九州。他年我若修花史,列作人间第一香。"

茉莉花开放于 6 月—10 月,几乎横贯了初夏与深秋。在如此长的花期中,它们花开花落从容淡定,不张扬、不炫耀、不争奇斗艳,只是静静地以自己的呼吸芬芳着这个世界。

上学读书那会儿,我喜欢把茉莉花摘下来当书签,夹在书页中,日子久了,花虽枯了书却香了。最爱听的歌曲也是《茉莉花》,那婉转清甜的歌像一股清泉缓缓流入心田,让人对它涌出千般情思,万般爱恋。

茉莉花不仅香气纯正优雅,芳馥宜人,还具有很高的经济价值。它的花不仅可欣赏,还可以熏制茉莉茶,提取香精,《本草纲目》中也早有记载:它的叶能镇痛,花清热解表,根能够起麻醉的功效。

凝视着那些小小的白色花冠,在葱绿的枝条上粒粒饱满,而那重重展开的花瓣,犹如繁星落满枝头又似雪花洒落其间。让人从心底涌出一份悸动:你会惊叹那星星般的花容,在许多时候它们是被忽略的,可它们依然执着地芬芳着,用自己的生命来证明存在的价值。来去匆匆却无怨无悔。

一直以来,在所有的花卉中,我最钟情的莫过于茉莉。在开花的季节,我能看到能嗅到,心中的愉悦自不必说。即使在冬天、在春季,只要想它,也能在茶的世界里找到它。

闲暇时,坐在靠窗的书桌旁,取一只素净的兰花玻璃杯,撮一小捧茉莉茶,烧一壶沸水冲泡。在清香氤氲中看它在杯中自由舒展。固体的花在水的滋润下复活,它们像天女散花般纷纷飘落、开放、沉浮。这种复活虽然平凡却有动人的细节魅力。那些美丽的花儿在千遍万遍的枯萎中体会那份复活后的神圣。看着它们娇美如新的容颜在茶的呵护下晶莹饱满,清香四溢,我感动得几乎想流泪。

年复一年,花开花谢,家里总也断不了茉莉花的香味,花开如此,花茶如此,香精如此,香水亦如此。此生此世与茉莉是结下不解之缘了。如若要把这些事记录下来,也只能算凡尘里的一粒微尘。保留淡淡的花香犹如保留无法舍弃的种种,那些曾经的点点滴滴,就像毫不起眼的小小茉莉,虽然平凡却幽雅而隽永。

也许多年以后我还会在岁月里看到它缓缓逝去的昔日容颜,只是这容颜淡了许多,唯有这花的清香,拥在怀里,留在齿间,停在书里,放在心尖上,万万不可让它散去。

岁月不老

岁月，虽已历尽千年沧桑、万年孤独，可在我眼里，它仍然意气风发，气象万千。

岁月二字，静美，恬淡，缱绻。有点风姿绰约，有点万紫千红，有点淡雅素净，有点浪漫瑰丽。岁月是一首缠绵的歌，是一条奔腾的河。

岁月里盛满了人生百态，善恶丑美，酸甜苦辣，喜怒哀乐。

岁月有时是三月的桃花，灿若朝霞，芬芳烂漫；有时是秋天的落叶，送走一季芳华，装点着有缘人的心情；有时又似山间的树木，抽梦成林，繁茂昌盛。岁月更像是一片云，天高、风轻、宁静、志远。

一个人，有时难免寂寞，于是，在岁月里结缘文字。许一纸墨香，把万千心思揉进字里行间，站在岁月的眉梢，看云卷云舒，叹阴晴圆缺。一切都随着时光默然搁浅，悄然退潮，留下半亩心田，静候文字飘然回巢。指尖滑落的碎言片语，或深或浅，终能温暖一颗世俗的心。

岁月有时让人感叹，感叹它的转瞬即逝，如梦无痕。岁月有时又让人惊叹，惊叹它的华美至极，温婉实在。

风行山林，月照花影，夏雨冬雪，春华秋实，我们生活在岁月的怀抱，让年轮的风刀将自己打磨成温润的玉。率性的自我，别样的个性，高兴时尽情地笑，失意时放声地哭，遗憾时叹息，彷徨时无措……有春暖花开，有雨雪冰寒，这便是岁月里的人生。

年复一年，岁月掠走了我们身上的年少轻狂，过滤了我们的浮躁轻信，昔日的棱角在岁月侵蚀中变得不再犀利，日子携着忧伤与欢乐，成功与失败，静静地、淡淡地，翩然飘过，轻轻浅浅地滑过额头,美丽而无奈。"春有百花秋望月,夏有凉风冬听雪",人生境界亦不过如此。

如果时光可以倒流,我愿意将意念穿越千年变成永恒,化蛹为蝶,飞过唐诗宋词,息栖在心灵的枝头,永享岁月之亘古。

然而,岁月不宽宏,终是一去不返,"君不见高堂明镜悲白发,朝如青丝暮成雪",老的是容颜,不老的是岁月。

日升月沉,年年岁岁,留一抹浅笑,看时光在岁月里静静流淌。白天,有亿万个故事发生,夜晚,有千万个瞬间在流转。

岁月不老,心静如莲,此刻的我,心无杂念,只想于岁月中,醉看彼岸花开花落,素手捻琴,和着春光低吟浅唱。

早春二月

一盆美丽的水仙静静地开放在窗前。

也许是它那高雅的气质和淡淡的清香,给春寒料峭的初春增添了一抹亮丽的色彩。冬雪飘远之后,早春二月也因这芬芳的气息而生机盎然了。

每年的早春都是如此,春雨断断续续、淅淅沥沥地洒落大地,如一片湿漉漉的烟雾飘来逸去,将浑浊的空气洗涤得清清爽爽。

也许这一切都是为了一个好日子的到来,今天,这个日子终于到来了,缠绵缱绻了二十多天的雨停了,太阳出来了。

看到阳光洒满一地,心情也铺天盖地得好,窝在阴雨的环境里久了,整个人忧郁地长出了苔藓,今天终于可以透彻地让阳光晒晒了。

看着小小的院落,也因了明媚的阳光而充满了春的气息。风不再凛冽,茶花已在不知不觉中孕着满树饱胀的蕾,竟有几朵兀自开在冷雨里,现在已是落红数瓣。迎春花正待抽芽,红枫还没从冬的萧瑟中走出,枝头仍顶着几片败叶。金银花似乎刚刚睡醒,叶子已由暗淡转成青翠。蔷薇也耐不住性子,已悄悄然展开了几片新叶……

桂树、栀子树是不惧严寒的,亭亭玉立在小院中,它们是冬季里一道最美的风景。

我屏住呼吸,静静地听,终于发现,花圃里的地面上,有嫩嫩的小草在阳光下嬉笑,它们一片片、一丛丛,点缀在树丛间,被春雨洗刷得干干净净,绿意盎然。我想:不久,它们就会连成一片,郁郁葱葱生机勃勃地繁茂起来。

真好！小鸟在枝头叽喳，小狗在阳光下撒欢，先生在给红梅修枝，而我则在心里演绎着春光灿烂。

先生在枝叶间探头问："中午想吃什么菜？我去买！"我欢快地答曰："白菜！"

五月·在水之湄

　　静静地站在五月的枝头，任初夏之风拂面而来，拨弄发丝。任暖暖的阳光落在肩头，轻抚肌肤。任思绪的鸟儿轻舞飞扬，蹁跹翻飞……心，突然明丽起来。

　　五月，在这个绿意盎然的月末，我们来到了美丽的水之湄。这里，空气中弥漫着醉人的花香，到处是一片蓬勃的生机，土地上肆意生长着生命。储家滩——这个神秘的小山村，青山叠翠，绿水长流，似一幅天然的水墨画，恬静地凝固了时间的流动。

　　我们坐在竹凉棚里，放眼远眺，对面山岚起伏，翠竹掩映，一带碧绿依山蜿蜒，在阳光下闪闪烁烁。微风过处，层层涟漪，缓缓扩散开来，荡漾在河岸，泛起丝丝浪花，旋即消失不见，河面恢复平静。

　　平静的水面如无框的镜，映照人对春日，花鸟迁就，蓝天白云，千峰万仞。我想，当年东晋文人陶渊明笔下的人间仙境桃花源，亦不过如此。

　　此时，若手执一卷，安静地埋头看书，是一种享受，与友人漫步休闲长廊是一种惬意，相互拍照是一种心情，看渔人垂钓是一份浪漫，悠悠地荡起秋千，更能让我们重拾一筐儿时的欢乐。

　　五月，是乡村最妩媚的季节，春天的时候，乡村像刚刚长成的少女，青涩而单薄。初夏就不同了，草木开始变得丰盈，妖娆而性感，此时的山川、田野，所有的植物尽显秀美。蚕豆、玉米、麦子、李树、杏树、青梅，扬花的、拔节的、吐穗的、结果的，细细聆听，似乎能感觉到生命成长的一片喧哗。

　　作家何立伟曾说："夏天到来，令我回忆——我的回忆总停留在立夏的乡村。"是的,乡村是值得回忆的,它的广博、它的浩瀚,它的富饶和美丽,值得爱它的人留恋一生一世。

站在水之湄,看头顶飞过的小鸟,听着它们的呢喃絮语,令我陶醉,恍如回到了童年。那时母亲在乡下工作,一年之中,只有寒暑假才能到母亲单位小住,我喜欢那里的乡村野趣,捉知了、网蜻蜓、摘野果、在麦地里捉迷藏、去玉米林里掰玉米……这片芳泽地有我小时候熟悉的画面,熟悉的气息。当年那些对母亲的思念,有如碾碎的花瓣,超越时空的痕迹,淡淡散落在五月盛开的蔷薇里。

时间如流水缓缓漫过心际,分分秒秒都经过生命的窗口,呈现出一片缤纷,我们只有用心收藏,用心感受,才能品味出个中滋味。

人活在红尘市井中,总有一些不如意萦绕心头,让人生变得错综复杂,起起落落,这便是生命的意义之所在。只要你愿意珍惜、宽悯、豁达,仁爱便会成为你永远的朋友。

五月,在水之湄,我与我的文友们,用一些浅浅淡淡的心绪,用一些简简单单的语言,编织了快快乐乐的一天。海伦·凯勒说:最好的东西是看不到摸不到的,但可以用心感觉。我想,这份美好,我们感觉到了。在五月,在水之湄。

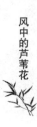

采采卷耳

房子的西侧,是一片废弃的荒地,那里有零落的桃园,半池飘满浮萍的污水,还有拆迁户留下的残垣断壁,远处,是四季常青的葱茏竹林。

夏天,水塘边,断墙处,都肆意生长着茂密昌盛的苍耳,它们无忧无虑地坦陈着苍翠的绿,棵大叶肥,一派欣欣向荣,给大地铺了层厚厚的地毯。而此时,秋天到了,当我再次看见它们的时候,它们却已然换下了嫩绿,变成了苍黄。

它们的世界静谧而安逸,微风过处,轻摇慢动,心定神闲。每棵身上都结满了球形的苍耳籽,那籽饱满坚硬,周身布满斜刺,像浓缩的刺猬,潜伏在草丛里。人行于道,不小心碰上,它便会缠缠绵绵随你到天涯。难摘难拽,那般执着坚韧,似缱绻的情思,剪不断,理还乱。

秋风骤起,太阳从云层射下斑驳光影,一条小路从记忆的角落拖沓延伸,每一寸都铺满了柔软的灰尘。那些逝去了的日子,那些久远了的记忆,此刻,都在苍耳的诱惑下复活了。

那时多大? 在这样的季节里已经隐隐约约有一种说不清道不明的情思在悄悄飞扬了,一种单纯的、懵懂的对异性的回避和向往。

男孩们以一种促狭捉弄的方式,表达他们对女孩的喜爱。他们将熟透的苍耳偷偷放在女孩的颈子里,或是用"飘逸优美"的弧线抛到对方的头发上。被击中的女孩,一边骂着,一边死命地揪扯着,心里却有种按捺不住的喜悦,谁愿意与自己讨厌的女孩玩游戏呢?

久远的情节,如春花般在秋天的心田里复苏、绽放。昔日的恼恨、不甘、追逐、谩骂,此刻都成了甜蜜往事,像四月的迷迭香,在心头开放,弥久,芬芳。

小小的苍耳,它的缠绵坚韧注定与"情"字有不解的渊源,它虽不施粉黛,朴素如村姑,却在《诗经》里风雅了千年。

"采采卷耳,不盈顷筐,嗟我怀人,置彼周行。"那个美丽的女子何以采摘苍耳?她思念的那个男子是否就是当年将苍耳揉在她青丝上的心上人?她采啊采,每采下一颗苍耳,都是拾起一份带刺的思念。夕阳西下了,余晖点染了如许的心绪,女子将未满的筐置于小径,带着满目尘世的倦怠和无奈,撒一把苍耳在风中,让风把她的思念带到天涯,

然而,苍耳依旧不动声色。只是悄悄地眯了眼,随风去了,携着思妇的百转柔肠……

卷耳,千年之前的卷耳,竟和今天的苍耳有着异曲同工之妙。它的生命,注定了这种没来由的暗示:一些青涩的爱,一些带刺扎人的情,一些莫名的牵绊……然而,苍耳又是淡泊的,一笑,便是整个世界。

它顽强的生命和蛰伏的倒刺便是书写的记忆和执着。有些纯粹的时光,只有那草丛中开了一世纪的苍耳记得。

旗袍情结

一直钟爱旗袍,爱的是那份幽婉雅致,那份骨子里怀旧的情愫。那是一种在岁月里沉淀得波澜不惊的雍容。在我眼里,没有什么衣服会比旗袍更能体现东方女性的风韵。

想到旗袍,眼前总会浮现出这样一幅画面:一位娉婷女子,穿了丝绸的旗袍,纤细的腰肢裹在一片优雅的风情里,美若一幅恬淡的水墨画。撑一把油纸伞,行走在白墙黛瓦的石子小巷。细雨,一阵阵飘洒着,空气中有紫丁和百合的清香环绕而来……抑或,在氤氲的午后,有蝉在鸣,有红了的樱桃和绿了的芭蕉,还有香炉里迷人的熏香。穿了旗袍的女子,袅袅地从院中亭子里碎步到书房,打开线装的唐诗宋词,无端地伤感着,伤感着自己莫名的心事:小轩窗,正梳妆。蛾眉淡扫,旗袍裹身,眉宇间徒然写满细碎的幽怨。低眉浅唱,一句句宋词迷离地跌落进相思的眼眸。前尘旧事,一件件涌上心头:无言独上西楼,月如钩,寂寞梧桐深院锁清秋。

穿旗袍的女人是多情的,也是多愁的。伫立时光的水湄凝眸一望便是千年。思恋如水一寸寸风化成风中的誓言。她们在寂寞的年华里,固守着自己的爱恋:微颔首,心思量,情已伤。

也不知缘于何时,总喜欢看那些旧中国如旧上海、古江南的影视剧,里面或多或少都有着旗袍的女子,袅袅婷婷地行走在古色古香的街道。发髻斜坠,眉纤入鬓,一种怀旧的情愫总会随着她们优美的身姿、慢移的脚步升腾。

王家卫的电影《花样年华》让人温馨而又伤感地看到了旧上海怀旧泛黄的含蓄,不露痕迹的精致。胜于千言的沉默,穿越时空的时尚。忠贞放纵的冲突和欲言又止的无奈。

张曼玉的每一件旗袍都代表了一种心境,立领的、大花的、修身的、散袖的,如行云流水般贴在主人的身上,再配上一两件古典的首饰,把一个柔肠百转的女子演绎得淋漓尽致。

那晕黄的灯影,是幽幽旧时光的注脚。每每看她在暮色轻合间,经过那一段窄窄的木楼梯时,光影里的每一件旗袍都因她而熏染上云卷云舒的清雅、花开花落的从容。即使一个孤寞的背影所散发的那种气息,也一样内敛而不失华美。

前不久,看了谍战片《旗袍》,也让我大饱眼福,里面的女主角面容姣好,每款旗袍穿在她身上真正是多一分嫌肥,少一分嫌瘦。那种亭亭玉立的静谧之美、源远流长的含蓄之美,被拿捏得恰到火候。那种旗袍一叉开至大腿的款式,让女主角在行走之间风韵无限,一缕艳光时隐时现,摇曳生姿。

但凡爱文字的人,骨了里都或多或少地带着点古典情结。读着张爱玲笔下穿旗袍的女子,看着她那穿着旗袍的照片,流年中的传奇带着尘埃落定的暗香和生动的苦涩,旧上海的热闹与寂寞、浮华与苍凉舒缓有致地铺展开来。

旗袍终归是属于江南女子的。可以是庭院深深的大家闺秀,也可以是书香门第的小家碧玉。可以是从烟花小巷款款走来,变成大画家的潘玉良,也可以是案头忙碌的苏青,又可以是麻将桌上消遣的太太小姐。

然而,旗袍又是有讲究的,少女不适合穿,旗袍特有的成熟感会使少女的天真烂漫荡然无存;老人不适合穿,她的苍老、迟缓已经不能让旗袍荡漾出女性的魅力。旗袍最适合三十岁以后的女人穿,她们有长长短短的故事,深深浅浅的秘密,零零星星的心绪。这时候的女人,如花般缤纷着人世繁华落尽的苍凉与凄美,又将岁月的苍桑转身蜕变成经典与美丽。

我没买过旗袍，衣柜里却常年挂着一袭暗红色的金丝绒旗袍，那是妹妹新婚旅行时买了送我的，斜襟上有一排精致小巧的龙凤盘扣，干干净净的裙脚上绣着几朵十分惹人怜爱的紫薇花。这件旗袍手感柔软而光滑。对于这件赠品，我真是爱不释手，让它领衔挂在衣柜中所有衣服之首。

也曾在节假日穿过几次这件旗袍，但它大多时候只能落寞地挂在我的衣柜里，因为旗袍不是普通的居家服，想穿便穿，它的讲究太多了，从发型到鞋子到手提袋的搭配，都需下一番工夫，否则便失去了旗袍应有的风韵。那时的我，上班、带孩子、做家务，整天忙得团团转，哪有那么多闲时打理自己？

如今，打开衣柜，依然会看见那件凝结了我千般情万般爱的旗袍，只是心情渐渐暗淡，现在的年龄并不适合穿旗袍了，能把旗袍穿到细致如水的年华已经远逝了。

现在的我，钟情旗袍，只不过是爱穿上旗袍的那份雅致情怀，留恋着花样年华里如旗袍般妖娆的青春。

如果走在大街上，遇上穿旗袍的女子，我想，我会忍不住多看她几眼，在擦肩而过的瞬间，清风袭来，定会有一抹余香在空气中悠然袅娜。如果是我喜欢的类型，我想，我的目光会追随着她，直至她消失在我的视线。

应该说，旗袍是国粹，是中国的符号。只有东方女人穿上，才会有那数不清道不尽的东方气韵，才能恰如其分地衬托出东方女性的典雅与灵秀之美。轻轻一回眸，便是一篇凝愁倾城的故事。它代表着中国女人的万种风情，代表着东方女性的永恒魅力。

又见油菜花

当风不再凛冽,当阳光暖意升腾的时候,我知道:春,真的来了!

无须顾忌,我率先脱下包裹压抑了我一整冬的棉衣,换上网购的羊毛裙装,站在穿衣镜前,前后左右打量了一番,一抹春光终于泄在了脸上。我高声对 S 叫道:"我们今天出去走走吧,该透透气啦!"

山道上车在飞驰,一路上,和煦的春风,没膝的麦子,缤纷的野花,山中的湖水……处处景色都让人心旷神怡,目不暇接。突然,一阵清淡的花香顺风而至,透过车窗,迎面扑来的是一片金黄,那黄灿灿的油菜花,就像海上的波浪,绿海金浪,绵延推涌。奔腾着、起伏着,蔚为壮观。又如一幅优美的画卷,由遥远的天际徐徐铺展开来。

它们一朵朵成簇,一簇簇成枝,一枝枝花开,一田田的辉煌,是怎样饱满的色彩!怎样震撼人心的美丽啊!

"停车!停车!"车还没停稳,我就迫不及待地跳了下来。拨开随风摇曳的花枝,小心翼翼地走到它们之中。置身花海,才发现它们身边好不热闹,彩蝶翩翩起舞,蜜蜂嗡嗡采蜜,撩拨得人童心大发。

"青枝绿叶顶金葩,喜笑颜开吻万家。"油菜花美的震撼力,源于它自身的浩瀚广博!无际天涯!

素面朝天的油菜花,花期短,花瓣细,颜色单一,没有牡丹雍容华贵的国色,也没有荷花"出淤泥而不染"的情操,更没有桃花"人面相映"的丰腴。然而,平凡又简单的油菜花,自始至终充满朝气

心情走笔

和喜庆。

在杏花还未盛开、梨花还未开放时,油菜花却笑逐颜开地恣意绽放了。它们不惊不乍,静静地铺陈着,等待着辛勤的放蜂人来酝酿,无私地将自己的花粉献给人类。

我轻轻地托起一枝油菜花,细细观察,发现它有四片花瓣,整齐地围绕着花蕊,花瓣十分精致,有细细的纹路,我想:无论多么技艺高超的雕刻家也无法雕琢出如此精美绝伦的图案。中间的花蕊弯曲着凑在一块,仿佛一群羞羞答答的少女,腼腆地说着悄悄话。每株油菜,都很结实,它们有粗壮的根茎,茂密的叶,有着原始的细腻与粗犷。

摘下一朵,淡淡的清香便萦绕在鼻尖。微风吹过,那阵阵香气铺天盖地地涌来,让你忘了时间,忘了身在何处,真愿醉倒在这片迷人的芳华里。一睡千年,岁岁年年与它共繁荣共辉煌!

钟爱油菜花,于我而言,由来已久。小时候,每次到奶妈家去,小路的两旁总是开满了大片大片的油菜花。它们生命力极强,田埂上,小道边,甚至墙缝里,都有它们的身影。每次经过它们身旁,我的心也会随着它们的起伏而荡漾,因为,奶妈就住在小路的尽头,一个充满人间烟火味的小山村——阳麻埂。而我的奶妈,知道我要去,总是站在村口的大槐树下踮着脚朝小路上眺望。

亲情将记忆温暖在一条纤细的小路上,路不长,两边却尽显辉煌,路的两头总是被长长的思念牵连。奶妈视我如己出,我视奶妈胜亲娘。直至今日,想起那片油菜花,想起那条路,若干年前奶妈的一个微笑、一声轻唤、一个背影……都让我心生温暖。

知青年代,爸爸的上海朋友回家探亲,问我需要带点什么,我说帮我带一斤毛线吧。当他问及要什么颜色时,我脱口而出:油菜花的颜色,浅浅淡淡茸茸的黄色,千万别买错了。为此,爸爸的朋友还特意去野外看了看油菜花,唯恐买错。这件毛衣一直伴随我走过花季,走过青春,走到中年,直到后来羊毛取代毛线才寿终正寝,至今还安然地躺在我的箱子底。

年年岁岁,春天的讯息一到,无论冷暖,油菜花们都会像接到指令一样,一夜之间铺天盖地地蔓延开来。每次见到它们,我内心的微火便不知不觉被点燃,想去拥抱它、亲吻它、抚摸它,给它温暖给它爱。我知道我的这点热情相对于它显得微不足道,但我愿尽我的微薄之力去保护它、赞美它、爱它!

青楼女子·夹竹桃

与她邂逅,是七月的一个早晨。

那天,我绕道到公园去锻炼,走着走着,蓦然一阵刺鼻的浓香铺天盖地地席卷而来。我抬眼一看,方知人行道旁有一片密密的夹竹桃,且嚣张地开满了一树树招摇的花,她们的身后掩映着一排排漂亮豪华的别墅楼群。

天光云影、花枝乱颤、塔尖楼顶,一时让人不知身处何地。

在此之前我从未见过夹竹桃,更不知其花容,可今天一见此花,脑子里第一个蹦出来的就是"夹竹桃"三个字。为证实自己的猜测,回家特意"百度"了一把,不出所料,果真是她。

夹竹桃,叶如竹花如桃,色调极诱人,珊瑚红。一种浪漫而妖娆的颜色,很艳。但我却不喜,总觉得那花开得有些妖气,脂粉味太浓,有种醉生梦死的媚俗,让人想起旧时的烟花女子,涂脂抹粉倚门巧笑,美得毫不纯粹。而且那香味也太过浓烈,熏得人神情恍惚。

然而今天,已进入深秋的今天,我又走在了那条林荫道上。循着那段夹竹桃树,我竟奇迹般发现那些狭长墨绿的叶片中,仍然点缀着一些零星的红,一朵两朵三四朵,每棵树上都有迎风招展的几点嫣红,虽然她们已失去了招蜂引蝶的季节,但却端然地晕染着自己的美丽。在秋霜里红得楚楚动人、摄人魂魄。惊艳之余,让人不免动了恻隐之心,难道她们就是昔日的名妓陈圆圆、苏小小?抑或是李师师、梁红玉?不!年代太久远了,也许就是当年的赛金花和小凤仙吧!

这太令我惊诧,她们傲霜抗寒的气概让我刮目,原本的印象顷刻间土崩瓦解,并在内心为那些先逝的花魂叹惋,毕竟,她们都是无辜的,好端端的一树红花怎么就让我那般糟践呢? 即便是青楼女子,那些柔弱的生命里又饱含着多少不堪承受的苦衷?

树无远虑,也无近忧,她们简简单单,大大方方;花无思维,也无禁忌,花期一到便轰轰烈烈,热热闹闹,绽放出生命的华彩。花香淡浓不是她的错,一切好恶都是人冠以自己的喜好而已。我知道夹竹桃有毒,它能分泌出一种夹竹桃苷,误食会中毒,但有毒又何妨? 只要不食之,无碍!

我喜欢雅致素净的植物,喜欢淡淡的清香,如兰花、金银花、茉莉,但我更知道撑起整个季节美的,仍是那些热烈的、纷繁的、烂漫的颜色,她们才是美之主旋律。而夹竹桃也是点缀其中的一束美好!

如烟花女了,千古流转的缱绻情愫都是由她们而起。

紫薇花开

艳阳炙烤,梧桐阴凉,白杨葱郁。盛夏的果实做着一个个香甜的梦。我汗流浃背,在春与秋的夹缝,喘息着,行进着。喜悦和疲惫都是上天的赏赐,我无怨无悔,唯有接受。

热风从紫薇花中穿过,轻轻地叩响季节的窗棂,立秋了,可气温却是一年中最酷热的指数,高温预警39度。

小院里由于长时间没人打理,所有的植物都被盛夏炙烤得不再光泽滋润,它们唯有在梦里追忆着曾经的似水流年。但我知道,明年春天,它们依然会不管不顾地春枝乱颤,繁花似锦。

蔷薇的青果开始泛红,金银花紧紧地攀附着不锈钢篱笆、樱树、栀子树上,已无从找寻花儿的倩影,唯有贮藏记忆的芳香告诉它们:春天,曾经那样真实。

而一眨眼,秋,静静地来了。

小池里的两朵睡莲,是那年在合肥花鸟市场买的,现在亦娇羞着黄色的朦胧。清亮的鸟叫和着几声暗哑的蝉鸣,飞速地掠过头顶。而邻家墙头的一抹嫣红更令我惊艳,那妖娆在热风中的紫薇花,明媚了炎热的夏,令人无端地清凉透亮起来,看着如烟如霞的它,恍然中,那些芳菲的日子仿佛就在眼前。

由于喜欢,所以关注。

昨天,我惊喜地发现,女儿居住的小区东墙边,居然也错落着几树紫薇,它们枝叶婆娑,身形曼妙。那些绿绿的椭圆的叶子间点缀着一个个花苞,有的已开放了,绽放出一簇簇娇小的淡紫色。仔细一看,小花中还藏着淡黄色的花蕊,六个花瓣紧密匀称地在花苞上方呈倒锥体排列着,让阳光能畅通无阻地照到花苞中央。如果取一朵举在手上细看,宛如一只小巧的紫色降落伞,精致绝伦。

远远望去,淡紫色的紫薇花布满小树,像一张布满水晶的花帘,真是美极了!

紫薇很妩媚,却并不妖冶。它们不惊不乍,静静地开放在最酷热的日子里,显得那么简静、姣好,让人想起宁静高雅的女子:紫裙翠裳,清丽婉约,秋波流盼,巧笑嫣然。难怪有很多女子都取名紫薇,想必也是爱着它的缘故。

"似痴如醉弱还佳,露压风欺分外斜。谁道花无百日红,紫薇长放半年花。"只要你留意,就不难发现,无论是在烟尘弥漫的路边还是在幽静清雅的绿林,紫薇都能鲜鲜亮亮地开放十旬之久,直到霜降草枯、雁去虫杳,还能看到它飘摇的绯云。

紫薇花顽强的生命力和竭尽绽放生命之美的热情时时让我震撼让我感动。它的美,绚烂着整个季节。

你看那白花的一树多么素洁俏丽,像天边飘浮的云朵。那紫花的一树又是多么沉静秀美,让人想起风雅的薰衣草。而粉色的仿佛燃烧的火焰,深蓝色的则让人想到宁静的大海……

紫薇花的花语是:沉迷的爱,好运! 极佳的诠释。我想,如果有来生,我愿做一株美丽的紫薇花。

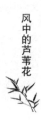

桂树开花的日子

房间里很静,阳光细细碎碎地走过,地板上树枝在划动。捧着一本新买的《百年孤独》,坐在窗前的藤椅上翻着,看着看着,渐渐被文字带入遥远而神奇的年代,带入一个叫马孔多的小镇,走进了布恩迪亚家族的生活……

蓦然,一阵似有似无的淡淡香气随风而来,萦绕于身旁,经久不散,让人周身清爽。仿佛嗜酒的人闻到了酒香,我抬眼窗外,惊喜地发现,院子里的桂树,已在不知不觉中满树金黄了。

我放下书,欣欣然走进庭院的桂树下。这里的阳光被身旁的红枫遮挡着,似有一种雨后清新的空气融入,湿漉漉的,每条枝丫都齐齐地擎举着黄灿灿的一串碎瓣,恬静安然。那悠悠的花韵,淡淡的雅香,令人陶醉。

我轻轻地移动脚步,唯恐吵醒这片静谧,惊走了这份闲适。然后,施施然张开手,轻轻接起几朵悄然飘落的花儿,把它们放在手心,仔细地端详:连着树丫小枝头,伤口还是那么清新,金黄的花瓣,依然散发沁人馨香,它们温柔地躺在我的手上,静静地舒展着全身,是那样柔弱,细碎而渺小,却又不失端庄美丽。看着让人心生怜惜。它们用自己的纯洁和热烈渗透整个十月,陶醉赏花人一颗静美的心,给人间带来芳香,点染着深沉的秋意。

温柔的风,诗意的阳光,带着略有寒意的秋景,伴随它们在树叶间含苞、怒放,一展芳华,然后飘零、坠落。

在这个季节,我们可以用丰富的想象收割所有的记忆。捡拾滴落在叶片上的泪,摘下露珠里的芬芳,取出花瓣上的妩媚和忧伤,扯一片枝头的嫩叶裹了,藏在桂花树下,缓缓地不惊醒它长长的梦,等待来年的记忆苏醒。

　　风凉,花开,花落,香淡,树影婆娑,阳光斑驳,秋韵横生,此刻的我,心境平和、安静,沉思而忘言。

　　是的,花如此,人又何不如此呢?

　　时光,从不眷顾人情。此去经年,便是南北东西。

　　"杨关折细柳,灯影人斜斜。"或许,唯有小镇那棵枝繁叶茂、香飘十里的老桂树还记得,谁的诗词,晕染了一川芳草绿生烟;谁的句读,展开了伶仃飘零的长夜;谁的吟唱,摇曳了轻舞飞扬的流光。或许,最好的良辰早已入了樽,最终在这氤氲的红尘里消遁。

　　欲买桂花同载酒,终不似,少年游。光阴嬗递,月缺月圆,眉目间的身份早已篡改。记得年少桂树下,曾经的踌躇满志,年少轻狂,犹如横疏的月痕,只在记忆的暗香里才可浮动。

　　人生如梦,转眼白头,桂树下,沉思前尘往事,竟突生恍若隔世之感。我知,最好的年华已不再。

初绽的花朵——写给朵朵

朵朵,我的宝贝!如果美丽的春天有其源自,那么,你就是从那里来;如果五月的鲜花有其源自,那么,你就是从那里来。

2012年春光灿烂的五月中旬,一个平凡的中午,如高悬的瀑布,你欣然离开了母体,来到了这个世界。白衣天使双手将你轻轻托起,像大海托起了初升的红日,像白云托起了蔚蓝的天空。你啼哭着,和着明媚的春光,和着鸟语花香,唱响了生命的华彩乐章。

"恭喜恭喜!是个女孩!"医生笑盈盈地在初为人母的年轻妈妈耳边说着,轻盈得像念一首美妙的诗。然后医生将你包裹好,放在了小童车里,她们要让等候在产室外的亲人们看看属于他们的宝贝。

你一路大声啼哭着,那哭声优美悦耳,如一曲婉转嘹亮的歌,唱得我们心花怒放。

我第一个冲向前,俯身看着襁褓中的你:粉嫩的脸蛋,红的唇,饱满的额,这是一种怎样的和谐?啼哭,却充满欢欣!我怜爱地看着你,伸出手,轻拍着你柔柔的小肩,说:"宝贝不哭,宝贝不哭噢!"你似乎听懂了我的话,止住啼哭,睁开眼睛四处看着,充满好奇。我惊喜异常:宝贝,你真的听懂了姥姥的话吗?我的宝贝,知道吗,从此刻开始,你将是我们永远的爱恋。你的每一次微笑每一次流泪都将牵动我们每个人的心,我们将看着你慢慢长大,幸福地目睹你煽动自己的双翼,飞向属于自己的晴空。

一张张笑脸迎着你,爸爸、奶奶、爷爷、姥姥、姥爷……都是你生命中最亲近的人。你也惊喜地打量着这个世界。

"上帝,我们感谢你,

因为你在地上造了一个新的人。

保护她,使她正直,

帮助她,使她有用。

爱她,给她健康,

爱她,给她幸福。"

宝贝,想起这些祈祷词,我第一次感动得热泪盈眶,直到今天,我才彻悟:什么是人生,什么是幸福。

医生重新把你送回妈妈身边,你侧卧在她身旁,眼睛一眨不眨地注视着疲惫的母亲。仿佛在说:亲爱的妈妈,感谢你给予我生命。

助产师将妈妈的乳头塞进你的小嘴里,说:"小宝贝,吸一下初乳,这可是最好的营养。"你惶恐地衔住它,憋得满脸通红,开始了人生第一次吮吸。

吸了很久很久,你累了,酣然入睡,嘴角挂着一丝笑意。宝贝,请相信你的妈妈,她会给你一个天下粮仓,给你整个世界!

一个人的清欢

清欢,应该是一个人的欢喜,安静的、不染尘嚣的、端然自在的、寂静的欢喜,略有禅意、清淡的欢愉。就像一个人品味山野蔬菜胜过山珍海味,或是一个人在路边一块普通顽石里看出了比钻石更迷人的珍奇,抑或,静静地品一杯乌龙茶比喧闹的晚宴更舒心。我喜欢清欢二字,少些俗世的喧哗,多点禅意的淡定。

清欢,可以与别人无关。

比如,夏日的午后,我喜欢站在窗前看小院里的植物。仰着头,看樱桃树的顶端在阳光下的姿势。它静静地立在那里,蹿出两米高的枝条在热风中摇曳,散发着热扑扑的气息。看蔷薇落尽的带刺枝蔓攀附在篱笆间喘息。看桂树的坦然幽静,看白兰花的叶片大如蒲扇,还有那些藏在红枫下的春兰、夏兰、剑兰、墨兰。看它们在烈日下活得依然风姿绰约。

有时,喜欢一个人坐在茶室,找一个僻静处,煮上一壶花茶,透明的杯身被花色染成橙黄或苍绿,静静地坐在那里,一边喝茶一边听歌,却不放过任何一个撞入眼帘的陌生人。身边那些座位上的人,心里揣着不同的心思:高兴的、抑郁的、谈笑风生的、低眉浅笑的,看他们喝茶的表情姿态,再在心里猜一猜他们的爱深情浅的底,极有趣。我喜欢读他们,这一张张或胖或瘦的脸,或高或矮的人,远比我那书柜里的人物来得生动传神。这种时候,我的意念,如一只调皮的小蜜蜂,扇着翅膀在他们中间飞来飞去,无论是牡丹花、芙蓉花,还是杜鹃花、狗尾巴花,我都要去探寻一番。

一个人的清欢,还可以是独往独来的飞行侠。想到某一地方,便收拾行囊,来一次说走就走的旅行。时间不能太久,也就两三天,感受一下一个人的旅途和将要邂逅的人和事,心怀忐忑不安,又有种莫名的欣喜,心便在这不安和欣喜中徘徊荡漾,神秘又刺激,妙不可言。

清欢,也可以独自一人躺在草地上看天边飘浮的云,凭栏看落日的余晖,看月华满地的清辉,看眨着眼睛的星星。其实,心有繁花,绿草无涯,处处都是好风景。生活中,一台电脑、一本书、一束花、一段文字、一首歌、一句温暖的问候、一个会心的微笑,都能令我们满心欢喜。

"细雨斜风作晓寒,淡烟疏柳媚晴滩。入淮清洛渐漫漫,雪沫乳花浮午盏。蓼茸蒿笋试春盘,人间有味是清欢。"苏轼在这首词里,给我们描绘了一幅淡雅而富于动感的画面:冬尽春萌,细雨斜风,山中雾霭蒙蒙。走至河边,突然阳光明媚,豁然开朗。中午,在山庄喝一杯清茶,品尝山间野笋菜蔬,觉着这才是人间清欢的极致。没想到多年后的今天,这种意境依然是我们追求的境界。一壶清茶,几盘野蔬,上好的自然风光,仍不失为月明风清的欢喜。

《牡丹亭》里杜丽娘偷偷游了一回园子,便禁不住感叹:不到园里,怎知春色如许……于我而言,若不偶尔从俗世琐碎中开溜出来,又哪得如许的清欢?

清欢,应是那高墙深宅里的一抹红,一叶柳,翻墙越篱,把花朵开在早春的风里,让柳枝飞扬在墙头上。于是,满城春色,也成全了自己的欢喜。

我终于明白,原来自己是一个爱着清欢的女子。

南瓜头

南瓜头,通身绒毛,长长的藤蔓粗糙无序,却不知不觉间成了我家餐桌上不可或缺的主菜。在南瓜的生长期和成熟期,菜市上一捆捆毛乎乎的它们被人们一抢而空。

它的味道实在不敢恭维,但制作过程却出奇地烦琐:先是第一道程序是将外面一层带毛的皮撕掉,然后洗净、搓揉,再放于烧开的滚水中焯水,捞出来以后立即放入清水之中浸泡。最后再打捞起来拧干切碎,佐以青椒丝在已然烧开的油锅里爆炒,翻炒的同时,放入盐、生姜末、蒜片、少许醋、生抽,然后起锅。

这道菜,如若没有青椒配之,任你怎样炒,也炒不出味道,只有与青椒丝同炒,吃起来才爽口。

绿色的南瓜头,改头换面地睡在青花瓷盘里,透着些许的辣,香气四溢,不失为一道可口的佳肴,然而我却一直不喜。

某人一再推销:绿色食品,不打农药,叶绿素多,纯天然无污染,说破天,我依然不喜吃!

其实,作为皮糙肉薄的南瓜头,根本不知如今的世道为什么会奉它为"座上宾"。它们的种子于二三月份被撒在早已沤好基肥的小坑,只需三五粒即可,用一些枯枝烂草盖上了事。不用施肥不用除草,等到它们探出小脑袋慢慢抽枝展叶时,仍然无人问津。可怜它们只能与身边的野草为伍,与它们一起沐浴阳光雨露。直到四五月份,它们才得以大显身手疯长起来。身边的野草坡地统统被它们征服压在身下,而且还在主枝上派生出很多茬头,这就是所谓的"南瓜头"。

这个时候,它们的主人才想起它们,亲昵地蹲在它们身边,掐断所有新生的南瓜头，不一会儿，连藤带叶，篮子就被填满了。

那些被掐的枝蔓是不会气馁的，一连几场雨，它们便再次发力，呼啸着生发出更多的茬头，铺天盖地，势不可当，于是，菜市上又有了一茬茬新鲜的南瓜头。它们属于南瓜藤的顶尖部分，虽然叶子像个小蒲扇，但比起那些躺在地上的主枝叶片清脆漂亮得多，那些被掐去茬头的主枝无须卖相好，只负责传宗接代长出大南瓜就行了。之所以屡屡掐掉分枝，也是为了保证主枝能吸收充分的营养供应南瓜，这才是种瓜人的终极目标。

南瓜头，以牺牲小我为代价，保全了南瓜们的健康成长。与此同时，也给人们的餐桌上添加了一道色味俱佳的绿色食品。之于食物而言，它们的贡献着实不可小觑，而它们自己，却是那样朴实无华，心甘情愿，死心塌地，不为别的，只为无愧于种瓜人。

心情走笔

心思与心事

心思与心事是不同的,心思很缥缈,如风、如云、如烟、如霞,可以是小桥流水,可以是灯火阑珊,也可以是一场绮丽美好的遇见,抑或是一份婉约缱绻的情丝。它是曼妙的、轻盈的、灵动的,以飞翔的姿态亲吻人心。而心事不同,心事很实际也很具体,有时似乎有点沉重。实际到一日三餐锅瓢碗盏,具体到一针一线的细致,沉重时如石头和磨盘压在心上。

由此,我喜欢上了心思。无事时浮想联翩,任思绪源远流长:一副美景、一件衣服、一段邂逅、一个回眸、一个微笑、一滴露珠、一茎叶片、一只弱小到近乎不屑一顾的蚂蚁,都能在我心里幻化出密密的心思。它们可以滋养我的精神后花园,为它培土浇灌,让它生长的姿态婆娑,风情万种,美得不可方物。

说到底,心思和心事,都是一种情绪。心境好时可以谓之心思,心境差时就成心事了,而这一切,并非自己能够掌控的。在"家和万事兴"时,你该有细细密密的心思,让心思织成五彩缤纷的旌缎,包裹自己,包裹整个世界。而当你遇上麻烦时,那时就该是心事了,有的烦恼与悲伤能让你寝食难安,那便是大心事了。

小到匹夫,大到君王,皆如此。南唐五代诗人李煜,是一个亡国之君,为后人留下了很多不朽诗作。亡国之前,他的诗风主要以缠绵悱恻,绮丽美好为主。作为一个文人,一个才子,一个婉约词派的代表人,他是成功的,被后人评为"做个才子真绝代,可怜薄命做君主",而作为一国之君,无疑他是失败的。李煜在位 15 年,不修政事,屈辱苟安,沉溺于骄奢淫逸声色犬马的宫廷生活中,那时李煜的诗词,大多是心思:"一桌春风一叶舟,一轮茧缕一轻钩。花满渚,酒盈砚,万顷波中得自由。"整首诗清婉灵秀,绰约风姿。

而当他被俘到宋都汴京,心里装满国恨家仇时,写出来的诗,就成了一腔心事。《相见欢》中:"无言独上西楼,月如钩。寂寞梧桐深院,锁清秋。"缺月、梧桐、深院、清秋,这一切无不渲染出一种凄凉的境界,反映出词人内心的孤寂之情。作为一个亡国之君,一个苟延残喘的囚徒,他在下段中用极其婉转而又无奈的笔调,表达了心中复杂而又不可言喻的愁苦与悲伤。"剪不断,理还乱,是离愁。别是一番滋味在心头",故国家园亦是不堪回首,帝王江山毁于一旦。阅历了人间冷暖、世态炎凉,经受了国破家亡的痛苦折磨,这诸多的愁苦悲恨哽咽于词人的心头难以排遣。这满腹满腔的心事,只能借助笔端奔涌而出。正如他在《虞美人》中写的"恰似一江春水向东流"。

没有心事的人生,是大幸福。有心思的人生也是大幸福。在熙熙攘攘的红尘中,只要国顺家和,就是我们的大自在。我们没有理由去计较那些鸡零狗碎的是是非非,学会享受生活赐予我们的每一个干净透明的早晨,每一个温煦新丽的黄昏,多一些诗意的心思,少一些恼人的心事。

写　字

自从能用手机和电脑打字,这手写字是没有用武之地了。当然,我的字并不好,于我,是一件求之不得的好事。打字掩饰了书写的瑕疵,免去了字丑的尴尬。不像过去,动不动就需要写字,有的场合,明知字丑可不写又不行,真恨不能地上裂条缝钻进去。

为了我那一手破字,我也曾照着字帖练过,不过稍有长进就偃旗息鼓了。几次三番也练过那么几次,反反复复时进时退,好在现在赶上了好时代,不必事必躬亲,几个字母一组合,就是一个漂亮的字,而且行书、草书、楷书任君选择,真可谓我辈之福音也。

日前,整理书柜,蓦然发现了藏匿在文学作品中的两本硬笔书法,甚喜。翻开扉页,居然还有我那歪歪斜斜的大名以及购于某年某月某日的"墨宝"。荣幸之至啊,混淆于大师们的美体之中数年如一日,真正是难为各位了。

两本字帖,聚集了 N 位高手的字体,翻来翻去都是个好。那个年代的人,只要写得一手好字,就是身价的体现。尤其是男士,哪怕长得貌似潘安,写出来的字像鸡扒,准被视为徒有其表败絮其中。自以为有点文化的女士择婿的标准之一更是写一手好字。不瞒诸位,当年的我被丘比特之箭射中的主要原因也是看中了他的一笔好字。闺蜜们在一起聊得最多的也是某某某对象的字写得如何如何,为此,班级的所有男生拼了命地练字,字是知识分子的"牌子"啊,没有一手好字,怎能娶到貌美如花称心如意的媳妇?

也许现代人觉得那个年代的我们幼稚可笑,确实如此。我见过太多太多的大学生、研究生,写出来的字连我都不如,那又如何呢? 他们照常在各自的领域做着自己的贡献。一项新的发明,一项科研成果,需要的是聪明的脑袋而不是一手漂亮的字。如果说我们当年的审美意识有点荒唐,我不否认,但刻在心底的烙印是任何时代的大潮也冲刷不掉的。至今为止,我仍然羡慕能够写得一手漂亮字的人。

记得读初中时,我们学校调来了两位老师,北京人,是夫妻。也就是前些年荣获国际诺贝尔文学奖的作家高行健先生与他的前妻王学云老师。当时高老师教政治,课讲得非常生动,引经据典,结合实际,那么枯燥的课程让他讲解得风生水起摇曳生姿。很多单位都来校请他去讲课。而王老师则写得一手漂亮的楷书,那字,写得行云流水,活脱脱就是一幅字帖。为此,我当初痛下决心,也要好生练它一番,王老师让我明白了,女人能写出一手漂亮的字体,更让人敬佩。

可惜的是,我这人天生不是这块料,开始时,着实认真了几天,趴在简陋的木漆办公桌旁,翻看它们时,十指纤纤,目光如水,专心伏案一笔一画。只可惜稍有起色,就不愿毕恭毕敬当学生了。时间一长,字又回到信马由缰的自由体。

工作后,也曾尝试练过几次,都是蜻蜓点水,浮光掠影,潦草收场。这次在书橱再次看到它们,着实感慨万千,它依然是它,而我,亦非当年的我了。

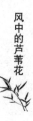

仓央嘉措——我只能在书中凝望他的背影

你见,或者不见

我就在那里

不悲不喜

你念,或者不念

情就在那里

不来不去

你爱,或者不爱

爱就在那里

不增不减

你跟,或者不跟我

我的手就在你手里

不舍不弃

来我的怀里

或者

让我住进你的心里

默然 相爱

寂静 欢喜

仓央嘉措,我真正开始关注他,是因为在网上广为流传的这首诗。与此同时,他的很多情诗仿佛一夜之间覆盖了整个荧屏,而降央卓玛的《那一日》几乎传遍了整个大江南北。

我承认自己是个经不起诱惑的人,我被他独有的文字魅力深深吸引,疯狂地痴迷上了他的诗句。

仅仅三天,一本《只为途中与你相见——仓央嘉措传与诗全集》便飞抵手中。我在心里不得不又一次感谢马云小弟,网购就是给力啊!

凝视封面上披着酱红色袈裟的仓央嘉措背影,只觉得他在白皑皑漫天风雪中渐行渐远。很难想象,这些空灵而凄美的诗句竟来自300多年前禁锢、封闭、遥远的西藏。更难相信这些充满情爱又富有哲理的诗行,出自身居庄严肃穆的布达拉宫却向往自由率性的六世活佛达赖仓央嘉措之手。我想,写这本书的作者,一定是个仰慕仓央嘉措的信者,只是,他是在西藏的土地上找寻仓央嘉措的足迹,而我,是在书中凝望他的背影。

捧着这本书,如同经历一场朝圣的旅行,心情有点复杂、有些感动,也有些困惑。翻到第一章,我便被那短短的几行文字所吸引:

那一刻我升起风马 不为祈福 只为守候你的到来

那一日垒起玛尼堆 不为修德 只为投下心湖的石子

那一月我摇动所有的经筒 不为超度 只为触摸你的指尖

那一年磕长头在山路 不为觐见 只为贴着你的温暖

那一世转山 不为轮回 只为途中与你相见

我一遍又一遍地念着这几行字,心里涌动起来的感动越发不可阻挡。我无法理解为何会有这种感觉,仿佛透过这首诗,看到了他的一生。不是他身为法王的荣耀,亦不是被流放的凄凉,而是有种说不清道不明的感慨。

这本书共收集了仓央嘉措的六十六首诗,细读它们,心中有种莫名的酸楚。茫茫人海,缘聚缘散,有多少深情,多少无奈,多少甜蜜,多少悲凉。

仓央嘉措的一生,短暂而无奈。既有宗教的神圣、政治的胁

迫,又有爱情的凄美。他原本应该是一个拥有至高无上权力的雪域之主,享尽荣华富贵的人间活佛。而他却选择了做一回遗世独立、离经叛道、自由率性的浪漫诗人。他虽然是一个绯闻缠身的名人,但他追求的并不是爱情的本身。令我们这些凡夫俗子难以想象的是,去爱,去被爱,这些之于他只是一种叛逆的姿态。他日复一日地被无法抗拒的命运困锁着,被高高在上的诸神无休无止地惩罚着。虽有芸芸众生对他顶礼膜拜,却无人能给他打开囚笼的钥匙。

诸神把世界托付给他,他却只想要回他自己。

所以,青海湖边的种种传说,我都似信非信。我不相信他的涅槃,但我更相信他的永生。

仓央嘉措的一生在我眼前飘拂而去,在我手中翻卷而去,在我心中却久久徘徊。住在布达拉宫,他是雪域之王;流浪在拉萨街头,他是时间最美的情郎。可他终究是一位受世人敬仰的活佛,是六世达赖喇嘛。他,无法选择自己的爱情。我只能在300多年后的今天,默默合掌祈祷:

伟大的活佛啊,愿您真能与那痴情女子,两不相忘,相约来世!

安

安来了，与几个朋友一起，刚跨进门就大惊小怪地叫嚣："哇！还是这么苗条，我以为你已经这样了。"说着，将双手围成一个大大的圆，做了一个非常夸张胖的动作。也难怪，多少年没见了，估计来之前一路上做了 N 次想象，还好，看来不是太失望。

当年的安与我同事，却因找了个高干女儿而走上了仕途，私下里，年少时的不拘和随意挤破头朝外蹿。比如此时，他一面与朋友们侃侃而谈，一面却催促我快快拿朵朵的照片给他看，当我拿着手机坐在他身边给他看照片时，他却心猿意马，一边浮光掠影一边窃窃私语地跟我谈起了往事，那是一些属于我俩才拥有的共同回忆，缥缈缱绻，明媚又美好。

聊起旧事，仿佛引领我走进清新小化园，几十年的距离仿佛一瞬间拉近了。此时，其他人都去院里看樱桃树去了。那里，阳光普照，绿意葱茏，S 正在得意地炫耀樱桃树的果实累累。唯有我们，亲密地坐在一起，静静地聊着那些逝去的岁月。他比我小几岁，性格开朗，知识面广，说话幽默风趣，我们没有恋爱，却有着姐弟深情，都爱好文学，让我们成了无话不说的好朋友。

他坐在沙发上，大着胆子玩笑地说："那时太傻，要搁着现在，肯定成，姐弟恋多好啊！"我笑，无语。是啊，当一切都成为过往的时候，再回过头，来路上仍然有一段美丽的风景停留在时间深处，散发着阵阵馨香。这份纯情，像一朵花，一幅画，不用镶裱，无须装帧，只在眉目间盛开。这份情愫不是每个人都能拥有，而我们有。

我起身为他斟茶，下午的阳光射在他的脸上，隐约可见当年的淘气。额头饱满，眼睛和嘴唇的线条依然分明，只是眼角多了几道

时隐时现的细纹。此时的我，一边在心里感叹时光的无情，一边觉得他说的话不无道理，那时的我们确实太纯真。尤其是我，少年和青年时代一直不懂爱情为何物，只是属于离阳光最远的果实，无以复加的青涩。

与异性交往，只放心与自己年龄小的男生做朋友，同龄人或大几岁的男子都靠边站，唯恐别人对自己想入非非，视一切追求者为不良青年，见之横眉冷对，似有不共戴天之仇。心中最理想的爱情是彼此欣赏，心有繁花情意相投却又不挑明，只想永远拥有一份朦胧的诗意。

安当时与我走得很近，深知我的脾性，不敢造次。至今，还保持着这份美好，一份难得的姐弟情。

高高在上，目中无人，自命不凡，拒人于千里之外，这便是昔日的我。当然，经过几十年岁月的沉淀和淘洗，我已然脱胎换骨了。可现在人的爱情观和轻佻样，我依然看不惯，看到电视里的小三追着人跑，我恨不能给她几记耳光才解恨！什么人啊！

他们走了，回想着刚才饭桌上安"我姐我姐"地叫着，心里暖暖的。

心里那个暖，仿若一个乘风远航的人，骤然回首，顿觉万物可亲。

把苦难揉进岁月，给生活一个微笑

坐在桌前，我轻轻翻开路遥的《平凡的世界》，静静地审视那片黄土地，缓缓地走近那些平凡的人，与他们一起，去体味那些沉浮的渺小与伟大……

漫长的巷道，纷飞的煤尘，闪亮的眼睛，那一片黑色的、喧嚣而燃烧的煤海。

幽然的古塔，挺拔的苍树，刺目的阳光，那一种凄美的、遥远而刻骨的情感。

破落的窑洞，昏暗的油灯，泥泞的山路，那个遥远的、熟悉而亲切的山村。

牛活，就是这样，不管你愿不愿意，它从来不会以任何形式停顿，只要你活着，就得挺起胸膛向前奔！

爱情也是，犹如一场倾城的洪水，来时惊心动魄，去时痛彻心扉。书中人的恋情与婚姻，是最真实的写照，没有荡气回肠的渲染，却有绕指柔肠的心动，让人欲罢不能又心甘情愿。

每一个平凡的人，都会有一个不为人知的不平凡的世界，有时看似平静的背后，也许会涌动着滔天巨浪！

《平凡的世界》是一部近百万字的小说，是一部全景式地表现中国当代城乡社会生活的长篇。它的内容如它的名字一样朴实无华。几十年的光阴，在路遥笔下舒缓有致地铺展开来，没有一点矫揉造作，没有一点伪饰雕琢。他为我们展示了一副普通而又内蕴丰富的生活图景。小说刻画了当时社会各阶层众多普通人的形象，展现了他们的劳动与爱情、挫折与追求、痛苦与欢乐以及一个平凡人的奋斗成长历程，一个平凡家庭的奋斗成长历程。

心情走笔

孙少安、孙少平，这两个默默承受人生苦难的有志青年，虽贫苦，却不自卑，虽潦倒，却从没停止追逐梦想的步伐。他们的青春理想激励着他们改变现状，激励着他们到外面闯荡世界、在沉重的生活压力下寻找自己的人生价值。这种自强不息的精神，诠释着一个颠扑不破的真理：劳动光荣，劳动创造一切！

作者把写作焦点放在普通人的生活中，表达了强烈的平民意识与抗争意识。少安与少平都不是轻易向命运妥协的人，他们相信自己的双手可以改变命运，他们在一次次苦难中得到锤炼与升华，表现出当代农民的顽强与坚韧，展示了人的自尊、自强与自信。

作家路遥，几乎是用尽心血成就了这部不朽的佳作。他始终以深深纠缠的故乡情结和生命的沉重感去感受生活，以陕北大地作为一个沉浮在他心里的永恒的诗意象征。每当他的创作进入低谷时，就一个人独自去陕北故乡，走到农民中间，在那块土地上吸收营养，审视自己，观照社会。

《平凡的世界》于1991年荣获茅盾文学奖。而路遥，却逝于1992年，享年42岁，中国文坛一颗闪亮的星星陨落了。

作家，只有真正扎根群众这块沃土，才能开出永不凋谢的花朵，路遥做到了。

微　创

一件事情如果没有第二种选择,就只能直面。就像这手臂,医生说:必须手术!

昨天说好今天 12 点至 13 点之间进手术室,没想到 9 点刚过,护工就来通知我去,令我措手不及。

原以为时间还早,让 S 先回了,现在就我一人在此,只好喊上同病房陪护老婆的男人帮我在外面接换下来的衣服。颇有点过意不去。

来到三楼手术室门口,心里安静坦然,无一丝恐惧。五十多岁的人相对于五十岁,就大不相同。记得上次在老家做一很小的囊肿手术,进手术室之前我哭了。看着医护人员拿来条纹病员服让我换上,便悲从中来,眼圈一红,泪如雨下,自感有失坚强,但却不能控制。而这次,在异地,我一个人跟着护工就进去了。无一丝忐忑。看来,年岁见长,心自坦然。

没想到的是,进门后离真正的手术室还有很长一段路,而这里只是办理登记手续,我前面已然站着三个人,我便直接坐在一旁的长椅上等待。看看空旷宽绰的登记室,不免在心里惊讶它的资源浪费,偌大的空间全空着,登记的人只需在入门不远处排队就行了。难道设计时还有其他用场? 正当我想入非非,隐约听到有人叫老人家,而且这声音来自登记处的一名年轻女孩,定睛一看,排队的人都不见了,该不是叫我? 怎么一不留神就沦落成了老人家? 再低头审视自己一番,确实老态龙钟。蓬头垢面不说,穿的衣服也不相宜,手臂不能受束缚,只能找些淘汰几百年的宽大的衣服穿着,整个人的精神面貌萎靡颓废。

感觉自己正处在一个尴尬的年龄段,别人叫你美女你有种被轻薄的感觉,想发火,尊你为老人家又觉心有不甘。我是一个怀揣美梦、蹒跚前行的旅者。

办完登记,被一小护士领着山重水复地走了好长时间才来到真正的手术室。

麻醉师高大魁伟,像极了电影里的大力士,人却很亲和,跟我聊一些无关紧要的轻松话题,与此同时用一根小针在我的肩部似有似无地扎着,时不时用一小棒棒敲敲,问疼不疼,然后又在另一个肩上扎扎敲敲、问问,不知不觉,我便什么也不知道了。

出手术室时,已然是下午两点多了,冬日的阳光透过窗棂暖暖地抚摸着我,而在此之前的四个小时,我一直不痛不痒没有半点知觉。

重新回到病房,一方面感受着亲情的温暖,一方面忍受着肩部的疼痛,而且,六小时之内必须仰卧,不能进食进水。我感觉这才是最最难熬的时刻,无睡意,也无力睁眼,更无力说话,脑子却很清晰。

我于是想,其实人死也许并不可怕,可怕的是没死之前对死亡的恐惧,如果死时就像打麻药一样舒服,没有疼痛没有挣扎,多好。由此,我又想到"安乐死",据说,有的国家已允许安乐死,其实,这是一件多么人道的做法,减少了多少人的痛苦!有些临危病人被病魔摧残得不复人样,为什么不能给他们一点尊严?

想着想着,突然听对面床上的病员对孩子们说,你们不能让她睡着了,刚打了麻药不能睡。于是,家人们便俯身喊我,唯恐我一睡着就过去了。一股暖流轻轻地由心脏向四肢百骸输送,我没睁眼,只是摇摇头,表示还醒着。

家人,这一刻变得尤为宝贵。

君若安好,便是晴天

在走廊的阳光下,她让我把脚伸过去,双手把它轻轻地放平在她的腿上。随之从小包里掏出一瓶红花油,拧开瓶盖滴几滴于手上,然后再猛搓双手帮我按摩。

她那年轻时满头带着卷的秀发,如今已变得灰白,在正午的太阳下显得蓬松而稀薄,脸上带着微笑。一双老手很有规律地不紧不慢地在我那双并不年轻的脚上揉搓着……虽然此举并没多大作用(不明原因的脚痛,理疗也无效),但我却全身心地享受着此番意境。母女俩,无一丝芥蒂,在暖暖的阳光下,聊天,按摩,温馨而美好。这样的情景在我们之间不多,我很珍惜。

下午临走时,她说再帮我揉揉脚,我便很乐意地把脚伸过去。有太阳,但已偏西,柔柔的光线还是让光着的脚有一丝凉意,稍揉了一会,我便把袜子穿上了。

与母亲之间,我似乎从未像弟妹们那样与之亲热过,而且从不撒娇。奶妈在的时候,我的心里固守着那份对奶妈的血脉亲情,只觉得母亲还不算老,而奶妈年纪大了,更应该去孝顺她才对。然而,就在一次次不经意间,我的母亲也在渐渐老去。看着她花白的头发,满眼的慈祥,听着她温软的话语,我似被一层柔柔的光环笼罩。母亲的形象一会儿幻化为慈祥的外婆,一会儿幻化成亲爱的奶妈,这些都是我生命里抹不去的最爱。然而,时间把她们都带走了,唯有母亲,生我养我的母亲还留在我的身边。我很庆幸,已过了知天命之年的我,还能享受到母爱,这是上苍对我的眷顾,我当感恩。

人生七十古来稀,而母亲已虚龄80了,对她,唯有爱,再不可

心情走笔

有半分计较。每次出远门，我都千叮咛万嘱咐，让她好好保重，还有我那 91 岁的老爸，我也是牵肠挂肚地念着，唯恐我离家后有什么闪失。

一个人的一生，只有活到我这个岁数，才能品味出父母的好。父母年轻时的锐气都消磨光了，性情中和容颜上便只留下慈悲。而我们也是，少年的轻狂被岁月抛远了，心思也变得细致缜密起来，能够静下心来慢慢地陪着他们走路、聊天，听他们唠叨，尽情享受有父母的日子。

"君若安好，便是晴天"这句话用在我的父母身上，对我来说，是最恰当不过了。

祛　痣

妍看着镜子里的自己,脸上有八个小圆点,以鼻子以下为界,左边四个,右边四个,这是上个星期四在红十字会医院留下的记号。

那天由 S 陪着,她心里十分忐忑,极想去掉脸上近几年莫名其妙增长的黑痣,同时她又十分恐惧,毕竟在脸上做手术,多少有点紧张。

来前,妍在网上查了一下,很多人半年后脸上还留有疤痕或小坑,妍于是想:我会不会呢? 如果那样,是不是比现在的小痣更难看? 及至坐在了医务室,妍心里还在犹豫。后来还是好友 S 干脆,她说,没事,我当年只需一个月就恢复正常了,相信我吧,我妹妹脸上大大小小十几个痣,那年也在这地方用激光扫荡的,你看,她现在脸上不是一点痕迹也看不出来吗? 说完,风风火火直接就下楼缴费去了。

开弓没有回头箭,轿子已经抬起来了你不上也得上,至此,妍也只好硬着头皮咬咬牙上了所谓的手术台。还好,除了打麻药有些疼,激光除痣的感觉甚至有点舒服,就像一束疾风在痣的部位扫描。接着,便有一股焦臭味,直往鼻孔里钻,妍知道,那是痣被烧掉的味道。由此,她想到了古代名医华佗的英明,要不是他当年发明了麻沸散,哪有今天的麻醉药? 这一伟大的发明,对世界贡献巨大,减少了多少人的痛苦!

那位胖胖的年轻医生技术虽谈不上精湛,但绝对娴熟,人也和气,笑起来很坦诚的样子。他一再嘱咐妍,要疼就对他说,并时不时亲切地问妍."疼吗?"妍回说:"还好,不疼!"他先右后左,不一会

儿,八个比较明显的小痣就被除掉了。

回到家,妍对着镜子一看,两边脸上分别有八个小洞,被涂上了红霉素软膏,黏糊糊的不小一片。医生说,这几天按时吃消炎药,涂抹药膏,不能沾水,一个礼拜就好了。

妍的理解是:所谓好了的意思是可以停药了,而且坑坑也长平一点了,或许开始结痂了。

明天就是第10天了,妍在梳洗时惊喜地发现,那几个小创面正在全力恢复,小坑坑不见了,结痂的地方明显颜色变淡了,真好!

S打来电话:"妍,今天立春了,天气晴好,我们出去走走吧!"妍回说:"好啊!河边见!"她看看镜子里的自己,脸上仍然有明显的小印,但那已经不重要了,她相信时间,时间会抹平一切。

亲爱的，让我抚摸你的容颜

捧着它，我满心欢喜，小心翼翼地伸手轻轻抚摸它，就像抚摸一块锦绣。尽管它没有锦绣的柔软细致，甚至有点粗糙，但在我心里，它们的价值是相同的。

第一次与它邂逅，很迂回。我是在郭敬明的书中看到它的名字——《一个人的村庄》，不知何故，当时就无缘由地喜欢上了它，也许是书名很特别。我这人往往因字生情，人名地名书名电影名皆如此。前些年，电脑还没普及，听到电视里预告深夜十二点放外国影片《午夜小河》，我便生生地等到深夜，期待的只是那"午夜小河"四个字。结果，电影根本不是我想象中那样充满神秘和浪漫，于是，哈欠连天，除了片名，其他什么也没看清。

我在网上搜到了这本书，是新疆本土的一个农民写的，它的灰头土脸让我一见钟情，一口气看了下去，直到两眼酸痛为止。我还了解到，这本书初出时滞销很久，仓库里囤积很多本，只到某年某月某天一位文化界大腕发现并肯定了它，这本书才得以重见天日，浓墨重彩地被推荐了出来。名人效应前提，写得也不错，都是一些提不上桌面的鸡毛蒜皮，却偏偏遇上了我这个不上路子的人，就喜欢这些杂文散章。

为买它，颇费了一番周折。本地书店几次三番没买着！于是上当当网购，谁知上面显示不能送达，真恨死了这个山重水复的小县城。后又改淘宝网，虽然价格要比当当贵一半，心一横，贵就贵吧，买，于是当即拍下。我怀着迎亲的心情，切盼！度日如年地过了三天，一查，本店暂无此货，崩溃！

后来我又改网址，最终如愿以偿，昨天这本书终于辗转到手

了。翻开扉页,无序,也无作者近照,只是简介了一下作者身份:刘亮陈,新疆沙湾县人,现就职于新疆作协。寥寥数语,言简意赅,符合我的胃口。

书,被我放在紫色绒布上,我用手机拍下了它初到时的羞涩,发到了微信上,并在上面写了一行小楷:亲爱的!让我抚摸你的容颜!

冬天里的树

冬天,树们都穿上了洁白的裤子,这是它们防虫御寒的唯一服装。一眼望去,无论是着叶的,还是光秃的,老的还是少的,都以一种大义凛然的姿态呈现在人们视野中。它们齐齐仰着头,树梢直指天穹,傲慢且倔强,接受着冬之洗礼。

站在高高的台阶上,我看到了那棵最大的合欢树。曾经,它是那样容光焕发,美不胜收,而此刻,它已不再万枝繁华,只是将密集的秃枝指向天空。落叶堆积在它的脚下,形成了一个小小的丘,亲昵地守护在它身旁。我想,它定是熟睡了,做着来年灿若云霞的梦。

前面不远处,一片年轻的松树仍嬉笑着在冬阳下取暖,风戏弄着它们不再翠绿的松针,那些松针前仰后合地摇摆着,叫别小觑了它们,每棵树都长着一颗坚韧的心。

紧挨它们的是一群春天里曼妙无比的纤纤花树,叫不出名字,却美得动人心魄。它们的美丽已无从找寻,却依然痴迷的爱恋着身旁一树树青松,在风里不断地向他们舞动着不再妖娆的身姿。

湖边的岸柳倒是千条万条地摆动着,看似充满了柔情蜜意,细看,很多叶子已经泛出了淡黄,这个季节实在不属于恋爱的季节,枉费了它们的一片心思。

广玉兰是一种花树,夏天里开满碗口大的白花,香气熏得人昏昏欲睡。我家院子里曾经就种过两株,一年四季都有落叶,花季时虽然美若满月,但经不住太阳照射,才几天工夫,那皎洁的花瓣便变成了暗黄,随风飘散一地,惨不忍睹,让我这个惜花之人总有点莫名的暗自神伤。想不到今天在这里居然邂逅了它们。我知道,

这种树是不畏严寒的,它们的身上裹着厚厚的叶子,风霜雨雪是吓不倒它们的。

草坪上几棵挺拔傲然的雪松是最坦然的,冬的肆虐对它而言,简直是可笑而浅薄的。它们就这么高耸着,屹立着,接纳着。它们周身充满正气,仿佛内心在呐喊:来吧,冬天!来吧,风雪!你们的严酷可以锤炼我们的意志,你们的寒冷能让我们更坚强更茁壮!

穿过草坪,是我最心仪的香樟树群,一片连一片,它们的叶子依然青翠,身形挺拔,充满生机。行走在它们之间,恍然走在春天的小径,很悠然,很惬意,很舒心。这片林子我来过多次,扬花季节,可以让你沉醉得只想一睡不醒。夏天里它的每一个枝丫都挂满了小而圆的果实,一串串一嘟嘟,青涩中透出成熟。那是它们最富有的季节,像个喜庆的孕妇,做着甜蜜的梦。樟树始终是我最喜欢的树种之一,据说它属于暖性。试想:一个周身散发着温暖气息的树,是多么温馨可爱,又是多么柔美亲和。

回家的路上,我禁不住一再回首,向这些冬天里的树们挥手,而它们,只是静静地站在那里,自信,安然。

人在别处

　　那年我十六,正值豆蔻年华,青春灿烂得像山花一样明媚。穿着当时流行的草绿色上衣,学生蓝裤子,扎着两条齐腰的麻花辫,走起路来两条辫子在腰间调皮地跳来跳去。一个眼神、一次回眸,都掩饰不住飞扬的青春亮色。

相看两不厌

早就期盼着到敬亭山一游，今天终于成行。寻寻觅觅，终于见到了诗仙李白的那首脍炙人口的诗："众鸟高飞尽，孤云独去闲，相看两不厌，唯有敬亭山。"游龙走蛇，飘逸洒脱的字被镌刻在上山途中的一块大石头上，十分醒目。

古语云："山不在高，有仙则灵。"我以为，敬亭山之所以游人如织，与当年李白登临此山并留下墨宝有直接关联，试想，唐代大诗人李白都与此山有"相看两不厌"的情缘，这山的灵气是可想而知了。

据记载，李白初登敬亭山时正直中年，且诗名如日中天，他的到来受到时任宣城太守文先生的热情款待，受到当地义人墨客的追崇和拥戴，他常常与诗朋文友浪漫地"对酒酣高楼，散发开扁舟"，并用如花妙笔将宣城描绘为："江城如画里，山晓望晴空，两水夹明镜，双桥落彩虹。"

这一方山水令诗人豪情勃发，心情激荡。吟诗作赋，不亦乐乎。他甚至还在山上盖起了住房接来子女，以享天伦之乐。

然而，石碑上的诗句则有一种让人感到落寞的情绪，初到宣城的李白，生活得如此悠闲自在，称心如意，怎么可能有"独坐敬亭山"的孤寂和"众鸟高飞尽"的伤感呢？想必，是后期登临此山之后的感慨。

由于脚疼初愈，我根本没有上山的欲望，看见"李白"，于我而言就算是到了终点站，我是为膜拜他而来的。此时太阳的光辉越来越强，虽是初春，无遮无挡地晒着，也有种灼热的感觉。于是，告别那块顽石，揣着对诗人的一腔敬意我一步三回头地离开了。

老爸在亭子里坐在朝阳的长凳上惬意地小眯着,喉咙里不时发出匀称的鼾声。而穿过亭子,就是一大片李子园,现在正是花枝招展的季节,里面早已聚集了很多游春踏青的人。一色的洁白小花,一嘟嘟一串串,满满的一树树、一枝枝,煞是好看。不远处,还有大片大片的茶园,一垄垄绿油油的茶棵延绵至很远很远,远远望去绿绿的一片,漂亮极了。

一路上,休闲长凳处处都是,我们漫步在通往山下的路上,走走停停,家人陆续聚齐,妈说她中午做东,这几天一直念叨着这事,今天,终于让她如愿以偿。

回家的路上,我在一片油菜花海里留了几张合影,那黄,是那样明媚,它们花开不久,正值妙龄,嬉笑中带着羞涩,少男少女的季节,让人有种惬意的清新。那花,那大片的绵延,还有那田边青青的麦苗,都以我最喜欢的样子呈现。

紫阳古街一瞥

紫阳古街,位于临海市古城区,因"紫阳真人"而得名。

相传北宋年间,道教南宗祖师张伯端,其号紫阳,于元丰五年仙化于此,被世人尊称为道教南宗鼻祖。而"紫阳故里"的照壁就矗立于古街的北端,记录了紫阳真人与此地有过的渊源,也因此,更衬托了紫阳街的古老与神奇。

走进紫阳街,仿佛一下子跌进古老的时光隧道,长长的石板路由足下延伸至千米之外的尽头,街道两旁古宅林立,清风宋韵,互不上下:马头墙,官帽瓦,飞檐翘壁,雕梁画栋,让人目不暇接。

那里有宋元明清时代的揽秀楼、风火墙、五凤坊的遗址,也有民国时期"人民银行""老药坊"旧址,古街每相隔百丈就有一堵风火墙,是清代知府为防火灾拨巨款修建的九堵公墙。每墙高三余丈,宽五六丈,拱门高丈余,实属国内罕见。不难想象,这古城中的古街道,当年是何等的繁华昌盛,一定是:红男绿女满街走,声声叫卖声如潮。而今,古街虽已卸去了当年的铅华,却依然保留着大家闺秀的温婉风韵。韶华一去不复,风采依旧迷人……

若慢走细瞧,依稀可见当年茶楼酒肆幌子店号的痕迹,时光已经走远,留下的点点滴滴都是昔日的精华。紫阳街犹如一棵挺拔沧桑的大树,伸枝展叶形成了许多的小巷曲弄。而这些枝蔓同样记载着历史的辉煌,像一颗颗明珠,镶嵌在紫阳街的周围。

繁盛已成过往,时光依旧前行。据说原来巷子深处有个最大的院落,是明代"一门三巡抚"的旧居,只可惜如今已经坍塌无踪。而三井巷 21 号则是清代著名学者洪颐煊故居的旧址,如今虽已人去楼空,但依稀可见当年富家之豪华:甬道、影壁、四合院、厅堂、包

厢、藏书楼、花园……时间在那一刻静止,恍惚间,犹见当年儒生洪前辈,清秀的面容,光亮的前额,背后拖着一根粗长的大辫,握一卷在手,伏案细读……

正在遥想间,蓦然发现已然废弃的庭院里,竟开出几朵叫不出名字的小花。白色的柔软的花朵,在夕阳的余晖里有了褐色枯萎的痕迹,好像时光在心底留下的纹路,黯然的色彩。

心在那一刻兀自生出几多怜惜,花如此,人又何尝不如此呢?

这个古朴的老街,是我宿命中飘浮的线索。空旷的街道行人稀少,有几家店铺是沿袭了世代的手工作坊,"白酒酿,川豆芽,麦虾"都是古街一绝。还有一家三代做秤的世家,店里摆满了大小不一的秤杆,最大的长达几米,能秤两千斤,最小的才只几寸长,能秤几钱。还有剪纸艺术也在这里得以传承。

回望天空,是一片迷离而寂寥的蓝,太阳已经西行。紫阳街,似一首古老的诗,记载着沧桑岁月的变更,沉浸着千年的淳风古韵。那物华天宝,人文巧构,无处不凝聚着先人的智慧。

我喜欢它带一点点的荒凉、一点点的慵懒,历史沉淀,悄然无声,它负载太多的前世今生。

它是临海人的骄傲,也是游者心中一颗璀璨的明珠。

磨合跑塔川

新车磨合期三个月,而磨合期内必须开足五千公里,方可到4S店免费保养,要想完成五千公里的指标,非得跑几趟长途不可。

正好,机会来了,在半亩园网站看到一则消息,组织网友到塔川去赏秋,于是,便约妹妹一家一起去塔川。

塔川位于黄山西麓,宏村东郊,属黟县境内,我们两家八口人,驾两辆车于11月12日早7点向塔川进发……

一路上山道蜿蜒,风光无限。妹妹一家遥遥领先带路,我们一家新车磨合尾随。

车过一望无垠竹海,绿意盈盈映入眼帘,又过逶迤蛇道,一边深谷,一边峻崖,山谷里层林尽染,红黄紫绿相互辉映,秋之韵就这样在你毫无防范时扑入你的视野,浸入你的心田。我被一种巨大的宁静震慑着,经过许多尘嚣侵扰的心灵,陡然回归到这旷古未有的宁静之中,心里似乎注满了一汪清涟,轻盈盈的,一朵睡莲正从心底开出……

一路走,一路观景,一路惊叹。车到塔川,已是下午两点多了,下得车来,迫不及待地买票,想尽快一睹塔川秋色。

小小的塔川村,始建于北宋,蝙蝠形的古村落依偎在卧象山下,几十栋徽派民居依山而建,层层叠叠,状如宝塔。蜿蜒的小溪穿村而过,村口几棵大枫树,枝繁叶茂,遮阴蔽地,据导游介绍,它们已有几百岁的年龄了,现在树叶已成金黄,过不多时,可能就是一片火红了,是塔川一大景观。

通往村里的路曲折逶迤,或挖土成阶,或石块垒叠,头顶是竹叶丛丛,密密匝匝,阳光星点筛下,周身是山风习习,微带凉意。不

远处的一棵红枫下,聚集了一群人,走近一看,原来是在拍婚纱照,摄影师启发新娘说:"朝这边看,露出甜美的笑容。"是啊,这样宁静的小山村,照出的笑容一定很甜美。

我们边走边欣赏着这里的山川景色,成片的乌桕树、枫树,在阳光照射下一片灿烂,原始的山野树木一改昔日的绿绿葱葱,像一个待嫁新娘,让大自然打扮得分外妖娆,呈现出黄色、红色、橙色、紫色……五彩斑斓。还有那枫叶,恰似一片燃烧的熊熊火焰……山民说:如果再晚几天,枫叶都红了,那会更美。而于我而言,已是很知足了。

人在画里走,水在画中流。这古朴的小山村简直是我宿命中的世外桃源。村中点缀的石凳、石桥,小池与树影、竹影、花影融为一体,构成了一幅流动的田园风光画,让我乐而忘忧。与妹妹一拍即合,决定在此住一夜。

宿处是一家干净的农家乐,二楼的阳台上晒满了洗净的被子和棉絮,夫妻俩忙着为我们上茶让座,不亦乐乎。

院子里堆满了南瓜、山芋、冬瓜之类的农作物,还有大片的菜地。墙外是久违了的桑树园,那阵阵清香越墙而入,让我仿佛回到了昔日的知青岁月……

我们在院里一边喝茶一边等待晚餐。看暮色由淡渐浓,云霭由轻转厚,听溪水叮咚四起……

此时,晚风轻拂发丝,一弯新月已于不知不觉间挂上了树梢,周围笼着一圈昏黄的薄纱,碧天如洗,万籁皆寂。山峰深暗,竹林摇曳。我的心已被这夜之美妙陶醉得晕晕乎乎,试图看纯白透明的夜雾从哪儿升起,又悄然从哪儿退去……也试图与一块石头、一粒沙子交谈,甚至想问问墙外的桑林,喂养了几季蚕儿它们长得可好?

当你果真这样做时,似有清晰的回音细细响起,佛说"万物皆有灵性",只是我们无法与之沟通罢了。如此想来,自己这凡胎肉体竟然也有一种仙风道骨般飘然……

这时,妹妹轻轻走到我面前说:"姐,饭好了。"我如梦初醒,看看钟已7点多,农民夫妇正忙碌着从厨房里端菜上饭呢。

晚上,睡在浆洗干净的床上,闻着被子上太阳的味道,一种久违的感觉从心底腾起,再次让我跌进逝去的岁月……

塔川的夜,恬静地凝固了时间的流动。而我,是那么轻易地被它的魅力俘虏……

人
在
别
处

青春驻足的那片土地

日子过得像飞，转瞬间已是春末夏至了。满院的花红树绿，莺飞蝶舞，阳光明媚地倾泻下来，给小小的院落平添了无限的生机。

早起，我正饶有兴致地欣赏着院内的景致，忽闻门外传来卖桑葚的叫卖声，惊喜之余忙不迭地喊：我买，我买！拉开院门一看，只见一老太挎一蓝新鲜水灵、红里透紫的桑葚，不问价便买了足足满满的一小盆。这些久违了的果子，一颗颗红得发紫，紫得发亮。看着它们，我仿佛又回到了青春驻足过的那片土地，那一望无际的桑树园，还有那一树树紫红油亮的桑树果……

那年我十八，青葱美好的花样年华。插队后被安排在蚕场接受贫下中农再教育，我们的知青宿舍是红砖瓦房，木制的窗子朝东，窗外便是一望无际的百亩桑园。

桑树个子不高，树冠丰满，枝叶茂密。它们错落有致地一排排一行行整齐地排列着，有的亭亭玉立，有的粗壮挺拔，那一张张树叶宽大油润挤挤挨挨地交错在一起显得格外苍翠欲滴。行与行之间的枝叶在上面搭起了天然的绿色长廊。太阳被碧叶和枝蔓分割成斑斑点点的碎金，洒落在地里行间，微风拂过，叶片唰唰作响似在下雨，又似在说悄悄话。满地的碎金随着摇曳的枝叶轻舞慢动。摘一片树叶便有乳液般的白汁冒出，它们是蚕宝宝的粮食，这片丰饶的桑树林不仅美不胜收更是蚕儿们的粮仓，它成就了蚕儿们的梦想。

其实，雨中的桑树林更有一番意境。外面下得噼噼啪啪，枝叶横跨的绿色长廊下却滴雨不溅，偶尔轻轻一碰，就有一串串碎玉滚落下来洒得人满身满脸，我们经常冒雨采桑叶，那满枝满叶的水珠把身上滚落地透湿,可心里却特别舒畅、淋漓。每每这时,大片大片的叶子仿佛比平时更加苍绿,它们散发着淡淡的香味,空气一下子清新了许多。

有时,走在无边无际的桑园里,树稀的地方可以看到一块长长的天空,那狭长的空白,被四面的绿簇拥着,显得格外亮堂。在这绿色的空间里呼吸着带着清香的新鲜空气,一天的累也消去了大半,真有一种"不知天上人间"的感觉。不过桑园最美的季节当属每年的 4 月—6 月,那时正是桑葚成熟的时候。

桑葚嫩的时候是青色的,成熟了就变成紫红色。它们个大肉厚,质地油润,味甜汁多,像一颗颗紫葡萄点缀在每一根树枝上,让人看了就忍不住想摘。那时候物资匮乏,没什么水果吃,劳动之余,桑葚就成了我们最好的水果,既爽口又解渴,那酸甜可口的果子一经入口就不想停住,只吃得一个个嘴唇乌紫,牙齿漆黑,笑起来满嘴都成了乌亮的"宝石"。

每年桑葚成熟的季节也是蚕儿们猛吃桑叶准备"上蔟"的时候,所以采桑叶时来不及就连同树枝一起掰下,一捆捆往蚕室里扛。蚕吃叶子,人吃果子,各得其所,各取所需。

那时我们不懂什么营养学,其实,桑葚含有丰富的葡萄糖、维生素、氨基酸及多种矿物质铁、锌、磷、钾、钙等,可以直接吃还可以晒干后食用。桑树的一身都是宝,《本草纲目》早就有记载:它的叶子能养蚕,桑枝可沥汁治疗破伤风,桑根和皮汁能治外伤出血,桑木能祛风除湿。另外还可以用来造纸、编筐、酿酒……

有人说,桑树的一生是奉献的一生,不是吗?春蚕的精神是它成就的,没有桑树的品质何来春蚕的精神?应该说,桑树和春蚕都是上苍赐予人类的宝贝,我们应该予以珍惜和厚爱。

随着时代的发展,养蚕业大都集中到江浙一带,我们曾经插队

人在别处

的蚕场已改作他用,那些留下我们青春和汗水的桑树林已不复存在。

当年,我们的蚕场就坐落在铁路沿线,每次乘车途经昔日的蚕场我都要忍不住打开车窗,任呼啸的风肆虐着我的短发。我看见的只是一掠而过的蒸腾着生机的油青色田野,修长的竹子和不知名的小树,流动的河水……再也看不见我那熟悉的红砖瓦房,那连绵几里地的绿油油的桑园,还有那一树树的乌红发亮的桑树果……

我曾经驻足过的那片土地,历史赋予了它新的意义。对于我所熟悉和深爱的一切,只能停留在记忆的深处,搁浅在梦里,想它了,就到梦里去寻……

临海奇葩

如果你真正走进临海华侨大酒店,你就会被陶醉,陶醉于它的翩翩风采,陶醉于它的与众不同。

如果你真正入驻华侨大酒店,你就会被震撼!为它的优质服务,为它的人性化管理。

华侨大酒店坐落在风景秀丽的灵湖之畔,位于新城区,离市中心仅几分钟车程,酒店有专车接送旅客,购物游玩十分便利。

偌大的停车场四周绿荫葱葱,花香十里。一块巨石十分醒目地篆刻着"近悦远来"四个红心大字,展示着这座酒店的博大胸怀,也是它的魂之所在。

这座神话般崛起的中荷合资五星级大酒店,成为一朵绽放在临海的奇葩。它的超值服务,人性化管理,适中的价位,赢得了海内外宾客的一致好评。

走进大堂,那金碧辉煌、气派典雅的精致装潢,给人以全新的视觉享受。那格调非凡的大胆构思,集中荷特色于一体的完美设计,绿色植物恰到好处的唯美点缀,让人叹为观止。真正体现了华侨酒店的特色,让侨居海外的游子有一种宾至如归的感觉。

楼上的住房,有很多朝向和风景可供人选择,湖景房当属首选。

当你住进舒适宽大的房间,打开落地窗幔,轻风微微掀动你的秀发,映入你眼帘的将是一片碧蓝碧蓝的湖水。在晨曦里,在斜阳下,在每一个心仪的时辰,它都会闪动着粼粼波光,与你遥遥相对,解读你的心情,分享你的喜悦。

然后,你会情不自禁地伸展全身筋骨,美美地来个热水浴,舒服地倒在松软洁白的床上只想一睡不起……然而,就在此刻,轻轻的敲门声将你唤醒,开门一看,一位漂亮的服务员笑容满面地告诉你,就餐时间到了。

到楼下就餐,餐厅服务员会以春风般的笑脸迎接你,款款带你入座,随时为你提供细致到位的餐饮服务。你会惊讶于餐厅的整洁有序,服务员的耐心周到。

饭毕,你可以沿着蜿蜒小径漫步于后花园,也可以直接去灵湖公园,丈量你梦中的湖畔。

你还可以走进酒楼的多功能厅,在那里,你可以尽情地 K 歌、跳舞、挥洒激情,也可以要一听啤酒,抑或是一杯咖啡,一边听着轻音乐,一边想着自己的心事。

回到房间,上网聊 QQ、打游戏、看电视,玩到筋疲力尽再来个淋浴。高档的电吹风和剃须刀为你抹去一路风尘,裹上淡香洁净的浴巾,你的唯一想法是足足地睡一觉。

第二天醒来,窗外的灵湖在阳光下闪着金色的光,排排细浪向你逶迤而来,似乎在向你问候"早晨好!"你深深地呼吸着清新湿润的空气,高兴地回赠它一个响指:"嗨!灵湖!你早!"

这时,一阵电话铃声把你从窗前拉回,原来是大堂服务员提醒你该下楼吃早点了。

早餐是自助餐,超大的餐厅座无虚席,丰盛的菜肴、点心、粥类、饮料、水果、烧烤,琳琅满目,应有尽有,看得人眼花缭乱。

各种国籍、各种肤色的人穿梭其中,选择自己喜欢的食物。餐厅工作人员穿着洁白的工作服,脸上荡着微微的笑意,忙碌着为顾客提供服务。

一位有着白皮肤蓝眼睛的美国人指着一盘点心问服务员那是

什么,服务员笑着上前看看,然后退一步回答她的问题。一看便知这是训练有素的服务员,她之所以后退一步回答,是因为怕对着食物说话不卫生。

一位老太太从座椅上站起来,准备去倒饮料,服务小姐盛开着笑脸走过去搀扶着,问她要什么样的饮料,然后为她倒好送到座位上……如此温馨的服务,在华侨大酒店随处可见。

出门旅行,都希望遇上一个令自己满意的酒店,在临海,在华侨大酒店,我遇上了。邂逅临海华侨大酒店,是我的幸运,感受它时尚现代的元素,享受它的温馨服务是我的幸运。

人
在
别
处

春日伤寒——锁眉之旅

早就期盼着一次远行,去婺源看春日里的油菜花,看那诗意的小桥、流水、人家,看那一方充满神秘色彩的土地。

然而,四月之行,成了永久的春日伤寒,欲罢不能,欲语还休……

4月9日早晨7点20分,我们一行人乘"千山旅行社"旅游车出发,行程近三百公里,于中午抵达婺源县城。由于路上堵车,当地导游姗姗来迟,待把我们安排到一家酒店,里面早已是人满为患。好不容易找到座位,团团围坐一桌,导游又来商量加几个人行否?扫描一周,正好10人坐,岂能再加?协商不下,导游不爽,饭菜也不能上桌。

最终,想到两全之策,换一张大桌,坐上十几个人,说到时另加几个菜,也罢,出门在外,尽量将就。等了许久,无人问津。最后两个导游充当了服务员,为大家用小木桶盛饭端上,服务员也将菜不紧不慢地端了上来。大家边吃边等,一会儿就将桌上饭菜席卷一空。人太多,菜有限,大家都省着吃,只是填饱肚子而已,没想到吃好之后正准备走时,来了个服务员说还有几个菜没上……这服务真让人大跌眼镜,晕!

吃完饭上车,满心欢喜,以为要去心仪已久的油菜花圣地观光,一问才知不是去那里,而是到相反方向的"清风仙境"去,心里不免扫兴,脱口问什么时候能去?导游回说这次旅程没安排。看着路边星星点点的油菜花,想象着那大片大片的辉煌是多么壮观,而我在这样一个美好的季节却与它们失之交臂,真是呜呼哀哉!

整个下午的美好时光,我们仅仅游览了一个貌不惊人的破岩洞,耗时不到一小时,而大量的时间都坐在车上,朝着导游引导的住宿目的地飞奔。

导游说为了便于明天上山,最好住在离"三清山"比较近的地方,于是,把我们带到了偏远落后的某某村落,吃住自不必说,三个字概括:脏! 乱! 差!

第二天早晨 6 点起床,天下起了小雨,淅淅沥沥,看来,今天的三清山之游,也不会太尽兴。

果不出所料,到得山脚下,雨还是一个劲地缠绵,没有停歇的迹象,放眼远山,云遮雾罩,莽莽苍苍。

有雾弥漫着,再美的景致也是枉然。没办法,索道上下连乘票已购,来不及犹豫,每人穿件雨衣,带着雨具,乘坐缆车悠悠晃晃地上山了。

下索道后,一路攀阶登石,爬得腿软筋麻,尔后是高山栈道,一面悬崖一面峭壁,凉风习习,雾气腾腾,倒像是在电视里的天宫里行走,下面全是云雾缭绕,三清山特有的"泰山之雄伟,华山之峻峭,庐山之瀑布,衡山之烟云"的磅礴气势一点也没领略到。天公不作美,那些千姿百态让人叹为观止的美景只能与我们擦肩而过。

上上下下,走走停停,一直在山上流连五六个小时,也难识得此山真面目。我们一头雾水地回到车上,至此,此次旅游总算画上了一个扁扁的句号——约等于 0。

晚上 8 点回到家,身心疲惫,连睁眼的力气都没有,心里一个劲地大呼上当。多年来,我也玩过不少景点,走过不少地方,像这样糟糕的旅行还是第一次。让人锁眉。

那年我十六

大壁坑——坐落在大山深处。

这个偏远的小山村,有我年少时的美好记忆,是我学生时代采过茶的地方,山明水秀,民风淳朴。正如陶渊明诗中描述的那样:"榆柳荫后檐,桃李罗堂前。暧暧远人村,依依墟里烟。狗吠深巷中,鸡鸣桑树颠。户庭无尘杂,虚室有余闲。"

岁月渐行渐远,记忆却越来越近,四十年,弹指一挥间,那年我十六岁,青春灿烂得像山花一样明媚。穿着当时流行的草绿色上衣,学生蓝裤子,扎着两条齐腰的麻花辫,走起路来两条辫子在腰间调皮地跳来跳去。一个眼神,一次回眸,都掩饰不住飞扬的青春亮色。

我们住在一姚姓家里,宽敞的房屋,偌大的院落。下台阶就是一条河流,遍布着方圆不等的石头,清澈见底的水中时而有小鱼跃上水面,飞溅起几朵水花。吃过晚饭,那条河流便是我们最好的去处,洗脸洗衣服打水仗,笑闹声随着哗哗的流水飘向远方……

白天我们和社员一起上工,一人挎一个茶篓子,到茶园采茶。大片大片绿油油的茶树,让我们兴奋不已。同学们争抢着选那棵大叶肥的茶树采摘,一般都是两人一组采一蓬茶,面对面一边说笑一边双手不停地掐断刚刚抽出的嫩枝,茶叶的清香丝丝缕缕从指尖和叶片沁入心扉,让人神清气爽。

晚上各自把一天采来的茶叶背到队里过秤,记好数量,倒入茶堆方算完成任务。这种日复一日单调的劳作,给我们带来前所未有的新鲜感,日出而作,日落而息,不亦乐乎!

很多年过去了,每当我想起当年的那些人和事,想起当年住过的山村老房子,想起那宽敞的院子,想起屋前那条奔流不息的小河,就有种莫名的亲切感。潜意识里,总想再次踏上那片土地,看看当年的那座小山村、那条河流、那些房子,以及房子里住的人。

岁月悠悠,时光荏苒。记得房东家的儿子乳名唤作"黑丫头",分明是一个高高帅帅的少年,却被父母取了个女孩的名字,全村人都这样叫着,我们也跟着这样叫着。40 年过去了,当我重新踏上这片土地时,他还在时间深处吗? 那山、那水、那人、那事,还是那么鲜活吗?

老街小溪口

小溪口是河沥溪一条古老的街道。它位于县城以东,街面呈直角,由石阶自南而下拐向正街,全长两华里余。

近年来,河沥溪凭借境内山环水绕的地理位置,开发的步伐一刻不停,窄长的路面被拓宽,道路两旁高楼林立,商铺鳞次栉比,市场繁荣昌盛。

而老街小溪口则不同,在喧嚣的背后,在现代文明的左冲右突中,它更像是被岁月遗留下来的一截历史,安然不动地静默在那里,头枕着东津河畔沉睡着,静静地沿袭着它古老的生活方式。

走进老街,逐级而下,你有一种古意苍苍铅华落尽的感慨。它傍水而建,街道两边有十来个深浅不一、宽窄不同的小巷胡同,像老街的枝蔓蜿蜒伸展着,曲径通幽,也像老街的儿女,虽成家立业却不离母亲的左右,守护在老街的身旁。再看那沿街的房子,斑驳的高墙上镶嵌着饱经岁月沧桑的雕花门廊,落满厚厚尘埃的木楼栏杆依稀可见当年的朱红痕迹。它像一位红颜消尽的女子,没有了青春可却有着生命的热望,守着老房旧宅无声无息地度日,有一种看淡流光的从容。

老街建于明嘉靖年间,那时的小溪口水陆交通便捷,商业发达,市井繁荣,码头、戏楼、糖坊、伞厂、药铺……各色店铺不下百家,是县城与浙西及诸邻县的物资集散地之一,市容之盛,人口之多,远近闻名,故有"大大河沥溪,小小宁国县"之说。而小溪口最是当时繁华昌盛所在。它的码头之兴隆足以撑起皖南水运贸易的半壁江山,辉煌使它人丁兴旺,万事顺达。

老街小溪口的路一律由青石板铺就,由于经年历月的磨损,中间的大块青石有的已烙上浅浅的车辙。临街的店铺有的整齐划一,有的犬牙交错,没有豪宅大户,没有雕梁画栋。居住者大多是市井百姓,有卖甜酒汤圆的,有卖油条麻花的,也有修伞补鞋的,还有昔日烧开水的大火炉,依然暖哄哄地为人们烧着开水,沿街小摊上摆放一些针头线老,在繁华市面上冷落了的营生到这里都可以找到。

大多数的房子仍保留着古色古香的韵味,木门木楼木窗子,看到这些,老街的老,就泛出了幽深。随意走进一间老宅,都有长长的甬道,光线暗淡,透气性差,甬道的尽头才是正房。站在过道里,小小的穿堂风轻旋岁月而来,恍惚间,人就不知进入了哪个世纪。仿佛那木门还依稀泛着当年的油光,而那灰墙暗壁也变得粉白明亮起来,似乎昔日门外的热闹喧嚣声也一浪一浪扑面而来……回望街面,那寂寥的青石板路面仿佛还回荡着旧时的吆喝叫卖声……

时间在这一刻定格,过去的在历史中绚烂,颓败的在现实中杂陈。看着眼前的一切,想着它们的前尘后事,我感慨万千,万千感慨,时光如流水,转瞬即逝,留下来的只是时间带不走的老宅和老街,而老街上的人却物是人非,一代又一代,繁衍生息,源远流长……

夏日的黄昏,老街的两旁总是坐满了纳凉的人,他们仍然延续着古老的纳凉方式,有的高声大嗓地说笑,有的低声细语谈心。而一些老人则喜欢沉默,他们靠在躺椅上,摇着芭蕉扇,神情悠闲淡然,自在宁静,像老街一样,犹如一条古老的河流在默默地流淌……

岁月如歌,一路向前。今日的老街,昔日的风采已荡然无存,取而代之的是颓败与衰落,但它却流淌着人间烟火的温情,悠悠地

哼着小调,敲着属于自己的慢板。

近几年也来过几拨人,架起仪器,测量街面,丈量房屋,说是要开发,毕竟岁月在这里留下了太多的痕迹,改变一下环境,让旧貌换新颜,也是人们心中期待已久的事。可老街不急,老街的历史已装得下山川岁月了,还在乎这一朝一夕?

走进丽江

从昆明出发,经过八小时颠簸劳顿车程,终于抵达传说中的丽江。

这座神奇的高原古城,是我早已向往的地方,今天终于能够一睹它的风采。来不及抖落旅途的仆仆风尘,我迫不及待地第一个跳下车,站在路旁迎着高原辽阔的风高喊:"丽江,我来了!"

有人说:丽江是一个让人什么也不想却让你心跳的地方。走进丽江,你就会知道此言不虚。首先,你会震惊于它那别具特色的建筑和巧夺天工的合理布局。这里有着江南水乡般迷人的韵致,又有高原独特的民族风情,同时还有保存完好的明清建筑群。这里被誉为"东方威尼斯""高原姑苏",它虽建于南宋,距今已有800多年历史,但却有着大都市的时尚与喧嚣,一年四季游人如织。它以集白族、纳西族、汉族等民族风格建筑以及穿街入巷川流不息的溪流、淳朴的风土人情成为世人瞩目的游览胜地。

古城中有一条繁华的街道称为四方街,街道两旁的商铺飞檐层叠,错落有致,门窗大都雕有飞鸟花卉图案,色泽饱满,浓淡相宜。主街与众多小街小巷之间路环水绕,婉约宜人。清澈见底的溪水蜿蜒曲折自西而东悠然流淌……而小巷深处的人家早已将住房改为旅店,家家门前插杨柳,户户院里溪水流,极具高原水乡风貌。

到了夜晚,华灯初上,霓虹闪烁,丽江古城则是另一番风韵,妩媚得让人心醉"疏影横斜水清浅,暗香浮动月黄昏"那高高挂在天边的明月,映着满天的星光,晕着暗红的灯笼。彩灯闪闪烁烁勾勒出层次分明的翘檐房架,让人心动不已,浮想翩翩。而当你踏着朗

照的月光,行走在被雨水和溪流冲刷的斑驳陆离、鉴可照人的青石板路上时,真的有恍若隔世之感……

在这阡陌的清流和沉香的月夜,丽江像一幅淡青色的画。你可以极小资地拥有风花雪月的浪漫情怀,回忆着情窦初开的美好时光。更可以荡涤尘封已久的心灵,重新找回自我。

此时,一切的一切都不重要,月光下的古城只剩下一种诱惑:这清幽的小桥,流水,人家,这温婉如梦的高原古城以它独特的魅力慰藉了多少旅人疲惫的灵魂,安抚了多少受伤的心!

千年古城,千年古风,现代文明,时尚前卫,天然合成,浑然一体。

酒吧一条街是现代文明的有力佐证。那沿河岸的整整一条街,悬挂着一溜长的大红灯笼,散发出暧昧的光,每间酒吧热闹非凡,人影晃动,灯红酒绿,流光溢彩。在这里,你无须顾及,可以放开心情感受这美好的一切。找间适合自己的酒吧,要几听啤酒,坐在一个僻静的角落独自品味,也可以参与人群尽情肆意地舞动肢体,释放活力,说不定你还能一见钟情艳遇佳人……

如果你愿意,还可以与素昧平生的人喝酒行令,觥筹交错。一切平时的不可能在此时都变成了可能。这里没有平日里的虚伪掩饰,只有人性的自然流露,这里没有纷杂的思绪,只有妙曼的情怀。

丽江古城的夜是美妙的,昼是沸腾的,它的原始、它的风情、它的野性、它的包容让旅者趋之若鹜。而古城外那圣洁的雪山,汹涌的大江,险峻的峡谷,清冽的湖泊,宽阔的坝子,茸茸的草甸更让人流连忘返。

你有过迷失的感觉吗?你为生活所困而失去了自我吗?来丽江吧!这里是让人迷失和找回自我的最佳所在。

浪荡坞

浪荡坞，一个让人充满遐想的名字。有一丝放荡不羁，一丝妖媚缱绻。就像当年的桃花坞，引得一群文人墨客想入非非继而蜂拥而至。坦然心思，我来这里，也正是冲着它浪荡的虚名。

简言之，在被工业化、城镇化一网打尽的今天，浪荡坞可谓非常幸运的漏网之鱼。

我去的时候刚下过一场小雨，浪荡坞这个小山村笼罩在雾水清沫之中，愈发纯净通透。油菜花正漫山遍野地开着，柳树舒展开了黄绿嫩叶的枝条，在微微的春风中轻柔荡漾。香榧树们笔直地立于山间，舒坦地伸展着枝蔓，享受着阳光的抚摸。杉树枝头的芽簇已经颇为肥壮，嫩嫩的，映着天色闪闪发亮。还有那成片的毛竹随风舞动着，似天然屏障，隔着这山与那山的视线。茶棵一蓬蓬一簇簇绵延几里地，正在抽枝展叶，油润一片。

农家的菜地，星星点点地洒落在房前屋后，嫩绿的菜秧有的才露头，有的已苗壮成一小棵。小螳螂在兴奋地跳着，从这一片叶子跳到另一片叶子上，渐渐地，那碧绿的身体和田里的麦苗融合在一起，不见了。很多农家院里都摆放着石桌石凳，屋檐下晒着自家腌制的腊肉，通透明亮的颜色，像熟透的松脂，油汪汪的，煞是让人眼馋。当我问起这些腊货卖不卖时，一位老汉回说不卖，看中哪块可以相送，并热情地招呼我们过去挑选。至情至性的山里人，敦厚的让人感动。我们一边谢绝一边往前走。我在想：太阳落山时，炊烟四起时，一定能看见乡村里的人吃晚饭的情景：他们有的坐在院子里的石凳上吃，有的人家将桌椅饭菜搬到院子里吃，孩子们在桌旁惦着脚尖夹菜，然后撒开脚丫子奔到隔壁院子里，和邻家的小伙伴

边吃边看地上的蚂蚁搬家。老汉们忘不了在饭桌上为自己斟上一杯酒,高兴时红着脸膛扯着嗓子喊坡下的老伙计上来干一杯!

天边的红霞,向晚的微风,归巢的鸟儿,至真至善的山里人,那幅图景真是人间至美啊!

边走边想,边想边看,转弯处,眼前豁然一亮。只见一鉴方塘,有如明镜,山水顾盼,撩人情思,几棵老树虬枝盘曲,绿叶婆娑。我蓦然想起那个美国人梭罗,于是,一汪瓦尔登湖水倾斜过来,湛蓝色的,那是天穹的颜色。

此刻的我,置身于郁郁苍苍的群山环峙之间,寂静极了。植物特有的馨香静静地充盈进五脏六腑,又向四肢百骸静静地弥漫开来。似乎脚下也轻飘起来,微风拂过,竟有种超凡脱俗随风而去的感觉。山民说,再往里走,就可看到瀑布群,还有几处高悬于崖口的万丈瀑布。我想起了李白的诗句:"日照香炉生紫烟,遥看瀑布挂前川。飞流直下三千尺,疑是银河落九天。"在这样一个无污染的山村,那飞流直下的水,该是清洌甘甜的才是。

我在一处高地上坐下来,沉默不语像个历史老人。面对眼前的山峦起伏,水波荡漾,还有远处点缀山间的粉墙黛瓦,刹那间,我似乎看清了历史深处的潮起潮落云聚云散。一种沧海桑田式的感慨在心头升起:浪荡坞!虽然这寂静淳朴的小山村与这浪荡二字毫无牵连,但沉淀的历史毕竟给我们留下了纷繁妖娆的想象空间,我们可以扬鞭催马奔驰在无极的想象领域,去重塑一个带着花边的浪荡坞!一个浪漫的浪荡坞!

岁月陈酿

　　一种久远的温馨将自己轻轻包裹起来，那个春天的夜晚，我演绎了一场让她回味一生的滑稽剧。此刻的我，一丝感慨，一丝悲凉。曾经的小我在岁月之河的对岸，隔着流水的旋律，淡淡散发着让人眼眶发热的芬芳。而此时，我已人到中年，她亦垂垂老矣。

西津河畔

已经很久没到这片天地来了。

顺着重新修缮的西津大桥往西走，一路上微风拂面，阳光正好，全没有冬天的寒意，倒像是阳春三月的气候。

妈指着她当年上初师的原址凤形山对我们说："看，我当年就在这里读书。"可眼前的旧址之上已然是一片别墅楼群了，接着，她又指着津河水中央说，"那里原来有一块木板，我们当年就蹲在木板上面洗衣服洗被子。"透过几棵大树的枝丫，我仿佛看到年轻时的妈，扎着两条麻花小辫，蹲在那里噼里啪啦地锤衣服，细细的汗珠爬上了额头，俏丽的脸蛋绯红一片……

妈或许也想到了当年自己的模样，两眼放光，神采奕奕，深情地注视着水面，而此时的水面，正荡漾着圈圈涟漪，逶迤着向四面扩散开来。妈的心思全凝聚在那一摊河水之上，脸上绽放着似有似无的笑容，这种表情很迷人，据说当年我爸就是被这表情拨动了心弦，演绎了一场似有似无的爱情。

如果时光可以倒流，我想，妈肯定情愿回到落后贫穷的少女时代。五十年代，新中国成立不久，各行各业都需要大量的人才，她们有大把的青春可以投入到国家的建设之中。

一路走，一路听妈讲她过去的事情，我突然想起一句歌词："我们坐在高高的谷堆旁边，听妈妈讲她过去的事情。"我们现在就在西津河畔听妈讲她过去的事情。这里，或许没有月光下的谷堆有诗意，但那静水深流的一带碧绿，绝对诱惑了妈的万千心思。

随着妈的讲述，我的眼前跳跃出不同的画面：一张写有"洞水琴声"的照片，记载了妈年轻时代的快乐，十几个年轻教师拿着各

岁月陈酿

种乐器在山门洞里的潺潺流水边留下了青春身影。妈当时正在作吹口琴状,她能吹奏《洪湖水浪打浪》《九九艳阳天》《马儿啊,你慢些走》等当时流行的歌曲。后来,她把那把口琴赠给了我,记得是国光牌的,很有质感,音色纯正,它当年被我视为至宝,小心翼翼地藏在檀木箱子一角,如今,还一直躺在我的柜子里。

还有一张照片是妈和同学们一起在合肥逍遥津公园游览时拍的,一条苍绿色的羊毛围巾,衬托着一张春光明媚的脸,笑容灿烂,纯真质朴。那条围巾在我上小学四年级时成了我冬天御寒的最美点缀,纯羊毛,手感柔软,色泽鲜艳,小伙伴们羡慕地你摸摸我看看,当时心里那个美呀,简直让人晕眩。那条围巾一直陪伴我读完初中、高中,直到知青下放,我还戴着它,只是,把原来的苍绿染成了紫红色。我也学妈的样,在翠色的竹林间,留下了一张倩影,一团紫色火焰,衬托着一张清秀的脸。

回忆是一件惬意的事。一些尘封已久的东西,今天都由妈将它们翻出来,放在冬日的阳光下暖晒,我也抖落出了一些零星记忆,与妈同乐。

顺着河畔,我们边走边聊,妈指着前面河湾处说:"那边新建了一座公园,面积很大。"果真,转过弯,眼前出现一条看不到尽头的小径,临水的一面围起了围栏,另一边是绿化。草坪、灌木,花草树木,很是养眼。弟弟鼓动妈把现在的房子卖了,在这里买个大点的房子,说这里空气好,适合养老。于是,妈便无限向往地说:"那我就天天到这里来走路锻炼。"

看着妈孩子般的神情,我和妹妹也推波助澜地说:"对!这里的环境有利健康,你回去就张罗卖房吧!"

梦比现实温柔

梦,是内心幽深的花园,也是生活的另一种延续和弥补,好的梦境,能让人心情愉悦,不好的梦,也能让人陡生惆怅。尽管梦与人生关系不大,但与精神却息息相关。

古时有周公解梦,那时的梦,被蒙上了一层神秘色彩。在古人眼里,梦是一种预兆,可传递凶吉。故而,除周公之外,也有一些解梦破梦之人长年以此为生计的。

现代人也有梦,只是少了那份对梦的深信不疑。

而梦于我而言,记忆深刻的,都是一些离奇古怪、脱离现实的。妹妹说她常常梦见自己会飞,身轻如燕,在树梢和草坪上面飞翔——姿态优美心旷神怡,有时翱翔在大海之上,觉得自己犹如一只海鸥,徜徉在海的怀抱。而我的梦境,更多的是荒诞离奇,已被我记录下来,在此不加赘述。

古人云:"日有所思,夜有所梦。"非也!《红楼梦》中的贾宝玉,黛玉死后,他悲痛欲绝,肝肠寸断,却一次也没梦见过她。为了在梦中能见上一面,他特意睡在黛玉房门边,但最终还是一次未梦。所以,梦这个东西很玄乎,有点可遇不可求。

但我想:梦,也许是内心深处一种潜意识在作祟,那种意识应该是可有可无、缥缥缈缈、无影无踪的。意识太强烈了,反倒适得其反,贾宝玉当年的遭遇就是因为太执着而未能如愿。

前不久,老爸给我讲了一个梦。

他坐在我家的沙发上,一边沐浴着冬日的阳光,一边捧着一杯冒着丝丝热气的绿茶。这是他第二次对我说梦。他说,他梦见自己死了,看见一个很大很大的棺材,但明显又感觉自己在帮着抬那

岁月陈酿

口棺材,当走到一个山坡上放下棺材后,他转身就离开了。走了大约二三十步远,他突然想到自己不是死了吗?怎么还在路上走?于是决定回去看看那棺材里面睡的人。待他走到棺材旁一看,里面一共睡了三个人,最上面一个人就是他自己,斜斜地躺在那里,僵硬着。他很伤心,很悲哀地想:自己才十七岁啊,怎么这么年轻就死了?后来终于弄明白,原来,死的那个人是八十多岁的他,而现在的他,只有十七岁,一个翩翩少年,活在人生最精彩的年华。

听后,无限感慨,人老了,却向往年轻的时光。他多么希望自己只有十七岁,这个年龄于他,有太多的憧憬和未来。

他给我讲的第一个梦也是关乎年龄的。那是去年夏天,他说他梦见自己正值年富力强,生意做得红红火火,四乡八邻都夸他手艺高超。他很勤奋很卖力,为着一家老小的生计,不分昼夜地忙活,人虽累,心却充实。及至早晨醒来,还一下反应不过来,只以为自己还是年轻时的自己,直到看清了房间里的陈设,才恍然:哦,自己已到耄耋之年了。

老爸的梦,都是追寻过去岁月的梦,听了让人鼻子发酸、眼眶发热却又无可奈何。他常对我说,自己是苦底子出生,现在能过上这么幸福的日子,很是知足,也很珍惜。我懂他,作为来日无多的老人,作为辛苦了大半辈子的老爸,他多么希望时间的脚步慢一点,再慢一点。

而我们现在能做的,唯有抽空多陪陪他,给他温暖,给他爱。

晴

晴原来的家,在乡下。

一排六开间的楼房矗立在村东头,院子很大,视野开阔,极目远眺,无遮无挡,让人想到一马平川。院内的橘树已有四十年树龄,枝繁叶茂,华盖亭亭,能挂几百斤果。还有枣树、板栗树,桂花树。稍远的地方,有大片的菜地,种满了不同品种的季节菜蔬。菜地旁的大片灌木,正开着稀薄零星的花,叫不出名字,却也是一道风景。

在菜地的转角处,有一处小小的池塘,那是特意给鸭子们挖的浅水湾,供它们夏天纳凉戏水。另外还圈养了几十只鸡,鸡婆们在一只雄赳赳气昂昂的漂亮公鸡带领下到处觅食捉虫,让人想起旧时宫廷里的皇帝和嫔妃。那些母鸡无论年老年幼,统统只有一个丈夫,公鸡可以随心所欲随时随地肆无忌惮地宠幸任何一只鸡妃子。我问晴:"这只公鸡懂得呵护它们吗?"她回说:"可爱护它们哪,晚上回笼子之后,只要有一只母鸡没回去,它都要出去把它找回来,有时找不到就自己守在鸡笼外等候着,直到那只鸡回来,它才进笼睡觉。"哈哈!还挺有责任感的,真是个有情有义的好丈夫。我不禁又多看了一眼那只公鸡,此时的它,正用嘴啄米,啄起来,又放下,啄起来,又放下。晴说:"它是示意让其他鸡来吃。"真是不可思议,鸡也有感情?莫非它也有最宠爱的母鸡?

正在想入非非,晴的公婆已把茶水泡好,喊我们回屋去喝茶。

走进晴昔日的家,一切摆设都是原来的样子,沙发、条桌、方凳,还有房间里的床、梳妆台、老式衣柜,一如十几年前,只是少了热气和温度。房后是水井、猪圈、澡锅,一应俱全。她和小叔子家

以及公婆家后院都是相通的,外表上已单立门户,实际上仍在一个锅里吃饭。公婆人极好,两个儿子两个家庭,都护在他们的翅膀下。可以想象,十几年前,农村有这等条件已算是上等家境了,日子过得殷实富足,在村里,是受人羡慕的大家庭。

可天有不测风云,晴的丈夫,竟年纪轻轻就抛下了一家老小撒手人寰了。她婆婆说:儿子当年很孝顺,很勤快,也很有力气,人缘极好,肯帮助人,夫妻俩感情很深。她婆婆还说:儿子会心疼人,晴到堰塘洗衣服,他就抢先帮着她把衣服端到堰塘边,两人一前一后,说说笑笑,很是恩爱。

她丈夫的照片就挂在客厅侧面墙上:一个很和善的男人,微笑着。那时他在附近一个规模很大的工厂上班,有心爱的妻子和一双儿女,正值英年。那是晴过去的日子。

离开那个家十几年了,晴每年都带着孩子回公婆家过年,陪伴两个伤心的老人,而老人也从未把她看外,只是言语中多了一份发自肺腑的亲情。说到晴,两个老人总是不由自主地称之为我晴,俨然把她当作了自己的女儿。平日里常常送些自家菜地里的蔬菜,过年时把自家杀的猪肉腌好,香肠灌好送给她。

前不久,公婆带信来,说他们的房子马上要拆迁了,现在的赔偿标准提高了,说晴原来住的房子可能要赔偿一百多万,让晴有空回来与开发商面谈一次。

离开时,两位老人又到菜地砍了一大堆白菜,说是让我们每人带一些回家,晴也说:"带上吧,我爸妈种的菜好吃,不施农药,味道特别好。"面对两位老人,我们唯有感谢,感谢他们对晴的好,祝福他们永远健康!

野孩子

野孩子在小区里第一次露面,我便发现了她,她的与众不同的寸发泛着干枯的稻草黄,皮肤白得有些炫目,说苍白不确切,说粉白更不符合,但那白与满头的黄却相得益彰,水乳交融。

她穿着略显宽松的花色旗袍,这让她平添了一丝女孩的气息。细看,那小巧的五官也还算排列秀气,只是眼神游离,不说话,周边的一切仿佛不存在,我行我素地爬到滑梯顶端外侧,双手紧抓扶手,两条腿优哉游哉地在上面悬空荡着。见她那样我吓得在下面大叫,让她赶快下来,太危险了!而她却不理不睬,旁若无人地荡悠着。更让我惊讶的是,她是没有大人监护的,一个单薄瘦弱的小女孩,也不过三岁左右,居然一个人跑出来玩耍,这也太不可思议了。

很快,我便目睹了她与其他小朋友之间的冲突,最后以惨败收场。

她的行动能力超强,一不留神,挂在扶手上面的她,已然坐在了滑梯的底部,而且手中不知从哪里弄来了一块馍,正十分投入地享受着那馍的滋味。恰在此时,滑梯上面的小孩要从顶端往下滑,便大声嚷着让她让开,她不理不睬按兵不动,连头也不回。上面的小孩火了,大吼:"再不让开我滑下来踹死你!"她仍不管不顾地吃着,结果那孩子一气之下哧溜一下滑下来,冲力和惯性直接把她狠狠地掀翻在地,馍也飞了,头也破了,牙上也沾满了泥。此时的她无助地躺在地上哭天抢地,那滑下来的小孩见状气呼呼地跑过去,伸手就往她脸上挠,被我及时阻止了,我扶起她,让她赶快离开!

第二天,在小区门口的商场前又见到她。这时的她换了件粉

岁月陈酿

色旗袍,手里拿着一节烤香肠,坐在凳子上吃。这里为了方便孩子,摆放了很多摇摇车,投币一元,便可坐一分钟。我观察了很久,那孩子一分钱不用花,却可以无数次地享受摇摇车之乐。无论哪个小朋友坐在车里,她都能够迅速"噌"地一下爬到车的后背上面搭便车,车子摇摇晃晃,她也在后面享受其摇晃带来的快乐。

而每当此时,那些出钱坐车的大人孩子们都是宽容大度的,没一个人撵她走。

这样的野孩子胆大,不怕人,看来独闯江湖的日子已不短。她不说话,不与人沟通,却哪里热闹往哪里钻。在这嘈杂的地段,人来车往,很不安全,而她却如鱼得水般在一群陌生的大人孩子中穿梭,随心所欲地游弋。她的表情木然却绝无恐惧。

我不知她的家长是干什么的?也不知为何让她一人出来混世,在佩服她父母的糊涂胆大之余,更佩服这孩子的机敏。她可以让手中的钱变成可口的食物而绝不肯掏钱坐摇摇车,仅这一点,便令其他宝贝们望尘莫及。

野孩子在我的视线里出现了两天便消失了,我无法想象她去了哪里?正如我无法猜测她从哪里突然冒出来一样。她是强悍的,也是脆弱的,如野草一般,没有被践踏,它可以享受阳光雨露,蓬勃生长,若遇到人踩或狗刨就会立即泛黄枯萎。

过去家庭孩子多的年代,这样放养的情况比比皆是,而现在,社会复杂人心不古,这种不合时宜的放养方式确实令人担忧。

青青草地

昔日的悠闲已渐渐远去。我已习惯了现在的一切。

大多数时间,我都会推着童车,带着小朵游荡在翡翠公园和大学城附近的大草坪上。而此刻,我已拥着她,端然地坐在了青青草地上。

斜阳晕染在草坪的尽头,柔柔的、暖暖的,似铺了一层橘色的红。

掏出带来的酸奶,我一勺一勺地喂小朵,她静静地依偎着我,惬意地吃着,不时俯下头去拨弄一下身边的小草,偶尔对着我稚气地一笑……这种时候,一切都安逸而美好。我有种被幸福紧紧拥抱的感觉。

一阵风吹来,捎来了串串铃声。小朵机灵地扭过头,指着林荫道旁的一队婴儿车,兴奋地大叫:啊! 啊! ……哈! 她才一周岁,只会喊"爸,妈,姥",只会说简单的"来! 拿,咦!"

小区的宝贝们由各自的家长推着童车陆续来到草地,立刻,这里便沸腾起来,笑声、闹声、叫声不绝于耳。小朵开心地穿梭在她们当中,笑靥如花。

整个夏天,这里成了小朋友们的乐园——大树遮阴,柔草铺地,蹒跚学步的他们最适合在这里玩耍。她们像彩蝶一样飞舞在绿茵茵的草坪上,开心快乐地玩耍着。即使谁不小心摔跤了,也不会哭闹,似乎摔跤这事无关痛痒,大人们会拍着手鼓励他们自己站起来,宝宝们也会不负众望,努力自己爬起来,脸上洋溢着胜利的笑,然后张开双手扑向自己的家人。那一刻,他们会认为自己是最棒最棒的!

有阳光的日子总是明媚的,夕阳的余晖从草坪的尽头铺展开来,慢慢沐浴到孩子们的头上、脸上、身上。而此时,我的小朵正在忙着与小朋友们分享玩具,她把一个布娃娃递给乐乐,然后又从地上捡起蓝色的小球塞给小龙。这幅图景太美了,温煦的夕阳,青青的草地,孩子们开心的笑脸,完美的组合,简直妙不可言!我不由得拿起手机,咔擦咔擦地拍了起来,很快,这片美丽的草坪上生动的一瞬间被手机收藏了。

它会被我传到网上,传到微信上,让我的那些天南地北的网友们都能欣赏到这美好的一刻。

不知不觉,太阳已经西沉,一团火球慢慢隐入地平线,我爱怜地摸摸朵的头,蹲下去悄悄地附在她的耳边说:"宝贝!妈妈快下班了,我们回去好吗?"她显然听懂了我的话,牵着我的手,一路小跑朝自己的童车奔去。

洁净的植物被风摇曳着,光线将我们的倒影,童话般地投放在青青的草地上。推着她,往回走,一路上,草地绿茵,清脆柔和,一切宛如新生,都是我喜欢的样子。

时 妈

雨一直下着,天阴沉着,四处都是水雾,迷蒙蒙的。

她坐在靠大门的墙边,佝偻着背,目光呆滞,瘦削的脸上布满沟壑,稀疏的头发已然全白,还像过去那样梳在耳后,只是已无须发卡固定。

"时妈。"我附身叫她,她抬眼看我,敷衍地挤出一个笑,牙已脱落了大半,还有依稀的几颗零星地坚守在牙床上。曾经那个让她引以为豪的金牙也失却了昔日的光彩,混淆在几颗摇摇欲坠的牙之间,还真难以辨认出来。

我断定她没认出我来,我却从记忆深处拽出了一个中年的她。

那时的时妈,黝黑的脸,一颗璀璨的金牙被镶嵌在满嘴白牙中,显得鹤立鸡群熠熠生辉,漆黑的头发总是油腻腻地贴在头上,一丝不乱。说话时慢条斯理,不疾不徐,很有农村女干部的范儿。她大字不识一斗,却担纲信用社主任一职。开会时别人用笔记,她凭脑子记,回公社传达会议精神说得有条有理,干练中透着朴实。

时妈也爱美,却始终坚持穿大襟褂子,那是她小时候就穿习惯了的款式,见我母亲和几个同事穿对襟衣服,很是羡慕,穿在身上试试,也觉好,最终还是没胆量改革。她比我母亲年长几岁,总羡慕母亲,说母亲身上不白,倒是生了一副白净漂亮的脸蛋,而她颈子以下的皮肤白嫩细致,却偏偏生了一张黑脸,怨老天爷不公平,怎么不让她长得表里如一。

时妈没生过孩子,抱养了一个儿子取名活,意思是让他快快活活地长大成人。很多事都是天遂人愿,这活还真是顺顺利利地长大成人了。而且,对时妈是十二万分地孝顺。时妈当初为了给活

岁月陈酿

一个工作的机会,自己提前退休了,活于是顶了她的职,也在信用社上班,当上了单位会计。

日升月沉,时光流转,一晃,活也退休了,也是做爷爷的人了。如今的时妈,一直与儿子活住在一起,活以及孙子辈对她都很孝顺。冬天为她烧火盆取暖,夏天为她点蚊香驱蚊,春秋季也不忘在晴好的日子将她的被子抱出去晒太阳。活是养子,能做到这样已属不易,当今,即便是亲生,又能如何?

时妈终于在我晃神的间隙认出了我,说:"你是阳阳吧?"还没容我回话,她便裂开豁牙嘎嘎地大笑起来,并神秘地对他的儿子活说:"阳阳小时候可调皮哪,会骗人!"我大惊! 这个老太太,还记得我曾经骗过她?

小时的我,确实是个调皮的丫头,母亲下乡时我晚上总是跟时妈睡。一天晚上,我正要入睡时,时妈起夜,我便睁开眼睛,而恰在此时,时妈也附身看我,四目相对,时妈诧异道:"阳阳你睡觉不闭眼?"我正欲闭眼,被她这么一问,突然来了精神。知道她不识字,想逗她一番,我便说:"是啊! 你睡觉闭眼吗?"她说:"闭的,不仅我闭眼,我儿子活也闭眼。"我说:"我没睡着之前从不闭眼。"她惊讶极了:"还有这样的人? 我一直以为别人都和我一样,睡着之前都把眼睛闭着呢。"我那时已经憋笑着在床上打滚,架子床开始抖动,于是只好起身谎称肚子疼上厕所,躲到门外笑去了……

这件事已经过去几十年了,她居然记忆犹新,我又一次笑弯了腰,问道:"时妈你后来怎么知道我骗你的呢?"她说:"后来我退休回家带孙子,他们睡觉时都要先闭上眼睛才能入睡。我就想,阳阳真是个调皮鬼,看时妈不识字,骗时妈。"

听着她说这话,一种久远的温馨将自己轻轻包裹起来,那个春天的夜晚,我演绎了一场让时妈回味一生的滑稽剧。此刻的我,有一丝感慨,有一丝悲凉,曾经的我在岁月之河的对岸,隔着流水的旋律,淡淡散发着让人眼眶发热的芬芳。而此时,我已人到中年,时妈亦垂垂老矣。

我的时妈,看上去毫无生机,心里却涌动着一腔清明,她一点不糊涂,只是眼力不好,89 岁的她,腿脚不太方便,每天只能在家里坐在椅子上发呆,偶尔晒晒太阳,偶尔与活说几句话,仅此而已。当我问及她现在一个月的工资能拿多少时,她不屑地摇摇头说:"我不管这些,也不知现在是多少了。"钱之于她,已经失去了魅力。

回家的路上,时妈的影子一直在眼前徘徊,挥之不去,生命的天空里,光阴似云,一逝难寻,今日一别,也许就是永远,89 岁,她已走在了人生的边缘,

我不知道,人老了,行动不自由了,思想已承载不起回忆的时候,是该糊涂呢,还是该清醒? 或许,糊涂一点会更好。

岁月陈酿

女儿的新车

吃过晚饭，女儿说开车带我到超市去逛逛，我嘴上答应，心却忐忑，心想：你的驾车技术行吗？

坐进新买的银灰色 A3，女儿一副信心满满的样子，手握方向盘，启动、倒车、掉头，然后轻轻滑过车道向小区大门方向驶去。

一路上，窗外的夏日景色如风掠过，听着曼妙音乐，享受着清凉的空调，不能说不是一种惬意。再看看身边的女儿，轻轻地把着方向盘，表情镇定自若，不知不觉已驶过繁华大道，渐渐进入闹市区。

说实话，原以为她新手上路，会像蹒跚学步的婴儿，左右摇摆不定，心中一直放心不下，却不料她的驾车技术还真行。稳稳地把车开在自己所应在的车道上，不急不躁，匀速向前，不压线、不追尾，停车不忘点刹，一切似乎都在掌控之中，转弯时也不猛打方向，把握得恰到好处。

看着她驾驶得这样好，上车前的担忧恐惧一扫而光，不由得脱口而出"年轻真好，学什么都快"。她望了我一眼，轻轻地笑了，我也不自觉地笑了。一向与女儿之间感觉是最亲密的朋友，无话不谈，有时即使彼此相对无言却也心意相通。

当我们从超市购物出来，天色已晚，夜色渐浓的长江路上万家灯火，霓虹闪烁，车流和人群纷杂交错。

我们坐上心爱的 A3，对着它说："你可要争气，好好地把我们带回家啊。"

有了来时的经验，女儿更是从容不迫。驾着车，稳稳地把着舵，前面的车灯来往穿梭，折射出一道道五彩斑斓的灯柱，摩托车、电瓶车也夹杂其中鸣笛而过,我们一路穿车流、上高架、过街穿巷,终于安全抵达居住的小区。

泊好车,女儿问我:"妈,紧张吗?"我说:"你开得很棒!不紧张!"而女儿却说:"我很紧张,因为车上坐着的是你。"

望着月光下女儿清秀的脸,突然觉得心里暖暖的,很欣慰,女儿真的长大了,懂事了。

岁
月
陈
酿

老屋里的房客

——小脚尹奶奶

老屋位于小镇的东头,临街的大门笨重厚实,开关之间总伴随着吱呀一声响。进门一条长长的过道通往后面的正房,而我家就住在过道的左侧,有着深红色的木漆地板,窗子临街,光线很好。

后面一间住着一位八十高龄的老太太,室内没窗户,只有一扇天窗透进些许亮光。老太太夫家姓尹,大人小孩一律都称她尹奶奶。

尹奶奶不是本地人,平时不太有笑脸,讲一口听起来似懂非懂的高淳话。她中等个子,皮肤白净,干净清爽,头发灰白,梳得一丝不乱在耳后绾了个髻。最引人注目的是她那双小脚,真正的三寸金莲,脚背高高耸起像包好的粽子,走起路来一步三摇,一扭一扭的,给人一种脚跟落地脚掌不着地的感觉。我们几个小孩常常趁她不注意时尾随其后学她走路,跷起脚尖用脚跟着地,在她身后扭过来扭过去。

尹奶奶有两个儿子,大的做缝纫,小的在镇上唯一一家饭店里当跑堂。两个儿子都是拖家带口,日子过得很窘迫,老太太独居单过,平时晚辈们也不太过问,进进出出总看见她老人家一个人颠着小脚忙里忙外。别看她年纪大,人可精明,身体也硬朗。她生活尤其节俭,吃饭以稀为主,买最便宜的菜。

那时我还没到上学的年龄,父母上班就我一人看家,有时在外面玩累了就回家找水喝。每每这时尹奶奶总是颠着一双小脚笑盈盈地来到我家,一手拿着一个小木盆,一手拿着一只白瓷碗说:"小阳阳,借点米给奶奶好吗?奶奶没米了,明天买了还你。"我爽快地答应:"好!"一面忙不迭地来到米缸边掀起盖子对她说,"尹奶奶,你自己舀吧。"尹奶奶扭着小脚来到米缸边,笑眯眯地对我说:"阳阳,看好了,奶奶借三碗米。"说完,把白瓷碗插到缸里去狠狠地舀一碗,随后又用手围着碗沿,另一只手抓米往上堆,一直堆到米粒哗哗往下滑为止。满满堆堆的三碗米被倒进了小木盆,尹奶奶心满意足地从缸边站起身说:"记住了吧? 三碗米对不?"我说:"嗯!"

第二天,尹奶奶又一手拿盆一手拿碗来还米。她把我叫到米缸边,从她那木盆里舀了小半碗米,然后抓一把米在手中,将手握成拳,米粒便从拳头下端一条线似的慢慢往下泄,而接在下面的瓷碗中央就渐渐堆起了一个小小的山尖,虽然碗没满中间却鼓出个小尖尖,尹奶奶说:"阳阳,看见了吧? 奶奶也是还你堆得高高的三大碗米,不错吧?"我点点头说:"嗯,不错。"

每每都是如此,父母上班的时候她经常来借米还米,如此过了很长一段时间,那日妈对爸说:"家里的米怎么吃得这么快? 一个月不到又要买米了……"我那时正处于懵懂时期,对很多事情不甚明了,只觉得尹奶奶的做法有什么不对劲却又说不出所以然。后来才明白,其实,就在这一借一还间,我家的米就跑到尹奶奶的米缸里去了。

后来我看见尹奶奶买盐的时候付完钱又趁人不备抓了几把放进盐袋里,买菜也是,称好了非得再添点才行。现在想来,这一切也许与品质无关,那时的人都很穷,被生活所逼,一个老太太为了生存,她所能做的也只能是这些。

帅哥老爸的潇洒人生

老爸老了,头发白了,背有些微驼,行动也显得迟缓,可精神却不衰。他声音洪亮,面色红润,九十多岁的人了,无论是言谈举止还是穿着打扮,处处都依稀可见当年的风采,当年的帅气。

曾听外婆说,少年时代的父亲一表人才,白净斯文,聪明又能干,深得外公外婆的喜欢。

老爸是苦底子出身,几岁时父母离异,被卖到地主家放牛。后又辗转漂泊到处帮工,直至后来被外公收留当了学徒,他才算过上温饱的日子。他师承当年鼎鼎大名的谭老师傅,不出几年,他的手艺已是远近闻名,四乡八邻都知道老爸的大名。由于长得帅,又加上手艺精湛,那些大姑娘小媳妇更是喜欢有事没事找他搭讪,他也不躲不让,自然地露出一副笑脸。其实,老爸哪里看得上那些花花草草?他早已相中了老板的千金,也就是我的老妈。由于那时外公年事已高,全家老少十几口,全靠老爸的手艺撑着。老妈就是在那个特定的年代和特定的环境下,被父母包办,嫁给了长她十一岁的老爸。

母亲生于小康之家,外婆一辈子生了十二胎,只养大了妈和舅姐弟俩,被外公外婆视为掌上明珠。她天生丽质,一头自然的卷发衬着一张美丽清秀的脸庞,十分招人喜爱。老妈还是中师毕业的教师,让她嫁给一个没上过一天学,且大自己十来岁的手艺人,实在是心有不甘。当时老妈直哭得天昏地暗、死去活来,最终还是没能挣脱月老系牢的红丝线……

婚后,我们姐弟四人相继"问世",老爸已进入镇铁业社工作。在那个孩子多工资少的年代,家家都穷并光荣着。而我那帅气的老爸却潇洒地带领我们三天一大荤,两天一小荤。原因很简单,那时实行计件工资,老爸的手艺在全社挂头号,工资自然比别人高。小镇上的人都知道,老爸买菜从不问价,从不问斤两,看中了往秤上一放,多重多少钱别人说了算。至今,他还依然保持着这个习惯,害得我们个个不会讨价还价。

那时候没什么娱乐活动,最开心的时刻是放学后看球赛。老爸他们单位隔三岔五地与兄弟单位搞篮球友谊赛,每每这时,整个球场被看热闹的人围得水泄不通。老爸是主力队员,打中锋,5号。球只要到了他的手里,他十有八九就能投中。他身材高大挺拔,穿一套蓝色球衫球裤,汗流浃背地在场上奔跑,运球、传球、三步篮或远距离投篮,动作潇洒漂亮,干脆利落,灵活多变。老爸简直是球场上一道美丽的风景线,常常引起满场喝彩。每次比赛结束后,老爸都要把球在原地狠劲地拍几下,然后才一手拿球一手拿衣服往回走。更多的时候是一只手将衣服潇洒地往肩上一搭,另一只手则将篮球顶在食指上一旋,那球就在指尖上呼呼地转……要用现在的说法,那真叫一个帅呆了!酷毙了!

不过老爸的大意也是出了名的。那年弟弟出世,妈在产床上受煎熬,肚子痛得死去活来,左邻右舍的婶子大娘们都急得要命,对门的姨奶奶端了一碗面条,里面卧了两个蛋,说是"催生",妈吃了能生快些。没想到她从房间出来后大跌眼镜,原来老爸正在桌前就着花生米喝酒……弟弟出世后妈责问老爸:"你真狠心,我都快死了,你还喝得下酒?"老爸笑着说,我就知道你不会死,怕你紧张我故意放松的……他就是这样的人,再严峻的时刻都能坦然面对。

也许是他小时候经历了太多的磨难,在为人处世方面变得通融豁达,小事从不与人计较。一次,他去买鞋子,回家一看前面破了一个洞。妈让他去换一双,他却潇洒地摆摆手说:"算了算了,小事情,你不买他不买人家怎么卖得掉? 再说了,穿到后来还不是破?"

老爸还是一个美食家,他经常出差,走南闯北跑遍了大半个中国。每到一处他都要领略那里的特色小吃,品尝小吃已经成了他的习惯。那年与他一起到南京大伯家玩,他带着我逛街,一路上穿街过巷走走停停,停停吃吃,晚上回到大伯家撑得我连晚饭都没吃。爸不仅会吃,还烧得一手好菜,他是我们家的大厨,逢年过节,来人到客全是他下厨。妈和我们只有当下手的份。在那种提倡艰苦奋斗的年月,我的帅哥老爸艰苦着奋斗着,可从没让我们受过委屈。

我结婚那年,还没改革开放,人们根本没有奔小康的意识,依然过着习惯了的穷日子。老爸却不顾小镇人咋舌,带着我到南京买了一条几百元的全毛毛毯,还有带四个轮子的大皮箱。酒桌上摆上了蟹黄糊,后院里的大螃蟹壳堆了半人高。小镇上的人何曾见过这种阵势、这种排场? 人们吃完酒却心事重重,担心小镇的规矩给老爸破了。邻家婆婆说:"多福哎(爸的乳名),你们家嫁姑娘陪这么好的嫁妆,办这么好的酒席,本以后让别人怎么过哟?"老爸听后笑笑说:"想那么多干吗? 该吃就吃该喝就喝呗!"

老爸用钱的做派是抓一把撒一把,有钱就用,从不吝啬。"今朝有酒今朝醉,明日无酒再想方。"妈常怨他不存钱,他却振振有词地说:"钱是挣来用的,不是挣来存的。"确实,那个年代本来就穷得叮当响,仅有的钱再不舍得用,那就太亏了。何其有幸,我们摊上了如此洒脱的老爸,确实少吃了很多苦。

老爸在单位工作的业绩众所周知,领导更是对他欣赏有加,暗示明讲地让他入党提拔,可是他写了一辈子的申请,单位也做了几十年的外查内调,临到退休还是没能跨入组织的门槛。不为别的,只因个别领导嫉贤妒能,怕他抢班夺权,坐了自己的交椅。对此,老爸虽然心有不甘,嘴上却说:"没什么,一个人在社会上能够混得让人嫉妒是好事,说明你行,他不如你。"听听!帅哥老爸的胸怀多宽广。

老爸的帅是形体上的,而他的潇洒却是骨子里的,举手投足都透着那股魅力。那年弟弟在合肥当兵,我们去探望,老爸穿着我为他买的毛呢大衣,戴着呢帽,风度翩翩,气宇轩昂。部队首长在饭桌上向他敬酒时称他为老干部(误认为他是离休干部),他耳力不太好,打着哈哈点头,事后让我们好生笑话了一阵。当年,我的几个同事在初见老爸时,也误认为他是老牌大学生。他们看他温文尔雅的样子,根本就想不到他是一个干力气活的工人。其实老爸没正经上过一天学,全凭新中国成立初在夜校扫盲班的底子,不仅能够看书看报,还能一套一套地说给我们听。

如今,老爸已九十二岁高龄,心态好,凡事淡泊,生活全部自理,最大的爱好是麻将和政治,平时不爱说话,唯有谈到政治,他才显得山高水阔,滔滔不绝。

岁
月
陈
酿

奶 妈

奶妈,在一个没有预约的月夜,悄然进入我的梦乡……

顿时温馨弥漫了整个心房,感情的涟漪轻轻将心扉激荡。

她站在山村老屋的庭院里,一如昔日的她,温厚慈祥,穿着浅蓝的丝凌布大襟褂,干净清爽,一头灰白的头发梳理得一丝不乱,脑后用一根银色的卡子将发梢拢住。

一阵风吹来,一缕银丝在风中飞舞……

熟悉的场景让我惊喜万分:"妈!"我大叫着扑向她,泪流满面地说,"这么多年,您到哪里去了?"

奶妈微笑着说:"是我伢来啦? 让妈好好看看(伢,小孩的昵称)。"她用温暖柔软的手臂揽我入怀,爱怜地看着我,而我只是失而复得地抱紧她,伤心地哭着,说不出一句话。

突然,四处狂风大作,天地一片苍茫,咆哮的海潮将奶妈席卷而去,一浪一浪把她推到浪尖又跌到浪底。我拼命地追喊着:"妈!妈!"于天昏地暗中四处寻找,茫然无措,找不到对岸,只能寂寥地游弋于黑暗中……

午夜梦回,泪湿衣襟。

类似这样的梦,做过几次,为求心安,我特意到寺庙为她老人家焚香烧纸做超度,但内心深处我更坚信她去了天堂。善有善报,奶妈一生善良朴实,温厚慈祥,像她这样的好人理应去天堂。

在人的一生中,最大的财富是回忆,时光把它包裹住的礼物赠予,我们何不携带前行?

掀起岁月的一角,穿越半个世纪的风尘,回溯到遥远的五十年代。

那天风和日丽,日上三竿。襁褓中的我,躺在摇篮里,被外婆放在小镇东边的河滩上,寻找称心如意的奶妈。而彼年彼月彼时正巧碰上到镇上买年货的奶妈从河滩经过,于不经意的一瞥间,一世情缘就此结下。当并不年轻的奶妈拥我入怀时,此生此世,我与这个白净丰盈、淳朴善良的女人之间就再也分不开了。

血浓于水,母乳乃精血所化,这样的亲情断不是一般亲情可比的,而母爱是一种天性,奶妈的善良是发自骨子里的,她视我如己出。因着母女深情,每每在外地工作的母亲到奶妈家看望我时,我总是扯着嗓门大哭,一直把母亲哭走为止,唯恐她把我抢走。

奶妈是我咿呀学语的启蒙者,蹒跚学步的引路人,诚如歌中所唱:我第一次看到的是她的脸,第一次依偎的是她的胸口,第一次熟悉的是她的眼,第一步走路是她把我搀⋯⋯

多少个春风沉醉的下午,当我午觉睡醒的时候,奶妈总是牵着我的小手领我到村头豁牙老奶奶家买一根红辣椒棒棒糖。而回家的路上,初春的小树又吐新芽,阳光繁繁点点地洒在上面,光华四射。奶妈温柔的牵携令我一路陶醉。

多少个夏日的黄昏,奶妈抱着我来到村口的荷花塘畔,遥指那出水的芙蓉说:"你看那荷花,就像我伢粉嘟嘟的脸蛋一样好看。"在奶妈的眼里,我便是这世上最美的风景,无与伦比。

稍大,通往小镇的山道上,常常多了一个扎独角小辫的我,或端坐在奶伯的肩头,或伏在奶妈的怀里,或高兴地随着赶集的人群欢蹦乱跳⋯⋯

那样的时刻,恬静得几乎凝固了时光的流动。

奶妈心灵手巧,会做好吃的汤圆,一手可以同时搓两个,又圆又大,里面是豆沙馅或白糖馅。过年时自家蒸冻米酿糖稀、做炒米糖,她炒的葵花籽、花生米奇香无比。

到了夏天,她把自家菜园里种的菜瓜、黄瓜、西红柿、香瓜,放在井水里泡着,让我们午睡醒来吃。晚上,就在院子中央放上凉床,铺板,铺上席子,一家老小坐在上面乘凉。这时的奶妈一边摇着蒲扇一边给我讲故事,我躺在奶妈怀里,看着漫天的星光,闻着泥土和植物的清新气息,很快就进入了梦乡。

开心惬意的日子总是过得特别快,弹指一挥间,在奶妈身边整整三年过去了。我与奶妈的感情已水乳交融深入骨髓。在我幼小的心灵里,她便是我生命的全部。

当父母决定接我回小镇的时候,我抱着奶妈死活不松手,哭得天昏地暗,奶妈也哭得泪人一般,情急中对父母说:"把伢留下吧,我不要一分钱。"奶伯抹着眼泪劝道:"伢也是人家父母的心头肉呀,我们怎可强留呢?"

离开奶妈犹如生离死别,回到外婆身边,我每天哭闹不止,一不留神我就撒开双腿往河滩上奔——小小的记忆里到奶妈家必须要经过小河滩。我幻想着跑过小河滩就能见到日思夜想的奶妈了。为此,外婆吃尽了苦头,寸步不离地守着我,生怕出意外。

而此时的奶妈,正在家忍受着骨肉分离的煎熬,她茶饭不思,夜不能寐,每天以泪洗面。

一天夜里,思念像刀割一般啃噬着她,她匆匆穿衣起床,对奶伯说:"陪我到镇上去一趟,我想去看看我伢。"

那夜没有月亮,天黑风疾,只有几颗微弱的星光陪伴着他们,路边不时传来几声狗吠狼嗥,当他们磕磕绊绊走完六七里山路来到小镇时,已是鸡叫头遍了。奶妈伏在外婆的大门缝里往里看,侧着耳朵细听里面的动静,嘴里喃喃地说:"听听我伢可在哭?"奶伯说:"走吧,伢睡了。"奶妈说:"不急,让我再听听,离我伢这样近,她要想妈了,妈就进去。"

那夜,奶妈从门缝里没有听见我的哭声,自己却在门外抽泣着站不起身。当她们一步一回头地离开小镇回到家时,天已大亮。

在离开奶妈的日子里,外婆无微不至的关爱丝丝缕缕浸润着我,为我疗伤,使我收获了另一份感情。在我的一生中奶妈和外婆是我的至爱,她们在我心中的位置至今无人企及。

当善良的外婆得知奶妈星夜探访后,被深深感动。以后的日子里,隔一段时间就送我去奶妈家探亲,而每次去奶妈家都成了我和奶妈的节日,多日的思念、多日的期盼在那个时刻得以释怀。

奶妈将我搂在怀里,拿出平时舍不得给哥哥姐姐们吃的零食:已出嫁的大姐孝敬她的冰糖、桂花糕,大哥买给她的糖果、饼子,还有村里分的新鲜莲蓬,一一都摆在了方桌上。她一边搂着我坐在怀里,一边笑眯眯地把桌上的东西往我兜里塞,那种时刻是我们娘俩最开心的时候,唯愿时光就此停留。

一年一年,我踏着熟悉的山路去看望我敬爱的奶妈,从小到大,从未间断。

每次离别,奶妈都是送了一程又一程,一直到拐过山坳看不见为止。

后来,奶妈渐渐年纪大了,走不动了,就站在村口的弯脖子树下,挥着手,一直目送我们远去。

再后来,奶妈就只能站在院子的门楼下挥手了。

每次离别,我都要和奶妈紧紧拥抱,久久不肯松手,娘俩都热泪纵横,我知道总有那么一天,我会再也见不到我的奶妈——我朝思暮想的亲人。

奶妈去世的前两年,眼睛盲了,她再也看不见她心爱的伢了。再去那里,当我拥抱她时,她总要颤颤巍巍地伸出她那干枯的手顺着我的头发、脸颊、颈脖、肩胛,一一抚摸,嘴里念叨着:"看看我伢

瘦了没？过得好不好？"每每这时,我早已是泣不成声,用脸贴着她满是沟壑的脸哽咽着说:"妈,我过得很好,您放心……"

我知道,奶妈最放心不下的是我,哥哥姐姐们都在身边,唯有我离得最远。

我几次接她到我处住,都因她晕车而未能成行。在她老人家病危时,家人们怕影响工作没有通知我,这是我一生的憾事、永远的痛。

如今,奶妈离开我已经很久很久了,但她那山一般厚重、海一般深沉的爱,却时时慰藉着我的心怀。

如果有来世,我还想做奶妈的女儿。

怀念外婆

外婆离开我们已二十多年了,这么多年来,每当想起她,便有一种悲伤、一种刻骨的思念萦绕心间。

外婆是 1989 年冬仙逝的,那是真正的无疾而终,寿终正寝。无病无痛,只是蜡烛燃尽的那种气若游丝,安详而平静地走完了她最后的人生旅程。外婆享年 90 岁。

我是外婆最疼爱的外孙女,她老人家也是我今生今世最最爱戴尊敬的人。我一直守在她床边,握着她渐渐变凉变硬的手,为她梳理着根根银丝……我没哭出声,任泪水唰唰地淹没面颊。我坚信她老人家去了天堂。

那一刻,外婆的形象就永远雕刻在我的心中,清明也好,平日也罢,生命中难以忘怀的人,每时每刻都会让我深深地怀念、默默地祭奠。

外婆生于 1901 年,祖籍江北。曾外祖母撒手人寰时她还在母亲怀里叼着无汁的乳头。是乡亲们第二天早晨发现后抱起了小小的她,安葬了早逝的曾外祖母。14 岁那年她随父亲下江南,在皖南山区的一个小镇上安了家,受尽了继母的百般虐待。17 岁嫁给了做锻工手艺的外公。

外婆一生生养了十二个孩子,只养大了母亲和舅舅姐弟俩。她老人家的前半生都在生养孩子的喜悦和失去孩子的痛苦中煎熬。听外婆说我的那些从未谋面的姨舅们个个长得漂漂亮亮,都是能说会走后相继离开她的。善良的外婆眼泪哭干了,人也变傻了。后来不知是哪位有心人提出换一个接生婆接生,想不到冥冥之中真有玄机。母亲和舅舅是另请人接生的,居然奇迹般地存活

了,真是造化弄人。为了感谢上苍的怜悯、神灵的护佑,外婆从此每年初一十五吃素。好人终有好报,经历了生生死死的折磨,终于苦尽甘来。

看着母亲和舅舅健康地长大成人,外婆心上的十个创口也在渐渐愈合,封闭。她把对那十个孩子的思念之情都化作了对一双儿女的深爱。她倾其所有把母亲和舅舅培养到中师毕业,使他们成为对社会有用的人才。

外婆一生乐善好施,自小就养成了关爱他人、勤劳朴实的美德。她面慈心善,善解人意,为人诚恳豁达,从不计较个人得失,尽可以委屈自己也不让别人吃亏。她虽然不识字却有着世界上最悲天悯人的情怀,小镇上接受她帮助的人不计其数,邻里间发生了矛盾也请她出面主持公道,她在小镇上德高望重,人缘极好。

我是外婆带大的,对她有着深厚的感情。小时候外婆为了摘桃子给我吃,从高凳子上摔下来把手跌断了,半年都不能做家务。一次看电影散场,她为了护住我不让挤着,自己生生地让拥挤的人流推到门柱上把胸口挤伤了,整整睡了几个月不能动。外婆就是这样,为了儿孙她什么都愿做,只恨摘不下天上的星星。

外婆就是我们两家人的太阳,照到哪里哪里亮。她用温暖营造着和谐美满的家庭氛围,用爱心滋润着每一个人。在她身边,我们如沐春风,开心又快乐,心空一片晴朗。我们家姐弟四人,舅舅家三个表弟都是她带大的,她用慈爱的心线把我们两家密密地缝在一起,让我们和舅舅家亲如一家。一年三节我们两家都聚在一起过,外婆过年吃素,我们就轮流着每年腊月二十九为她提前年。到了三十和初一,外婆就只吃香菜拌花生米,很虔诚,从不破戒。

有外婆的日子是幸福的,我下放和参加工作后都特别地恋家。

每月四天假,就像盼过年一样期盼着,为的就是能够回去看看久违的外婆,感受她那份融融的亲情和无微不至的关爱。与她在一起我觉得自己是世界上最幸福的人,她的细致体贴无处不在:你午睡时她轻轻地为你盖上被子,生怕你感冒;你有小患她急得日夜无眠,看到你有进步她比你更高兴。她心里装的全是家人和需要帮助的人,唯独没有自己。

83岁那年她还主动来县城照顾和陪伴孕期的我(老公在部队)。她说我一人在外她不放心,那段日子,我真是"幸福得像花儿一样"。每天吃着外婆做的可口饭菜,享受着她老人家的疼爱,晚饭后和她一起散步聊天,真是其乐融融,日子过得充实而饱满。那段时间我们宿舍楼的邻里关系也处得空前地好,下雨了她帮着上班的人把衣服被子收了叠好,做了好菜她也忘不了给左邻右舍的孩子送点去……她以自己的热情和善心影响着大家,用她的人格魅力带动着大家。她尊重别人,别人更尊重她。同事们都羡慕我有一个好外婆,都说外婆是天下最好的人。

确实,外婆的一生历尽坎坷,她有一颗柔软而坚强的心,她胸怀坦荡,为人正直、开明豁达,光明磊落,无私奉献。为家庭为子孙她耗尽了毕生的心血,就是在85岁高龄还坚持做两家的午饭,为的是减轻子女的负担,让他们全身心投入工作。

想起外婆,永远勾起我无尽的思念和回忆,想起她,总会牵动内心痛楚的神经。"所有的生命都是一部历史",这是莎士比亚墓志铭上的话。外婆的一生虽不是轰轰烈烈、大红大紫,但却在平凡中显现着伟大。孔子曰:"慎终追远,明德归厚。"清明节祭奠是对先人们的追思和敬慕,沉淀的是一种道德一种文化。我含着泪水写下这篇祭文,愿它化作一股青烟,给远在天堂的外婆带去我的一片怀念之情。

岁月陈酿

119

心　魔

暗恋是一棵散发诡异浓郁芳香的植物,长在心田里,开出让人恐惧的迷离花朵。

兹是个腼腆沉默的少年,一头浓密的卷发,眼神抑郁,从不大声说笑,即便再高兴,也只是微微牵动唇角,露出不易觉察的笑意。

那年,临近中考,兹却怎么也集中不了精力,思绪像匹脱缰的野马,撒开四蹄,横冲直撞,呼啸奔腾……

他很恐惧,这种状况怎能迎战中考? 但当他摊开书本,准备复习时,她的一颦一笑却藏在字里行间,探头探脑地与他捉迷藏……她的俏丽,她的调皮,总是牵动着他的思维,他恨自己,真想拔掉这棵心田里的稚嫩毒苗,可还没动手就感到致命的疼痛。

熬过了多少个日日夜夜,考前的压力终于过去。心心恋恋的她却隐在心的最深处,不可告诉别人,也不可告诉她,只能暗暗地放在心底。想着她,看着她,已然是最大的满足,这份珍藏的情感只有天知,地知,自己知。

中考成绩公布了,兹名落孙山,这个结果给了他致命的打击。他整日足不出户,夜不成眠,在经过了无数个通宵不眠之后,他脆弱的神经彻底崩溃。

他不再隐藏不再压抑,一反常态地整天在外疯跑,说些不着边际的话。写了一封情书给她,到处说她是他心目中一朵鲜艳的玫瑰,说小学三年级就开始喜欢她……

开始,人们只知道他没考上高中受刺激而疯狂,没想到牵出了这么一宗花边新闻。一时间,这事在小镇上炸开了锅,兹的隐情成了街谈巷议的话题。

兹住在她舅舅家隔壁,从小到大,他们从不来往。她印象中只知道他不爱说话,爱看课外书籍,很小的时候好像与之交换过一本连环画,仅此而已,再无牵连。

　　然而,事情糟糕到猝不及防的地步,她再也不敢到舅舅家去,唯恐碰上他,心里怕到极点。

　　一次,音乐课刚下课,他来到教室,坐在风琴旁用手指在键盘上胡乱地弹奏着,笑着问她的座位在哪里,唯恐天下不乱的男生们哄笑着为他指引。于是,他严肃地走到她座位旁,虔诚地从怀里掏出一本崭新的《金光大道》塞在座位下面,扉页上赫然签有他的大名。

　　他再也无须隐瞒,心中的魔鬼一旦出笼,挣脱了束缚,对他自己而言,是一种解脱。他从外表到内心得到了全面的释放,变得肆无忌惮。

　　校领导知道他闹到学校来了,害怕出事,自那以后,每次放学,都让几个同学把她夹在中间走,以保护她的人身安全。

　　提心吊胆的日子过了一学期,终于有一天听说兹被送往精神病院,她才算松了口气。

　　又过了两年,那时上山下乡运动如火如荼,她正被这一运动席卷着奔向三大革命第一线,渐渐淡忘了这件事。

　　突然有一天,她在舅舅家门口又见到了久违的兹,他站在自家门口,不似以前那般文弱,已然成了一个黑黑胖胖的男子。他也看到了她。来不及反应,她已以百米冲刺的速度奔进了舅舅家,再也不敢出门,直到天黑才由舅舅护送回家。

　　自那以后,她又几年不敢去舅舅家,唯恐再看见他。再后来,又在小镇的街头巷尾不期而遇两次,她都以迅雷不及掩耳之势逃之夭夭。

　　再后来,她参加工作了,回小镇的时间越来越少了,但每次去舅舅家,还是有点心有余悸。

　　再后来,听人说兹死了,她心头的一块石头总算彻底搬开了。

　　可时隔多年,她还会偶尔梦见他,梦见自己正行走在大街上,偶一抬头看见他,吓得拔腿就跑,总以为他追来了,又不敢回望,急出一身冷汗……

　　每每梦醒,她一边擦汗一边想:如果兹的心魔不出笼,或许会有另一种结局,他会与常人一样结婚生子,幸福安康。

　　不幸的人,上帝既然对他关闭了一扇门,为何没能为他打开一扇窗?她在心底为他祈祷:主啊,愿兹在天之灵安息!

房客众生相

（一）表弟

八十年代末，婆婆给了三分菜地，我们做了两层楼房，由于临街，楼下的两间自然成了门面。

我家的第一任房客不是别人，是表弟。当年，表弟初婚，尚无正式职业，舅舅将他托付于我，让他在我家附近开一小店谋生。

表弟生得粗壮结实，国字脸，浓眉，小小年纪腮帮上已是青梆梆一片，典型地遗传了舅舅的络腮胡。

别看他长得威武强壮，人却憨厚老实，见了陌生顾客只是低着头谦和地笑，不善言辞。

表弟开的是玻璃店，生意清淡，门庭冷落，弟媳便帮衬着在门前支起锅灶烤粑粑。这营生看起来容易做起来难，别人烤出来的粑粑金黄油亮，又脆又香，可弟媳烤出来的总是不尽如人意，包薄了露馅，包厚了不松脆，所以，食客自然稀少。

表弟终日愁眉不展，开朗的弟媳也变得沉默寡言。

面对他们的窘境，心中百般同情，都又无能为力，两年的时间没收一分租金，还经常将他们请到家来打牙祭，买了水果也不忘分他们一份，夏天每晚吃西瓜，我都要送一些给他们。心里真希望他们的生意快快好起来。

穷则思变。面对惨淡的经营，表弟决定到义乌市场去看看行情。回家后立即调整经营方案，利用裁剩下的玻璃边角料拼鱼缸、烟架、花架子，这些东西一旦成型，很是美观大方，深受顾客欢迎。另外，凡在店里裁的玻璃门和窗，一概免费上门安装。由于服务到

岁月陈酿

位,销路渐渐打开,生意直线上升。

表弟的脸上开始有了喜色,弟媳也恢复了开朗的本性。

短短两年时间,表弟虽然谈不上捞了第一桶金,但却在此完成了第一笔资金积累。

后来,表弟的玻璃店搬到了闹市区,生意出奇地兴隆,不久后他又在老家小镇买了三层楼房。看着他们的日子一天天红火起来,我的心中也很欣喜。

(二)阿　萍

阿萍个子不高,黑黑的脸蛋衬着一头浓密的短发,大大的眼睛,笑起来眼尾微微上扬,说话语速快,办事利落,性格中蕴含着男人般的仗义和豪爽。

她租门面是做杂货生意,油盐酱醋,日用百货,样样齐全。有时出门进货就在附近随便拉个熟人看店,没一点戒备之心。

也不知她的生意盈利多寡,却总是从她口中听到喜讯:"今天的生意出奇地好,净赚几百元""市场食盐紧缺,我托外地朋友搞了几麻袋,一上午抢光""白糖快涨价了,朋友透露消息,让我快去进货"……一副交际很广门路很通的样子。我知道她是个极要面子的人,对她的说辞也总是报之一笑。

每月一号清晨,我还在睡梦中,就被一阵敲门声惊醒,开门一看,必是她笑容满面地站在门外,递给我一个月的房租费。无论生意好坏,从不拖欠分文,也从不耽搁半个时辰。

我知道她是个能干的女子,却很少与之沟通,只听人说她年龄将近三十,谈了个对象是邻县农村的,家庭极力反对而她却执意坚持。据说,她脱离家庭一人出来闯荡,也是出于固守自己的一份真感情。

我比她大不了几岁，可她却总是脆生生地"阿姨、阿姨"地叫着，颇让我有点消受不起，背地里也曾让她改叫大姐，可她不理，说是叫阿姨亲切，也表示尊重。

说心里话，我这人性格中有孤僻的一面，不喜欢太过张扬的女性，也不喜欢伶牙俐齿的女人，但她却是个例外。她的热情、她的豪爽、她的干练、她的守信都让我心生好感，给我留下深刻的印象。

（三）大江小江

大江小江是夫妇俩，同姓，男人大女人一岁，故称其大江小江。

二江开的是夫妻饭店，大江掌厨，小江在店堂应酬，生意很是红火。夫妻俩整天忙得团团转，还是应付不过来，后来雇了大江表妹苗苗来帮忙，才得以缓解。

苗苗长得青葱水灵，面目姣好，着一身紧身装，线条勾勒得清晰迷人，活脱脱一副模特儿身架。

苗苗没来时，小江也算是颇有姿色丰盈的身段，圆圆的眼睛，翘翘的嘴角，笑起来甜甜的，很招人喜欢。那些不安分的男人，酒喝多了就把持不住自己，乘她不备，在她浑圆的屁股上捏一把，或是佯装喝醉在她胸前摸一下，她也半推半就，逢场作戏地与他们眉来眼去，打情骂俏，为了赚钱，开点玩笑算什么？

可自从苗苗来了之后，男人们的眼光唰地一下，全都扫到了她身上。小江口中不说，心里自是不悦，有种隐隐的失落，抑或是一种被冷落？到底什么滋味，自己也说不清。女人嘛，骨子里都是希望被人欣赏的，哪怕是醉酒后的欣赏。

小江不再拼了命地累，既然雇了人，就要忙中偷闲。一有空，就到隔壁左右串门，把那些油腻的碗筷桌椅都留给苗苗清理。

一次，食客刚走，她把刚学走路的女儿放在大方桌中央站着，

自己则跑到对面小店聊天去了,待大江从厨房出来,孩子正好蹒跚地走到桌子边缘,大江吓得面无血色,一个箭步冲上去抱住了孩子……

夫妻俩一场战争在所难免。大江指责妻子没心没肺,拿孩子当儿戏,小江却振振有词,说苗苗不管事,当时她正在邻桌收拾碗筷,理应照看孩子。苗苗哪里受得了这等冤屈?拉开架势与老板娘大吵了一架,双方互不相让,只吵得天昏地暗,日月无光才算罢休。

苗苗一气之下辞职不干了,店里又剩下了夫妻俩。

没过几天,大江又从乡下雇了一个黑黑胖胖的丫头来打杂。饭店里又飘出了小江愉快的笑声,店里的生意没了苗苗,依旧红火兴隆。

(四)小媚

小媚是外乡人,说一口生涩的普通话,个子不高,圆圆的脸蛋上零星地撒着几粒黑黑的雀斑,顶着一头寸发,睫毛倒是很长,笼罩着一双单眼皮大眼睛,忽闪忽闪的,看上去虽有点中性,倒也有几分可爱。

她是由一个三十多岁的男人陪着来租房的,说是想开美容美发店。那男人瘦高个,一副很慷慨的样子,说定的价钱也不讨价还价,签订合同预付房租都由他一手完成。而小媚只是静静地坐在他身边,偶尔笑笑,似乎租房的人是那男人而不是她。

后来才听说那男人是货运公司的长途司机,经常出差,早就与小媚有染,这次是瞒着老婆把她带来开店的,两人关系一直暧昧,每个月的房租都是男人来交。小媚手艺不错,生意做得只进不出,收入一定可观。

九十年代初,整条街发厅发廊比比皆是,可美容厅却屈指可数。小媚为顾客做美容护理,手法娴熟,技术高超,用料也很考究,据说都是名牌产品。

　　消息不胫而走,一时间,小店的生意分外红火,来此美容的大姑娘小媳妇排起了长队。

　　经不起诱惑,爱美的我也去开了次洋荤。小媚见我赏光,自是不敢怠慢,喜滋滋地拿了一瓶价值几百元的高级护肤品给我做护理。

　　平时上班忙,开业几个月来,我还是第一次光顾她这小小的美容店,我被她合理的设计和简约温馨的布置而折服。一大间房子被她一隔两开,外面理发染发,里面美容兼卧室,整个空间被收拾得清爽明净,给人带来愉悦舒心之感,似有一种柔柔的浪漫因子荡在空气中。

　　内室靠窗的整个墙面垂挂着枭色纱曼,小床上垫着单人席梦思,铺着粉色床单、碎花床罩。深吸一口气,有淡淡的香味萦绕,小媚在暗香浮动中打开瓶盖,笑着示意我躺下。

　　我舒舒服服地躺在小床上,闭上眼睛享受着她那双温柔的小手在我脸上揉搓……此刻我终于恍然:那位司机哥哥为什么千里迢迢把她带到了这里? 为什么甘心情愿为她租房付费?原来,她是个会给人制造温馨的女人。女人可以不美丽,但不可以不温柔,像她这般能够给人带来轻松温暖的女人,才是真正的极品女人。后来,我又去过几次,每次都有新意,有时店里多了一束鲜花,有时多了一幅画,就连窗帘也不断地变换颜色,小小的店铺,被她经营得风生水起。

　　两年的租房期间,司机哥哥经常光顾,而小媚的丈夫也带着三岁的儿子来探过几次亲。奇怪的是两个男人之间从没发生过该发

岁
月
陈
酿

生的冲突和尴尬。

合同期满的那天,小媚的丈夫和司机同时来到店门口,一起帮着她把东西搬上卡车。她没动手,也无须动手,有两个男人帮着搬已经足够了,她只是静静地站在一边指挥着。

儿子知道妈妈要回家了,兴奋地在店门口又蹦又跳,围着大卡车疯跑。

小媚走了,卡车扬起一阵飞尘,渐行渐远,而我的心却愈来愈沉,堵堵的,说不出的滋味。为小媚?是的,为小媚!如此温婉能干的女人,我以为她完全可以过另一种生活,坦坦荡荡自食其力,多好!

擦肩而过是一种遗憾,可正是因为缺憾才会有余味,才会有独自凭栏时的无限江山,小媚懂吗?她不会懂。欲望是火焰,欲望达成就是灰烬,小媚依然不会懂。

我如是想:如果她多读点书,如果她多接受一些道德教育,如果……总之,有一万条理由,她可以选择另一种活法。

(五)曼

认识她,是在国庆节的夜晚,那夜,漫天开放着节日的烟花。她微笑着站在我家门口,映着通天的花魂,灿若云霞,让我惊艳,让我目眩。

她有一个可爱的名字——小草,而我却在心里叫她曼。因为她长得太像香港著名影星张曼玉,虽然没有张曼玉的高挑和风情,但眉眼绝对酷似,简直就是她的袖珍版。

她租房是开理发店。说是理发店毋宁说是洗发店,因为她当年学理发根本就没出师,只学了一半就追随现任男友到了广州,在那里打了一年工,洗了整整一年头,又回到了家乡。

128

开理发店一直是她的梦想,为了满足她的愿望,男友出资为她盘下了门面。

曼开店主要以洗头为主,以她在广州的洗头经验,无论是干洗水洗,都让人高兴而来满意而归。她的恬静温柔,貌美如花,服务到位,赢得了顾客的一致好评。

但她毕竟柔弱娇小,体力不济,每次从我家院了里提水,总是一路泼泼洒洒,搞得室内一片水渍,害得我每天要多擦几次地。洗衣服也是,水从没拧干过,晾在那里滴滴答答像下雨,半天晴不了……对此我头痛至极,说让她注意点,她总是脆生生地答应,可下次还是依然如故。

说实话,我也同情她,一个弱不禁风的女孩,干那些体力活,着实也难为了她。从那以后,每次打水,我总帮着她一起拎,既免了她的力,也免了我的事,两全其美。

曼是个懂事的姑娘,知道我对她好,店里没事的时候,她就热情地拉我过去坐坐,把我按在转椅上说:"来!大姐,我帮你揉揉。"洗完头付钱时,她是千推万推也不肯收钱的。

日子一长,我们熟悉了,她没事时也来我家坐坐,聊聊她的过去,谈谈她的未来。久之,她觉得我这人很可信,便敞开心扉,该说的不该说的,一股脑儿向我倾诉……

同情弱者是人的天性,总觉得她小小年纪在外面打拼不容易,再加之她的善良单纯,更让我心底对她多了一份怜惜。大事小事能帮的我总是帮着她,处处维护着她。一次,她把我拉到理发店隔间,心事重重地说:"大姐,我可能怀孕了,你熟人多,找人帮帮忙做掉吧。"我当时就惊呆了,说:"你怎么能这样啊?你才多大?不要命啦!"她闭着美丽的眼睛,泪水流了一脸。看她这样,我也心疼,安慰地拍拍她说:"别怕,让我想想办法。"

第二天,我请了半天假,找熟人带她到医院把问题解决了。

又过了半年,理发店里生意突然好了起来,隔三岔五就有一位穿西装打领带的男子带着一帮人来店里照顾曼的生意。曼自是兴奋不已,心情好到极致,常常嘴里哼着歌,笑容里多了一份甜蜜与羞涩,像一朵迎风开放的蔷薇,灿烂而明亮。

终于有一天,她对我吐露了实情,原来那位西装男正在狂热地追求她。热恋中的她似乎忘记了自己正在与相处了几年的男友同居,竟然听信了陌生男人的甜言蜜语,与之甜甜蜜蜜地谈情说爱起来……

女人是经不起诱惑的,也是经不起撩拨的,尤其是像她这种单纯善良的女子。她说那男人在乡下办厂,收入可观,对她是痴心一片。我说:"在一段感情没有结束之前,千万不可脚踏两只船,那是玩火!"她的眼里燃烧着火焰,说:"他太有吸引力了,我根本抵挡不住他的进攻!"我极力正面引导,但曼是否听得进去呢?她临走时叹了口气说:"唉!听天由命吧!"

事隔不久,听说西装男领着几个手下到曼家里,在她男友的眼皮底下把曼带走了。男友自知不是那男人的对手,只能忍气吞声眼睁睁地看着自己的女人上了别人的摩托车。

门面又空了。曼的男友在事发两个月之后来交房租搬东西。当我问及曼时,他红着眼睛哽咽着说:"她没了。""没了?好端端地怎么就没了呢?"我木木地问,心里一阵彻骨的寒。他说:"她是自尽的,饮酒过多酒精中毒而死。"天啦!为什么会这样?

后来我才了解到,曼随那人到乡下后,过得并不像她想象的那样幸福。那男人脾气暴躁,反复无常,把曼视为私有财产,禁锢着她不让离开自己半步。可怜的曼开始偷偷地与前男友联系,让他帮着在城里租房。终于在一天夜里她偷着跑了出来。她不敢再与前男友同居,只能自己孤独地躲藏在仅有十几平方米的房间里,不敢出门,怕那男人找来,只有在夜间才敢打电话给前男友,让他去看她。

最后那个夜晚,她喝空了两瓶二锅头,当前男友接到电话赶到她那里时,她已经魂飞天外了。

谁之过?是她自己?还是那个他?如果她再长大点,如果她不遇上他,抑或是前男友的力量再强大些?或许,她的命运会重写。

第一次见她,是一个烟花绚烂的夜晚。她的美丽如同焰火刺痛了我的双眼,她的生命也如焰火,绽放的时候繁花满天美妙至极,然而,只是一瞬,便香消玉殒了。

我们终是以灿然开始,以落寞结束。我会永远怀念她,那个烟花般美丽的女子。

岁月陈酿

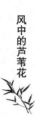

老师，长大了我一定娶你

少年的爱情，是一种绮丽诡异的植物，开着迷离绚烂的花朵。我感觉它，却不曾触摸它。

新学期开始了，学校从师大分配来一位女教师，复姓欧阳，是我们的语文老师兼班主任。

欧阳老师长得很美，白净的皮肤，柔黑的秀发，一双明亮的眼睛忽闪忽闪的，笑起来露出一颗小虎牙，使她看起来有几分稚气，也平添了几分俏丽。

第一节课，我们便被她过人的才华征服了。她讲课的声音、语速、表情以及精彩的课文分析都让我们耳目一新，以至于下课铃响了还回不过神来。

从那以后，全班同学都无可救药地迷恋上了语文课，背地里都议论她教得好。她上课有个特点，下课之前几分钟留给大家，让同学们自己提问自己答，真正解答不了的她来解答。这样一来课堂的气氛显得轻松活跃起来。她启发了大家的思维能力，同时也锻炼了大家的胆识与口才。校方对这一教学方法很是肯定，号召在全校推广。

我是个不善于表达自己的人，语文成绩非常优秀，是班里的课代表，很多次我的作文都被欧阳老师当作范文在班上读，可每次自由提问时我都没有勇气解答同学的问题。一次老师微笑着走到我身边说："课代表，今天的难题由你来回答。""我?"来不及回避，我清晰地感觉到自己心脏在激烈地跳动，我站起来，嘴唇干燥地黏在一起，清清嗓子定定神，我完满地回答了问题，欧阳老师满意地点点头说："很好!"接着走回讲台。

阳光明媚地洒在她的秀发上,那是一张明亮得让人愉悦的脸,青春逼人。我惶惶地垂下眼帘,心里像揣了只小兔子怦怦乱跳,脑子里一片空白。我承认我是个容易对美丽对才气动容的人,那种疼痛的触动,像一只手,轻轻地握住我的心。

那年我十五岁。

欧阳老师确实很优秀,不仅语文教得好,还经常帮数学老师代课,而全校的文艺课也非她莫属,她吹拉弹唱样样精通。她创办的文艺节目,丰富多彩,精彩纷呈,那些快板书、双簧、诗朗诵、相声,大都出自她的手笔。她的才华在全方位显露。毫不夸张地说,她的出现令学校增色不少。而她那高雅的气质、和蔼的态度也是很多老师所不及的。她几乎成为我们男生谈话的中心。

那时,我是一个出众而内向的男孩,有着活跃的思维和敏感的神经,却不喜欢说话。有时,我会在黄昏穿着一双运动鞋在操场上一圈一圈地跑步,体会在激烈的风速中心跳的感受,直至满头大汗。有时喜欢在暮色的大操场看天上的飞鸟从头顶掠过,有时也喜欢看学校的文艺表演,那里有我写的歌词谱成的歌曲,还有我和欧阳老师共同创作的诗朗诵。最爱听欧阳老师给前台演员配音的"双簧",那叫一个字正腔圆,简直到了语言所能表达的极致。

欧阳老师才华横溢,端庄秀丽。她的一颦一笑,举手投足都让我心生温暖,心生爱慕,也让我有一种从未有过的缠绵情思萦绕心头,她的美丽、她的才华撞击着我那脆弱的少年情怀,我不知自己是怎么了,一天到晚心里、眼里全是她的影子,躲不开甩不掉。

记得一个冬天的晚上,欧阳老师打着火把走了几里地的山路来到我们村家访。到我家时已是晚上九点多钟了,她坐在母亲特意为她燃的火堆旁,与母亲娓娓地交谈,谈话的中心当然是围绕着我。老师说我成绩优秀,悟性高,让家里一定要克服困难让我考大

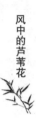

学。火光映着她秀美绯红的脸庞,也映红了我的脸庞,"知我者,欧阳老师也"。老师的一席话,打消了父母让我中学毕业回家务农的想法,也改变了我一生的命运。

那晚她走后,我做了一个梦。梦见自己真的考上大学了。梦境里好像是一个夏日的午后,欧阳老师牵着我的手,走在开满蔷薇花的小巷里,空气中弥漫着淡淡的花香,我们一边走一边探讨着喜欢哪位作家的作品,说了很多很多的话。然后,我们走进一家书店,她指着满柜满架的书对我说:"喜欢什么书你挑吧,我送给你,"她穿着一件碎花连衣裙,肩上是飘落的粉红花瓣,笑意盈盈,我伸手拂掉她肩上的花瓣。她浅笑,露出小小的虎牙,我定定地看着她说:"老师,等着我,长大了我一定娶你!"

醒来之后,我的手似乎还留有她的余温,那种温柔的惆怅,无法说清,我听见自己的心轻轻下坠,寂静而决然。

梦是灵魂深处黑暗而惊艳的花园,有清醒的感受,有释放的生活,有对远方和未知的探索。它是那般华丽美好,我宁愿沉溺梦中,千年不醒。

但那毕竟是梦。

一年以后,欧阳老师调走了,调到镇中学去了,据说她的男友在那所学校。临别时,我们全班同学都哭了,我也扒在课桌上哭得稀里哗啦……那次,我们全班同学一直把她送到镇上,十五里的路程,一路上都是陆陆续续的学生,老师不断地在前面转过身挥手让我们回去,可我们却依然恋恋不舍地尾随其后……

老师走后,我心里难受极了,思念像藤蔓在我心头肆意地疯长着。我喜欢欧阳老师,喜欢看她走路的样子,喜欢看她微笑的样子,喜欢听她讲课的声音,我的整个少年的心被她填得满满的,这种感觉妙不可言。意识里只有喜欢,没有欲望,只有爱恋,没有占有。这是一种什么感觉？奇妙无比,至诚至美!

最终,我没有辜负老师的希望,如愿以偿地考取了师范大学,也成了一名称职的人民教师。

时光如流水,淌过了一年又一年。

记忆里有些事物被淡忘了,有些事情模糊了,而欧阳老师的形象却鲜明如初。

去年同学聚会,我们特意发了邀请函,诚邀老师来参与,只可惜她出国旅游去了,没能参加。在一起我们谈得最多的还是当年的欧阳老师,她的风采、她的才华都在我们心里扎下了深深的根。

岁
月
陈
酿

春　湄

　　思绪像云,在心空翻腾飘移……早已作古的张奶奶拐着三寸金莲端着香喷喷的炸酱面走进我家,慈眉善目地笑着说:"尝尝奶奶的手艺,看看味道咋样?"人高马大的刘叔叔,揪着娇小玲珑妻子的满头秀发大骂骚货。还有隔壁大虎的新媳妇对他深情款款地一瞥……都是些猴年马月的陈年往事,此刻,像开窖的老酒,蒸发着缕缕浓香……那些密密的往事,密密的人,有关的、无关的、健在的、已逝的,一股脑儿往外冒。最终,思绪定格在一张胖胖的圆脸上,上面撒着几粒小雀斑,眼睛不大,笑起来却喜欢定定地看着你,她是我儿时的伙伴:春湄。

　　春湄与我同岁,白白的皮肤,圆圆的脸蛋,两条眉毛又黑又长,眉心处也是毛茸茸一片,亲密地将两岸的眉连在一起。

　　春湄的父亲是木匠,家有祖传房屋三间,青砖黛瓦,门楣高耸。客厅一律青石铺就,鼓皮隔间,房间地面是楼板,光滑锃亮,泛着悠悠红光,只是窗户开得很小,光线幽暗。这一点让我小小的自尊心得到了极大的满足,因为我家住着房管会房子,虽没她的房子气派,但窗子开得却很大,里面光线明亮。

　　春湄家的房子,冬暖夏凉,每当盛夏,我们总喜欢在她家流连:踢毽子、跳皮筋,坐在通风处抓石子……春湄喜欢出汗,再阴凉她也是汗流浃背,脸上总是挂满了细细的小汗珠,即便是大冬天吃饭,她的鼻尖也会冒出细密的汗珠。她还有一个特点就是出气粗,大家在一起玩耍,总听见她呼哧呼哧地喘气,似乎干了很重的体力活,她爸总骂她:"瞧你出气这么粗,像牛一样,哪像个小姑娘?"春湄扭转脑袋噘嘴:"还不是像你? 要不,我怎么会这样?"

其实，春湄真是冤枉她爸了。她爸长得非常白净斯文，一头浓密的卷发，衬着一张泛着瓷光的脸，眉毛也长得泾渭分明，说话声音温和平静，态度和蔼，即使骂春湄，也是真假参半。所以，春湄一点也不怕他，总和他犟嘴。

她爸很会保养，午饭后总是靠在躺椅上，一边闭目养神，一边捧着水烟袋，呼噜呼噜吸一阵。酷暑时她爸爱穿一身黑色襄阳纱，那颜色黑得像涂了漆，薄得像蝉翼。

她妈是个劳碌命，急性子，整天咋咋呼呼，像一阵风，屋里刮到屋外，房前刮到房后，家务菜地她全包，把这个男人伺候得妥妥贴贴。

入学时，我和春湄不同班，便渐渐少了来往。大概是上小学六年级，突然有一天，外面下着大雨，她撑着一把油纸伞来喊我上学，并热心地抢过我的书包替我背着。我很诧异，久不来往了，怎么突然间又如此亲密？她一边走一边对我说："我们俩从今人起，就是最好的朋友了，今后无论遇到什么困难，都要互相帮助。"我笑笑说："怎么想起和我做朋友了？"她说："快毕业了，我们班同学都交了最好的朋友，我希望我们之间能成为最好的朋友。"听了这话，我又想到她小时候，最爱学别人的样。

一直到初中，她风雨无阻，天天来我家等我一道上学，有时我起床迟了也连累她迟到，这让我很内疚，压力也很大。最终还是鼓起勇气让她别天天来等我了，她说："好吧，那我们还是好朋友。""那当然。"我回答。

现在想想很可笑，朋友的概念是什么？其实我们当年都不懂。

初中二年级的时候，她家发生了一场足以震惊整个小镇的大事。她那白白胖胖、保养极佳的老爸被自己的徒弟给修理了，伤势很重，卧床不起，茶水不进。

　　这事成了小镇人茶余饭后的谈资。大人们谈到这件事,表情十分暧昧诡异,似乎是件难以启齿又见不得人的事。鬼鬼祟祟的街谈巷议,到底还是泄露了她爸被打伤的秘密⋯⋯

　　她爸的徒弟大牛是独子,年幼丧父,与老母相依为命三十多年,一直以做小工谋生,去年底,被好心人介绍给春湄爸当了学徒。由于春湄爸的木工手艺精湛,在小镇算是首屈一指,所以,他收徒弟要求很高,一般资质根本不收,大牛能荣幸被破格录用,也算是他的造化。于是,为报师恩,三天两头请师傅上自己家吃饭,以示孝心。

　　大牛妈年过六旬,皮粗肉糙,长年的艰辛度日,风霜雨雪,让时光打磨成了男性有余女性不足的老太太。她高挑的个头,像一截木棍,看不出女人的半点风韵,但她确实又是一个优秀的女人,做得一手好菜饭,家常小菜,经她的一双老手,色香味美,胜过满汉全席。春湄爸本来就是个爱享受的主,这下可不有了口福?

　　一来二往,春湄爸在徒弟家逗留的时间越来越长,人也愈显年轻富态,于是,连做梦也想不到的事发生了。

　　那天大牛上班时忘了带锯子,中途回家取,没想到看到了最龌龊的一幕。他那六十开外守节三十多年的老娘正与他尊敬的师傅在床上⋯⋯

　　大牛气得全身发抖,疯了般抄起身边的木棒朝那个白白胖胖一堆没头没脑地打去⋯⋯

　　不该发生的事发生了,该发生的事也发生了。生活有时让人啼笑皆非,有时让人痛不欲生。

　　春湄辍学了,不知是否与此事有关,总之,自事发之后再没看到她的影子。

　　当我再次看到春湄,已是十年后的事了。那次我回家休假,在

138

农贸市场买菜,突然看见很多人蹲在地上抢买土豆,其中一个女人一下子将整个身子扑在地上,伸出双手把近处的土豆统统扒拉到自己怀里,那自私泼皮的样子令人讨厌。我正欲离开,不料那女人抬起头喊了我一声,我定定地看她,才依稀想起,是春湄,那个要和我做好朋友的春湄,那个每天背着书包来我家等候我上学的春湄。

她匆匆地把土豆拢起一堆,拍拍手上的灰站起来说:"不认识我啦?""怎么会呢? 老同学还能不认识?"我无奈地朝她笑笑说,她扭头看看地上的土豆说:"要不要? 我分点给你,外地运来的,批发价。"我说:"不要不要,我的菜买好了。"她笑着说:"认不出我了吧? 我老多了,你还那样,没什么变化。""哪里啊? 现在就老啦? 还早呢!"她没再说什么,只是嘿嘿地笑着,似乎比以前胖了,出气还是那样粗,脸上依然挂着密密的汗珠。

斗转星移,时光荏苒,那次见面后,一晃,十几年又过去了。一次吃过晚饭,我与女儿到对面批发部买盐,付账的时候,一看换了老板,由原来的年轻女人,换成了中年妇女。我把两袋盐放在柜台上说:"给钱!"那女人在接过钱的一刹那惊喜地说:"原来是你啊!"我再次打量她:臃肿的身材,圆圆的大脸,眉心处的绒毛还是那么茂盛,紧紧地连接着两岸的眉毛,表情中透着一丝夸张。我高兴地说:"春湄,怎么会是你? 你当店老板啦?""我刚盘下这个店面,以后还要多多照应哦。"我说:"那还用说吗? 肯定的。"我指着对面我家的房子对她说:"我就住在马路那边,有时间过去玩!"她从柜台探出身子看看,然后说:"还是你好,自己买的房子,住着多舒服,不像我,还租住着别人的房子。"我安慰她说:"慢慢来,一切都会好起来的。"她不再说什么,嘿嘿地笑着,只是眼睛不再像小时候那样定定地看着我,神情有些飘忽,鼻尖上仍挂着汗珠。

春湄在人前从不提我和她是同学的事,有时我说起,她也有意

把话题岔开,似乎存心忘掉那段岁月,我不知她出于什么想法,也就随了她,不再提起。

一次周末,我家来了几个同事,中午吃饭时我想把她也叫过来吃饭,可她一再推脱有事走不开。

午饭后,出于礼貌,她过来坐了一会。这是她第一次来我家,毕恭毕敬地坐在沙发上,脸上露出不自然的笑。同事们知道我与她是发小,便主动热情地与她攀谈,我忙着到厨房去倒茶,刚跨进厨房,就听她在客厅对我的同事们说:"我和她是同学,是最要好的朋友!"她终于承认,她与我曾经是最好的朋友。听了这话,不知何故,心里暖暖的,眼睛也湿湿的。世事沧桑,童真的友情,能够经得起时间考验的并不多,虽然那时我们并不懂友情,但那颗纯洁的种子始终埋在心的最深处。

春湄,这个臃肿肥胖的中年女人,男人患有肺结核,孩子不学好,自己自叹不如人。但在我眼里,她永远是那个有着圆圆脸蛋、上面撒着几粒雀斑、鼻息如牛粗、喜欢出汗的小伙伴。

黑丫头

梦中常见的那条蜿蜒山道,不再崎岖难行,取而代之的是一条新修的水泥路,平整顺畅,依着山势逶迤伸向大山深处。

晴朗却带点冬天水印的三月,太阳暖暖的,轻抚着人们的脸庞。冬的沉思已蓬勃萌动,温润的和风传唱着轻快的圆舞曲。田野里,麦苗已是一片翠绿,油菜花尽显辉煌。放眼望去,山岚上层林叠翠,绿树修竹一浪一浪扑入眼帘,峻崖上零星野花在风中摇曳,偶尔,山涧流水清澈直下,或一线,或成瀑。而河畔的杨柳,早已千丝万缕,柔情似水地一任清风撩拨,风情万种。

蓦然,在山的拐弯处,出现了一块木牌,上书"大壁坑"三字,我兴奋地打开车窗,探头窗外,远山近水,似曾相识,心里的激动自不必说。

车停道旁,一拨人下得车来,都禁不住大叫:"哇!太美了!这里简直是人间仙境啊!"妹妹拥着我说:"姐,这就是你梦中的大壁坑?真好,值得你为它魂牵梦绕。"

坐在河边清凉的石头上,我细细地翻捡着记忆:村前的河水依然清澈见底,但远没有昔日宽阔激越,远处绿树环绕的村庄,依然隐现出当年的粉墙黛瓦,但却失去了当年的古朴。

打开记忆的锦囊,年少的时光总爱藏在最里层:那年我十六,学校开门办学,老师带领我们翻山越岭来到大壁坑采茶。当时我们女生住在一户姚姓家里,那家有宽敞的三间大瓦房,有用石头垒砌的院墙,大大的院落被垫得很高很高,院外有条清澈明亮、哗哗流淌的山泉水,对面山上一蓬蓬碧绿碧绿的茶棵尽收眼底,这一切,都给我留下了深刻难忘的印象。

那是一段多么美好的时光啊，一群少年，脱离了父母的牵绊，远离了城市的喧嚣，扔下了学习的重负，百里迢迢来到了这片山清水秀的世外桃源。白天与茶农一起采茶，晚上和村上的姑娘们一起玩耍，真让人乐不思蜀啊！

房东夫妇都是半百老人了，人很淳朴敦厚，对我们照顾得也好。他们常常帮我们晒被子，换床铺草，他们的独子"黑丫头"很快也和我们熟悉了。劳动时他抢着帮我们背茶篓，晚上和男生们一起打扑克，活泼的天性使我们很快接纳了他，成为好朋友。他与我们年龄相仿，长得高高帅帅，眉目清秀，笑起来唇角微微上扬，显得调皮而稚气。由于父母盼孙心切，早早就为他完婚了，那时的他，已经有了新婚不久的妻子。新娘子长得白白胖胖，少言寡语，似乎与他开朗活泼的天性很不般配，据说还比他大几岁。也许是父母包办吧，为此，我们背后还为他惋惜过，这么帅气精明的小伙子，怎么也得找个漂亮姑娘啊！

半个月的"开门办学"很快结束了。临走的那天早晨，我们带来的菜全吃完了，几乎光吃饭。黑丫头见状，把家里的腌菜整坛搬出来放在桌上让大家吃，他的善良友好感动着大家，临别时他握着我们的手让我们有空一定到他家来玩，我相信他的话是真诚的。

再次见到他，我已初为人妻了。那次我正在上班，他来到我面前，牵着嘴角笑着问我："认不认识我啦？"我惶惑地抬起头：高高的个子，明亮的双眸，浓密的头发，还有那略带调皮而稚气的笑容……"哈！黑丫头！"我大叫。"还能记起我啊？"他故意眨眨眼睛得意地说。

久别重逢，那次我们聊了很久，言谈中得知他已是两个孩子的父亲，父母年纪大了，身体不是很好，生活的磨砺使他变得成熟稳重很多。是否留了他在家吃饭，我已全然忘了。但没过多久，他却在山里为我做了一副檀木躺椅架子送来了,为此,我特意买了一块帆布,做了一个当时很流行的帆布靠椅。这分情意,我一直记在心上。有了孩子以后,似乎也见过他几次,但他都是来去匆匆,一副很忙碌的样子,好像在做什么生意。

由于忙,这份友情自然而然也就淡了。然而十年前的某一天,我突然听同学说他死了,而且得了什么病都说得清清楚楚。记得当时我正在商店购物,听到这消息心里一阵痉挛,好端端的一个人,怎么说死就死了呢?

那几天,黑丫头的音容笑貌不断在我的脑际闪现:蹙眉的他、微笑的他、调皮的他、率真的他,一颦一笑尽在怀念中。

再有人提到他时,我便沉痛地说:"他已去了另一个世界了。"熟悉他的同学都为他惋惜,但生死由命,奈何?

一晃又过了十年,如果他还活着,也许该当爷爷了吧?坐在石头上,我在想。这次我重新踏上这片土地,他会知道吗?我要去看看他的妻子和孩子,看看他的家,他会知道吗?

这时,对面走来一位老人,手里拖着一根毛竹,我忙迎上去问:"大爷,您知道这村上哪家姓姚吗?"大爷回头看看村子说:"姓姚的多着呢,你找哪个姓姚的?"这一问,倒把我给问住了,我仰着头想了想说:"几十年前,我们学生来这里采茶你记不记得?我们住的那家就是姓姚。"我用手比画着,"那家的院子大大的,垫得高高的。"他听后笑着说:"那也得有个名字啊?"几十年的事了,我无奈,只好硬着头皮怯怯地说:"好像那对老夫妇有个独子小名叫'黑丫头'。"没想到他听后一拍大腿:"黑丫头啊?怎么不早说?他家就住在村子中间的木板桥那边。"说完,用手指着前面不远处的木板桥。我十分谨慎地又问:"他家里的人还好吗?"他说:"好着呢,刚才还看他骑摩托从这里路过呢,你们没看见?"天啦!当场的几

143

个人面面相觑,都惊呆了!因为他们一路上都在听我说他死了,当然确信无疑。我惊得半天合不拢嘴,难道这么多年的传言都是以讹传讹?

揣着按捺不住的兴奋和喜悦,还有一份失而复得的欣慰,我转身匆匆地朝着村子中央的木板桥奔去……

在村民的引领下,跨过一条小溪,绕了两道弯,经过一座破落的门庭,终于来到了他家庭院。打眼一看,不大的院子被打理得干干净净,中央摆了张小方桌,他们一家三口正围着桌子吃饭呢。我故意大着嗓门喊:"谁是黑丫头啊?"他猛地一抬头条件反射地答道:"我是!"我一边往院子中间走,一边取下太阳镜说:"还认识我吗?"他稍一停顿,立马转惊为喜地说:"哎呀!原来是你啊!多少年没见了,真是稀客稀客!"一边说,一边忙着招呼妻儿泡茶搬凳。

坐定后仔细观察,这里已不是当年我们住时的模样了,旧房已改建了新房,原来前面院子一马平川,视野开阔,路边的山泉、对面山坡上的葱茏都尽收眼底,而现在院子却被遮在了别人家房子的后面,失去了当年的宽广明亮。听说这房子是在原址上建的,我也就没再说什么了。

我们谈了一些别后的话。闲聊中,得知他有三个儿子,一个已结婚生子,另外两个都在外地打工。听着他娓娓道来,可以想象他这些年来的艰辛,一个靠土地吃饭的山里人,要培养三个儿子,是多么的不易。难怪他已早生华发,难怪当年的英气已荡然无存,岁月已将当年的英俊少年摧残得面目全非了。而他的妻子,当年那个比他大几岁的少妇,倒是没什么大变化,时光似乎那一刻在她身上停顿了,她长得丰韵饱满,面色红润,看上去,少说也比他小十岁。

四十年,弹指一挥,天上人间,可谓天翻地覆啊!

临别,他硬要塞给我一斤茶叶,说是自家的高山茶,香。我一再拒绝,最终,他还是乘机扔进了车窗。

下午四点,我正在网上神游,接到黑丫头打来的电话:

阳阳,到家了吗?

到了!到了!

今天时间太仓促,你们走了之后我才想到,应该挖几棵兰草送给你。

不用不用!我家有十几盆兰草,够了够了!

那等新茶上市,我给你带几斤茶叶过去。

别别别!千万别客气,我家去年的茶叶还没喝完呢。

别什么啊?是我自己山上种的,又不是花钱买的。

我说,真的不需要,你和嫂子上街办事,就来我家吃饭,千万别客气。

他说:我们以后就当兄妹来往吧,人的一生,能有几个真心朋友?

那一刻,心突然就温暖了一下,有一种柔柔的感觉蔓延开来,很轻很轻地渗透在血液里,纯净,无杂质。

我们之间的友谊,水净沙明,那是一份美好的情意。由少年到青年到中年,直至晚年,相互了解,真诚相待,彼此无企图,云淡风轻,悠远深长。

孟子曰:人之相识,贵在相知,人之相知,贵在知心。我想,我和黑丫头之间大概就是这样吧。

岁
月
陈
酿

145

想你的时候

明媚的季节总是让人心旷神怡,无处不在的美景陶醉着心情,唯有想到妞妞,心里的快乐才会骤然消减,继而,一丝惆怅浮上心头……

很久很久了,一直想见它,一直又不敢见。不敢打电话,怕惊醒了自己为它编织的梦,不敢去它家,拍打搅它现在的生活。而思念的心情却有增无减,日复一日,无休无止。

曾经无数个朝朝暮暮,我牵着欢蹦乱跳的它,走过青青草地,走过洒满细碎阳光的林荫道,走过高低不平的坑坑洼洼。它在我身边旁若无人地撒欢奔跑,肆无忌惮地拉屎撒尿,极尽亲昵调皮之能事。那是一段充满怜惜和爱的日子,小小的它给我带来了莫大的乐趣,

每次从外面回家,总是它第一个听到我的脚步声,从二楼一阵欢叫呼啸而至,围着我打着响鼻撒着欢,非让我抱抱它亲亲它才肯罢休。那种期待和被期待的感觉只有我与它心知肚明,而我抚摸它、娇宠它的同时,自己心里似乎也得到一份慰藉。

那是一段多么美好的时光,这是一份真感情,于它,于我,都是。

原以为这种惬意相依的日子会一直持续到它慢慢变老。然而,在心底重复一千次要把它养到老的计划,却被现实搁浅了。我想,这不是我的错,也不是它的错,纵有千般不舍,万般无奈,我也无能为力。原谅我吧,妞妞!

记得那是一个雨天,外面淅淅沥沥的雨声过滤了一切原本清晰的噪音,可我却明显地感觉到那雨滴是敲打在我的心上。林的

电话不期而至,说妞妞被送人了,是托熟人长发介绍送给他朋友的,并说那家人曾经养过狗,是个爱狗人士,会对它好的。我在这边哽咽着说不出话,妞妞活蹦乱跳的影子在眼前闪现,活泼的、灵动的、憨态的、调皮的……我带着哭腔说:"跟那家人说,如果哪天不要它了,千万别送给别人,还给我,如果妞妞老了,不能动了,他不想服侍了,让他还给我。"

明天又要去合肥了,一别又该是几个月,今天,再也控制不住急切见它的心情。它的顽皮、它的温顺、它的天真无邪、它那双满含着小动物野性和温柔的眼睛,还有那独具魅力的黑脸,都令我思念悠悠。或许,只有见到它,并证实它确实过得很好,我才可略略放下一颗悬着的心。

上次在宁国花园碰见长发,几乎没认出来,曾经的长发已然变成了寸发,虽削弱了艺术家的气质,却平添了一份清朗和精明。我切切地打探着妞妞的消息,得到的回答令我心里充满喜悦。他说妞妞现在特别恋新主人(他的好友),还说妞妞现在胆子大了,不怕生人了,说那家人对它很好……这一切都是我所希望的,悬着的心,似乎由此放下了几分,但对它仍然想念,如饥似渴! 我说:"可以带我去看看它吗?"长发说:"可以啊,随时都行!"我大喜过望,说:"好的,明天我把它的疫苗卡带上,送到那去。"

四月,已经是繁花似锦的季节了,我为妞妞能够顺利度过寒冬而欣慰。我知道它怕冷,所以特意嘱咐那家一定要给它营造一个温暖的小窝,并把妞妞的冬衣和所有用品全部送给了他。我想,能够为它做的,只能是这些了。

我们来到长发处,他当即联系了那位朋友,说明了原委,很快,他的那位朋友来到了婚纱店,并爽快地答应回家把妞妞接来给我们看。

岁月陈酿

看着妞妞的新主人,面善,和气,戴着一副宽边眼镜,笑起来很诚恳的样子。我想:妞妞也许真的碰上了好人家,至少,他是个深明大义的人,若碰上那蛮不讲理的,送都送了,凭什么带来给你看?不放心你可以带走啊!所以,我在心底欢呼:理解万岁!由此也让我想到,人与人之间是要讲缘分的,或许,由于妞妞,我们也成了有缘人呢。

妞妞被小车接来了,还是那样活泼可爱,生龙活虎的样子。看见我们,高兴地摇头摆尾,亲热地一个劲用前腿推我,和从前一样,想让我抱它。我一把抱住它,将它高高地举起,重复着我们曾经的游戏:把它平放在两手间荡着秋千,它高兴地打着响鼻愉快地呻吟着。然后,我又抱着它照了几张相,也让它的新主人抱着照了几张,尽管曾经为它照了很多很多,但今天显然意义非同寻常。

妞妞被打理得很干净,身上的毛色也很柔滑,我心里的石头终于落地了。当我提出它脸上的褶皱洗脸时应用柔软的毛巾轻轻地擦拭时,他的新主人说:"用棉签擦。"仅这一句,我心里就彻底踏实了,可见,他们对它也是细致入微的。他还说妞妞去年秋发情了,他们访到有一家也养着一条正宗的巴哥犬,说到时带着妞妞去相亲,看来,他真是个有心人,把妞妞的婚姻大事也提上了日程。我很感动,为他的细心周到。

我们聊得很开心,他说每天晚上他们一家三口都要带妞妞到广场去散步,很显然,妞妞俨然成了他们全家的新宠,已经成了他们生活中不可缺少的一分子。

看着妞妞兴奋地在我们之间奔跑穿梭,心里对它的新主人充满感激,妞妞在他家,我放心。

我们告别了妞妞,来到道旁的停车处,正欲上车,见妞妞箭一般射了过来。这一刻,我禁不住泪水横流,一把抱住它,脸紧紧贴着它的小鼻头,小东西,你还记得我们曾经的好? 还想和我们回到原来的家? 你也想我们吗? 我又一次哽咽了,说不出一句话,泪雨磅礴。

写到这里,我又禁不住泪眼模糊了,有些事情并不甘心情愿,但你却那样做了。妞妞,我是打算一直养着它的,万万没想到中途却送了人,对于某些事情,我们永远是计划赶不上变化。原谅我们吧,妞妞,我们始终爱你! 好在你现在的生活很好,这对我们是安慰,对你,何尝不也是一种安慰?

岁
月
陈
酿

弟　弟

　　喜欢这种感觉,倒一壶往昔,与时光对饮,梦随心动,流年就在浅笑里开出淡雅的花。或许,那梦,总渗一缕淡淡的忧伤,然,忧伤若被明媚优雅安放,何处不是轻舞霓裳的温暖?

　　这个七月,阳光格外静好。抖落满身异地的风尘,刚进小院,便见弟弟已悄然把小车开进了巷子,心,忽就在那一刻,涌满亲情的温暖。或许,一种缘分,没有预约,一旦根植,却可以盛开到惊艳。

　　弟弟,手足! 我从没如此透彻地了解过我这个小时候调皮捣蛋、长大后沉默温厚的弟弟。然而在这个夏天,我却甘愿如此地走近他、心疼他、理解他。

　　街道上,三十六度的高温持续不退,滚烫而有些松软的路面、匆匆的人流、飞扬的尘土、呜呜的空调声,让人的心绪无端地烦乱,烦乱得近乎窒息。然而,当看到他安静的笑容、从容的样子时,心似乎突然间安宁了。

　　我问:"微信上发的图片是怎么回事? 身上的伤痕从何而来?"

　　他笑答:"被她挠的。"

　　"怎么可能? 我大惊! 她平时看起来那么贤淑,怎可能下如此狠手?"

　　他仍然轻描淡写地说:"我们已经分手了! 我要让她为自己的行为买单!"

　　在我一再追问下,弟弟终于道出了原委。看来这次"武斗"纯属误会,原因很简单:上次弟弟与几个朋友相约一起出游,其中有一女子,面容姣好,被弟弟一朋友相中,欲献媚被拒,那厮一怒之下起了报复之心。回家后便挑起事端,他在弟弟的女友面前搬弄是非,说那女子与弟弟关系如何如何,如此,便制造了微信上的"血案"。

我说:"你该为自己解释啊。"弟弟说:"我已经解释了,可她不问青红皂白就开打,我没还手,要不然把当年当武警的功夫拿出来,稍稍一挡,她也吃不消。我只是临走时对她说:'你会后悔一辈子的,为今天的行为!'说罢,便摔门而去。"

看着弟弟,突然觉得他真是太男人了,这种情况下,有几个男人能像他这样君子?有几个男人能如此忍辱不还手反击?

我说:"都怪那该死的造谣生事者。"弟弟说:"那家伙太卑鄙了,我都懒得骂他,只在短信上对他说:这么多年,直到今天,我才认清你的真实面目,原来你是这样猥琐的小人!"

这就是我的弟弟,骂人都不带脏字的弟弟。看来,一个人的素质修养与读书多少并不成正比。弟弟,充其量也就是个初中生,虽然从小就聪明过人却不肯把心思用在读书上,打架斗殴逃课翻墙,连无皮树都能噌噌往上爬。

每年夏季,因为他偷跑去游泳,我和妹妹总是被父母差遣前往所有蓄水的地方去寻找,我们顶着烈日在河滩水库间没命地呼叫。有时他在水里远远发现我们来了,一个潜水便不知了去向,等我们到了水边,他已安全转移到另一个河道。为此,老爸老妈被他气得半死,我们也没少挨连座。

那段少年时光,家里充满了火药味,不是姐弟之间厮杀就是挨爸妈的骂,家里的门锁、自鸣钟、电扇都被他拿出来装了卸卸了装,但凡有点研究价值的东西都被他研究遍了。小机灵不用在正途上,奈何?只能望洋兴叹!弟弟被送去当兵了。

退伍后的弟弟,俨然换了一个人。个子高了,人也帅气了,性

151

格也变得沉稳内向。他的幽默聪明和好性子令其异性缘非常之"丰盈",半生了,始终甩不开美女的苦苦追求,这也是我们每每取笑他的谈资。好在,儿子已人高马大,气质与老爹好有一拼!

心事浅读,我与弟弟的感情,似静水深流,不经意间,滑过月光水岸,轻摇一地微澜,装满岁月往事。轻舟过处,云卷云舒,沉醉的是一份相知相惜的手足深情。

我家所有电器,但凡出问题,一个电话,弟弟便笑吟吟地站在面前,再头痛的事,经他一折腾,立马起死回生。内心里,早已对他产生强烈依赖,看来,聪明人的价值永远比一般人高,这与读书多少确实无关。

十天的假期不算长,我对弟弟说,就住在我家吧,我们一起吃饭聊天看风景,多好!弟弟笑了,笑得很灿烂。露出雪白的牙齿,看上去有点稚气、有点洒脱、有点憨厚、有点清朗。弟弟的可爱在这一瞬间放大了:淘气的他、温和的他、不拘的他、敦厚的他、孝顺的他、重情重义的他,无数个他在我眼前重叠交错。不知何故,我突然有一种想拥抱他的冲动,现在,此刻!

这是一个炎热的夏天,婆娑着无限的生机,蕴藏着许多令人回味的故事。我选取了一些发生在夏天的故事,关于弟弟,关于他的生活片段。

七月,宁静致远。它有辛弃疾"明月别枝惊鹊,清风半夜鸣蝉"的清幽;有杨万里"接天莲叶无穷碧,映日荷花别样红"的壮阔;有"迢迢牵牛星,皎皎河汉女"的静谧;有"赤日炎炎似火烧,野田禾稻半枯焦"的干热;也有"溪涨清风拂面,月落繁星满天"的清凉。

在这样的季节里,珍藏琐碎,剪贴幸福。它会让所有的记忆变得更加精彩纷呈、流光溢彩!

内心里的童年

夏日里,那片绿得深不见底的水面,是那样清澈妩媚。一条两尺多宽的长长木板,一头枕在岸边,一头用木桩固定在水中,遥遥伸向水中央。

大人们洗衣淘米刷碗,都会踏着这条通往水中的木板,稳稳地蹲在上面槌拍揉搓,有时还免不了相互撩水嬉戏。然而,这条神奇的木板,却始终是孩子们的禁地,大人们绝不容许小孩踏入木板半步。

神秘构成了诱惑。那通往水中的木板,在她小小的心中演绎着美好的憧憬,她想,如若真的踏上去,是否会像小船一样晃晃悠悠地载着她在水面上漂浮? 会不会走着走着突然从水里跳出来一朵大鲤鱼?

终于,在一个午后,乘大人们午休,她来到了这片心驰神往的地方。空无一人的堰塘边,一条横木坦陈在脚下,岸边有绿叶绕绕落花纷纷,四周静得出奇,就连整天喧嚣吵闹的知了也没了声息。她壮着胆子,踮起脚尖,小心翼翼地踩上了那条通往水中央的木板。横木稳稳地托举着小小的她,她试探着走了两步,脚下还是稳稳当当,并不是自己想象的那样左右摇晃,她放心了,大着胆子移步到木板尽头。

她低头一看,水面上映着自己的脸,俏丽的容颜隐藏在浮光掠影里。水,四周全是水,没有声音,没有风,灼热的太阳当空照着,烤得她浑身火辣辣的痛……此时,岸上的知了突然齐齐地放开嗓门鸣叫起来,更增添了热燥。她蹲在木板上,伸手在水里一个劲朝脸上身上泼水。太热了,她口干舌燥,正准备调整姿势把脚伸进水

里时,不料后面突然伸出一双大手,像拎小鸡一样把她拎了起来,然后往胳膊下一夹,快速离开了水边。她还没回过神,爸爸已把她放到地上,扒开她的小屁股啪啪啪就是一通打,气愤地问:"下次再敢不敢玩水了?"摸着火烧火燎的屁股,委屈的泪在眼里打转,她就是倔着不服软。见她这样,爸爸又爱怜地蹲在地上说:"这水很深,多危险,掉下去就没命了,没命了就死了,死了就什么也不知道了,懂吗?"听爸爸这么一说,她吓得哇的一声哭起来,她不想死,隔壁的张奶奶死了,很长时间都没回来了。外公也死了,也不能再回来了,她很恐惧,要是自己死了,回不来了,看不见爸爸妈妈怎么办?她边哭边央求爸爸说:"我听话,下次不敢再玩水了,别让我死!"爸爸笑着拍拍她的头说:"这就对了,只要听话,就永远不会死,记住了吗?"嗯,她乖乖地点点头,爸爸俯下身,抱起她大步流星地朝妈妈的单位大平公社走去。

那一刻,她所面对的是自己内心的童年。

而现在的她,感觉自己渐渐老了。时间的年轮,已指向"知天命",而年龄最终也只能是一个人私下的细微感受,无法与人分担。无论你心态如何年轻,它总会在不经意间提醒你,一丝新增的白发,一条细微的皱纹,失去灵气的眼神,无一不在暗示着你的老去。而那些曾经的记忆,像旷野里洁白的闪电,在被它击中的刹那,我们内心深处那个曾经的某个时段,会闪现在脑际,如同画面。

此刻,她又回到了彼时的童年。初夏的墙根下开满了凤仙花,篱笆上密密地织着牵牛花,远处绿叶丛中有带刺的野花在风中招摇。她带着妹妹和敏一起来到公社后面的坡地,那里有棵几人环抱的古老松树,树干笔直,遥指蓝天,整个天空都被老松的枝蔓遮蔽,老树斑驳的皮,成了她们儿时的宝贝。很多时候,她们都静静地站在树旁小心得揭下一块块龟裂破碎的老皮,那里有她们想象

154

中的孙悟空,猪八戒、小狗、小猫、马、牛、羊。这些老树皮,令她们欢愉,对自然充满好奇。

而每当雷雨降临前的黄昏,总有成群的红蜻蜓盘旋在低空,偶尔有一两只降落在门前的晾衣竿上,它们扇动着透明的双翼,姿态自如,不惊不恐。当你悄悄走到它后面,正欲捉住,它却在瞬间翩然而去。然而更多的时候,她却不会细致地观察它们,直接拿出自制的网杆,一头用蔑圈成圆,上面网上蜘蛛网,一头用细竹竿绑牢,拿着它在漫天飞舞的红蜻蜓中挥舞,必能黏上几只蜻蜓。

在镜子面前,这个知天命的女人笑了,她把目光投向窗外,曾经跋山涉水,山高水远,曾经困守繁华,不知何去何从。如今看过世间风景、尝过人情冷暖的她,身体是成年的,内心深处却有一处始终属于童年。

岁月陈酿

155

秀

秀是远房表叔的妻,算起来嫁过来已有二十多年了。当年,由于表叔老实木讷,三十好几的人了,也没娶上媳妇,姑奶奶急得不行,"不孝有三,无后为大",可不能断了香火。于是四处托人张罗给表叔说媒,有邻村的小寡妇,也有本队的大龄青年,表叔都不同意,独独相中了对门李大妈介绍的娘家侄女秀。

秀过门的时候,摆了十几桌酒,开了三天的流水席。老姑奶奶乐得合不拢嘴,二表叔也露出了少有的笑容。我想,二表婶一定是个可人的小媳妇,据说要比二表叔小十几岁呢,那还不是一朵含苞欲放的花蕾? 向单位请了假,我便匆匆地赶去参加婚礼,想看看那刚过门的新娘。没想到我刚跨进新房的门,迎面走来一位塌鼻凹眼的女人,身材瘦小,目光呆滞,头发上的头油足足抹了半斤,一溜顺地紧贴着头皮梳往耳后,还散发着一股浓郁的菜油味……我差点儿没被熏出去,后来才知道,这就是我那憨厚老实的二表叔娶的媳妇,名字叫秀。

秀很少说话,也不打扮,一天到晚邋邋遢遢,走路像一阵风,特别爱凑热闹,哪里人多往哪里钻,东家长李家短的事她一本全知。可从来也没惹过是非,因为她基本上不说话,更不会多事。久之,她的存在与否人们已不再介意,该说就说该骂就骂,知道她不会捅出什么篓子……其实她在家还是说话的,与二表叔与姑奶奶都有交流,只是在外面不多话。每次在路上碰见她,她总是显得手足无措,东张西望,紧张得连脚步也踉跄起来……有时为了捉弄她,我特意主动与她打招呼,即便如此她也不理我,眼神游离不定,没半点与我说话的意思,我对老公说:秀还没进化好,是个十足的傻子。

156

不过这个断言很快便被否定。一次,女儿要吃爆米花,下班后,我便带着米和两个搪瓷缸子去城北炸爆米花。那时小孩吃的东西远没有现在丰富,所以,爆米花的人总是排着长龙似的队,好不容易轮到我,买好后我便急急地回家了。过了约半个小时,秀火急火燎地闯进我家,劈头就问:"你家搪瓷缸子丢了吧?"我大惊:哑木头开口说话了?再回头一看,果然只有一个缸子在桌上,这回轮到我傻了,木木地问:"你怎么知道我缸子丢了?在哪里?"她说:"在爆米花的老头那里,我认得那个缸子是你的,沿子上有一个小黑点。"我的妈呀,她还知道我家缸子上有个小黑点?还是去年去买爆米花时碰上她,虽然仍然没说一句话,她却记住了我家缸子上的小黑点,而我,用了几年也没注意它的沿口上还有个"胎记"。

秀究竟是个什么样的人呢?我真的给弄糊涂了。从那以后,我对她刮目相看,再碰上她的时候,就远远地招呼她,可她还是从前的样子,不理也不看我,装作不认识,我自讨没趣,只好悻悻地走开。

那年冬天,姑奶奶病了,我们去探视。进得房间,只见老人儿孙绕膝,一副家庭温馨图展现在眼前。秀那时已是两个孩子的母亲了,床头坐着大的,小的被二表叔抱在怀里,秀则半蹲着给姑奶奶洗脚。老姑奶奶半闭着眼睛坐在沙发上,看上去病情不是太重,一问才知病已好了大半,前阵子又吐又泻搞得好凶呢。姑奶奶说,多亏了秀,忙着帮她煎药熬汤,喂粥泡脚……再看秀,连看都不看我们一眼,正在往洗脚盆里加水,那暖暖的水蒸气很快弥漫了小小的房间,让人感觉温暖而湿润……隔着雾气我感慨万千:我那八十多岁的老姑奶奶何其有幸,她的四个儿子中唯有老二最老实、最没能耐,四个媳妇中唯有秀最丑陋、最蠢笨,可最给她温暖的,最指靠得住的却是老二。其实老人病痛的时候最最需要的不是别的,是

亲情，是照顾。我的二表叔很普通很老实，秀很呆板很傻，但他们对长辈却有一份孝心。这一抹温情并非每个老年人都能享有，也许他们的儿子高官厚禄，媳妇聪明美丽，但未必就有老姑奶奶那份温馨。回家的路上，我在想：秀究竟是个什么样的人呢？在她那封闭的外表里，究竟隐藏着一颗怎样善良的心？

三字经曰：人之初，性本善，性相近，习相远。有的人之所以狭猾虚伪是因为受后天的影响造成的，在社会的大染缸里沉浮久了，就改变了自己的本性，迷失了自我，而有的人却不，秀亦如此。秀是山里长大的，那里的环境无污染，人性也无污染，她拒人于千里之外，从不向任何人敞开心扉，但她那善良的本性却处处流露；隔壁老王家嫁女儿撒喜糖，她夹在一群半大的孩子中间趴在地上抢喜糖，头上身上全是灰，她全然不顾，爬起来拍拍身上的土，笑哈哈地把抓在手心里的一把糖塞在豁牙的老姑奶奶手里，自己却一个也舍不得吃……

每年春天，秀都要回一次娘家，在山上搬一些笋子和蕨菜，再把那些笋子和蕨菜煮熟了用清水漂起来。接下来她就沾亲带故地一家家送，我家也经常得到她的馈赠，不过，每次都是容不得你说一声谢谢，她便一阵风似的刮出门了。

如今的秀已是奔五的人了，日子过好了，人也发福了。我经常看到她挺着个大肚腩，走东家串西家，哪里热闹哪里准有她，有时也随二表叔的农用车到城北市场。偶尔碰上，我与他们打招呼，只二叔答话，秀仍然不理我，没事人似的东张西望，只是，表情中多了一份自在少了一份初嫁时的局促。

小狗阿欢

欢欢是妹妹从乡下婆婆家带来的,据讲它几经易主,身世堪称坎坷,最后被妹妹慧眼相中,辗转送给了我。

初到我家,欢欢显得急躁不安,"举手投足"全没有宫廷狗的儒雅风度。因为它习惯了农村那种前场后院、鸡鸭成群的环境,习惯了那种独自在野外奔跑、觅食的生活方式,一下子将它关在家里不让出门,简直使它如坐针毡,急得它隔着玻璃门左奔右突,上蹿下跳,狂叫不止。开门时稍不留神,它便箭一般射了出去,撒开四蹄狂奔,害得我们在后面追得上气不接下气……

一次,为了报复我们对它的禁锢,乘我们出门的机会,它在家把新买的沙发垫子撕成了碎片,以解心头之恨。为此我们狠狠地教训了它一顿,并大骂它虽出生"名门"却全没有名门贵族的"风范",简直与乡村野狗无别,气得它直翻白眼,猛喘粗气,大睡了三天三夜……

自那以后,欢欢变得随和温顺多了。名门贵族的血统,优良的品质,还有那与一般杂交狗不同的素质都一一从它身上体现了出来。它性格平和、温柔、诚实,"待人接物"更是大方得体、恰到好处。来了衣冠楚楚的客人,它视为贵宾,款款走出大幅度地摇摇尾巴,嗅嗅客人的裤脚以示见面礼;来了亲朋好友它便高兴地欢蹦乱跳,伸出前爪与人握手亲热;而来了一般不常见的人,它则睡在地上一动不动,懒散地轻摇几下尾巴,但绝不放松警惕。如果碰上衣冠不整的人从门前走过,它必一跃而起,猛蹿出去,奋起直追。更奇的是它特喜欢看电视,每当看到足球赛和枪战片,它都激动得不能自已,高兴得前腿离地后腿竖起对着电视狂吠一阵,似乎要和片

159

中人决一死战。而当我们唱起卡拉 OK，随着优美的旋律跳起舞时，它也参与其中，迈着优雅的步子穿梭于我们之间，真是有趣极了。

欢欢食量大，却从不挑食，也不随地大小便，就连主人的卧室也极少光顾，更无啃桌腿和叼鞋子之恶习。我敢断言：它是一条百分之百的纯种宫廷狗。为此，先生还特意为它取了个洋气十足的名字："小狗阿欢"。也真怪，无论你喊它洋名或是本名，它都知道在叫它，屁颠屁颠地跑到你面前。

有时为了邀宠，它会四脚朝天躺在你面前，任你在它的肚皮上拍打弹摸，无一点戒心，甚至当你做出用脚踩它的凶相时，它也毫不在乎，依然躺在那里一动不动，用诚实信赖的眼神看着你，让你汗颜。就是这样一个与我们朝夕相处的小东西，前不久，又经历了一次生与死的考验，险些丢了性命。原因是我们居住的房子要拆迁，而我们搬迁的新居又在四楼，面积小且楼层高，实在不宜养狗，没办法，我们只有忍痛割爱，将它送给朋友。

朋友家前庭后院，花木扶疏，环境幽雅，且有一娇小玲珑狗小姐相伴，出双入对，可谓青梅竹马。对此，我们既满意又放心，认为帮它找到了好归宿，并隔三岔五地带着狗粮去探望。不曾想，前不久朋友来电话说欢欢大病不起，快不行了。听了这一消息，我们放下电话连夜赶到了朋友家，见到了奄奄一息的欢欢，它再也不是从前那个欢蹦乱跳的欢欢了，听到我们叫它的名字，它只是无力地睁开眼看了我们一眼，然后又闭上了，两滴眼泪从眼角溢了出来。朋友说："请兽医看过几次，都说没病，可就是不吃不喝，也不知道究竟怎么回事，是不是想你们？"

无怪老人们说狗是最通人性，狗是最忠于主人的。现在我算是真正明白了，为了争取回到主人身边，为了常伴主人左右，它采

风中的芦苇花

取了绝食,几乎付出了生命的代价。

我们将欢欢接到了新家,经过一段时间的精心调理,欢欢又是从前那个健康活泼、调皮可爱的欢欢了。唯一不同的是,它比以前更加依恋我们了,我想对它说:放心吧,我们再也不把你送人了,你永远是我们家的小狗阿欢。

岁
月
陈
酿

二　哥

秦淮河畔,她执着二哥的手,松散的头发随意地盘在脑后,真有点古代美女云鬟高耸的感觉。一行人里,唯她最出众,眼波流转,笑语嫣然,走在夕阳的余晖里,走在向晚的风中。

突然,她停住脚步,紧贴着二哥面对面站着,说眼睛迷了沙,让二哥看看。他俩就那样眼对眼。鼻对鼻定定地站着,二哥用手轻抚着她的眼皮,认真地吹着,仔细地看着,而她,却眯着眼笑意盈盈地看着他。一抹斜阳涂在他们身上,温煦一片。那一刻,时间仿佛静止,只有柳丝摇摆,只有风吹草动,只有河水微波。秦淮河,这一带碧绿,曾上演过多少绮丽恋情? 存储了多少款款深意? 而此刻,我却亲眼看见了她和二哥的美好一瞬。

问世间情为何物,在二哥和她脸上,我似乎读懂了一切。谁说世上没有真爱? 他们的感情历经了八年,虽没登记,但却是实实在在的夫妻,二哥为她买小车,为她留学的孩子供费用,陪她出国探亲,一切都亲切自然到顺理成章。

前年老爸九十大寿,她与二哥各开一部小车,载着兄弟姐妹一大家子十来口人来此贺寿。寿宴上推杯换盏,觥筹交错,二哥性情率真,为人诚恳,她怕二哥醉酒,一路护驾挡酒,直喝得脸上红霞飞,两眼醉迷离。那情景真让人感动,我们私下都为二哥年近六旬还能遇上这样温婉贤淑的女子陪伴而欣慰。严格地说,准二嫂,是个优秀的女人,有品位,识大体。

条件好了,闲暇多了。两边的弟兄姐妹们在间隔了 N 年不相往来的情况下,突然变得亲密无间起来。其间,我们又应邀赴宁回访,两家人欢聚一堂,亲如一家。我想,若大伯地下有知,定会含笑九泉。

　　然而,正当我们沉浸在重拾亲情的喜悦中时,突然传来了二哥身患绝症的噩讯。永远忘不了那天,天下着小雨,当我们急急忙忙一路赶往南京中医院的时候,病房里只有二哥一人,正在经受化疗之苦的他,孤零零地蜷缩在病榻上,没有人照顾,没有人陪伴。而几个月不见的二哥,已然判若两人,头发掉光,脸色青肿,嘴唇惨白。当我们问及二嫂时,二哥艰难地回说她一直在照顾,现在上班去了,看着二哥痛苦的样子,我忍不住泪流满面。

　　二哥,在大伯家众多的兄弟姐妹中,我与他感情甚笃。他一生为人正直,豪爽,话不多,却极有担当。他高高的个子,黑黑的皮肤,眼睛不大但很有神采,算不上风流倜傥,却极有女人缘。当年知青下放的时候,就不乏追求者,记得那时每次去南京,大妈总是喋喋不休地对我说谁谁谁喜欢老二,谁谁谁又追老二了,怨他挑三拣四。我听得出大妈的弦外之音,她是明贬实褒。有姑娘喜欢二哥,她心里可高兴呢! 直到招工回城,他才开始考虑婚姻大事。二哥的初恋情人我见过,长得娇小玲珑,十分可人。那姑娘父母离异,父亲在外地三线厂上班,母亲去了香港,她一人留守南京且有一小套住房。我下放期间去大伯家玩,基本成了二哥他们的跟屁虫,那个年代,他们家就有了收录机、音响,全是从香港那边寄来的,唱的都是香港歌星的流行歌曲,我那时哪里听过这么优美悦耳的歌? 只觉得有如天籁,百听不厌。后来,临走时他们特意选了两盘磁带送给我 。

　　1979 年,他们到三线厂探亲时途经我处,在我那里小住了一宿。那时我已招工进城,与二哥他们走在大街上,他穿着当时流行的大喇叭裤,上面是皮夹克,显得风度翩翩。他女友则大冬天里不穿棉袄,着一件米色大披肩,袈裟似的披挂在身上,引来了无数羡

慕的眼光,回头率超高。第二天送他们走时,旅社服务员都好奇地站在大门口看,看他们那箱子底的四个轮子,看他们的箱子可以直接在地上拖着走。

二哥那段恋情,一直维持了很多年,最终还是以分手告终,原因很简单,他不愿去香港,而那女孩的母亲却执意要女儿去香港定居。那段感情似乎把二哥掏空了,轰轰烈烈又瑰丽美好。

分手后几年,他一直沉浸其中不能自拔。最后,年龄大了,家里催得急,他才勉强跟一个小他十几岁的女孩结婚。听大妈说,那女孩特别喜欢二哥,而他却无所谓。我相信,虽然这个小二嫂既年轻又漂亮,但二哥心里装的始终是他的初恋。他们的婚姻也让我明白了很多,年轻貌美对于一个有深度的男人来说,绝对不是最佳选择,他们需要的更多是心灵上的默契。我的二哥,与前女友之间,正是这样。婚姻只是形式,他在心里一直觉得小二嫂是个永远长不大的孩子。尽管她很依恋他,尽管她很在乎他,很爱他,但最终,他们还是分手了。

曾经沧海难为水,他需要的是有灵魂的婚姻。终于,在他跨入"知天命"之年,命运为他开启了一扇幸福之门,他遇上了现任女友篙,两人一见倾心,双双坠入爱河。在此期间,二哥的公司也办得红红火火,他们互相珍惜,都以为找到了彼此的真爱。篙当过教师,不乏小情调,不乏浪漫,二哥又是懂得珍惜的人,且性格又随和温厚,两人一直情深意浓。

这次二哥重症在身,于情于理,她都该守候在侧,却不料她仅仅照顾了几天就以"没结婚,名不正言不顺"为由避而不见了。最后,只得由兄弟姐妹轮流送饭,女儿女婿轮番照顾。二哥是条汉子,嘴上什么也不说,但我知道,他的心里一直在流血,八年的感情,八年的相亲相爱,八年的相依相偎,难道都是假的?

二哥去了,去得太仓促。如果她还留在身边,他会走得那么急吗?不会,他那么爱她,那么珍惜她,他不会忍心丢下她的。只要她还需要,他会一直陪着她。但我更希望二哥走得安详,忘掉一切人生摇曳之态。万物后退,给他留出一个宽阔的路口。

她在微信上说:我不是别人的宝贝,是自己的宝贝。是的,那个曾经视他为宝贝的人不能再为她付出了,她便毅然决然地收回了自己。

她懂插花艺术,常在微信上传一些自己的作品,很是清新雅致。我想,于无人处,她是否会想到为我的二哥插上一束花?

问世间情为何物,我又一次想到这句话,情之一字,有的人视为生命,有的人却视为草芥。

岁月陈酿

杂谈空间

　　我对猫,没有半分好感,它的冷峻与不屑不是我喜欢的表情。而且我从来不敢直视它那发着绿光的眼睛,总觉得里面暗藏杀机,阴冷而凶险。还有,它们行动诡异、轻脚轻手、神出鬼没,一不留神会被它吓出一身冷汗。

香水与女人

母亲节,女儿买了"雅芳 NO.1 今日"香水给我。

打开层层包装,里面是一款精致的方形玻璃瓶,蛋黄色的液体衬着金色的颈,上面顶着椭圆形的小帽子,简约又别致。

揭开瓶盖,淡淡的玫瑰花香悠然而出。喷于手腕,又细细地抹于耳后,然后深陷在沙发里,打开音响,听邓丽君经典的情歌……

香水的味道在流淌的音乐中慢慢散发,周身都笼罩在香水的氛围里,感觉每一根神经每一个毛孔都被浸透,心一点点在这慵懒中舒展、融化……

上好的香水都有三种不同阶段的香型,分头香、体香、尾香。"今日"香水给人的嗅觉是空谷幽兰的清香,亦有金银花的淡雅,实际上它混合了多种植物的香味。

头香:小苍兰,白胡椒,仙人掌汁。

体香:蝴蝶花,芙蓉,千金紫藤,天堂鸟。

尾香:印度榧香木,玫瑰露,雪松汁。

我更喜欢它的尾香,温暖中荡漾着甘纯华贵的香氛,悠缓又不失稳重,又好似隐藏着潜移默化的浪漫因子。淡淡的忧伤让人仿佛突然间被这完美的东西唤醒了逝去的灵魂。

女人没有不爱香水的。小时候,百货商店里根本没有这么高级的香水卖,只有花露水。那时候还是手绢风行的年代,我们总爱滴几滴花露水于手绢里,在人前拿出来时,就有一缕若有若无的香气,让阳光明媚起来。

成长的岁月里,一直与香水无缘,那个年代不是讲究物质的年代。稍大,到适合风花雪月的年龄却没有小资滋生的环境,淡淡的

忧愁一直在淡淡的空气中发酵,现实让我们只有一种情怀而没有实际上的浪漫。那时候我身上的钱,也仅够买一瓶劣质香水。

最早拥有的一瓶名贵香水,是著名的"香奈儿 NO.5",那年到香港旅游时买的。

那日导游带我们到化妆品店去买香水,正碰上大减价,各种各样的名牌:美国的"第五大道"、还有"JOY"(亦舒的小说里译成"哉"),我一直以为这些东西高不可攀,仔细一看,却都是平常的样子,平常的价格。

香水瓶子排得一堆堆的,都是有名的品牌,一点也不显矜贵,像已经韶华老去的名门闺秀,待嫁的白流苏一般,等着范柳原的青睐——那是真的便宜啊,我拣造型漂亮的、特别出名的"香奈儿"买了一瓶,据说玛丽莲·梦露及麦当娜都喜欢这个牌子。

我喜欢香奈儿这个名字和这个人,她是经典的女人,曾有一句名言:"不用香水的女人,是没有未来的。"

原以为梦露及麦当娜喜欢的香水一定浓郁无比,根本不适合我这样年龄的人,然而事实不然,NO.5 的香气只是暗香袭人,像一段无可告人、只能在忧伤里甜蜜的恋情。我喜欢这种感觉,一种久违的隐隐的甜蜜。

可后来听人说那名牌都是仿造的,根本就不是正宗的进口货。

那又如何呢? 只要自己喜欢就足够了,更何况价格也不昂贵,真正的法国香水未必就适合我们。

自那次之后,我只买国产的香水,以免再次受骗上当,更何况,国产的应该更适合本国公民的肤质。

我喜欢雅芳系列:小黑裙,今日小白裙、地球女人、绿叶仙踪,名字都很浪漫,价格适中,香味清淡隽永、十分纯正。

其实,香水的作用更多的是为了愉悦心情。

香水从女人灵魂深处散发出来，如悄然翻飞的蝶舞，表达着女人的心情和期盼。

女人在匆匆而过或短暂驻足的一刹那，若隐若现地散发着或优雅、或温婉、或奢华的淡香。你可能忽然间会想起，这世界，因有了香水，女人也便更像女人了。

端午节,端午粽

一直喜欢农历节日,那些传承了几千年的节日名称,总给人带来无限神往和无边的遐想。

端午节,农历五月初五,阳历六月六日,完美的整齐划一,属年份的中段,起承前启后之作用,也是纪念爱国诗人屈原的日子。

"清明尚小,中秋已老",端午正值春花满枝季节,也是最具魅力的季节。江南的姹紫嫣红,春风十里,把这节日熏染得饱满丰盈、分外妖娆。

今年的端午是在细雨霏霏中度过的。一早,申哥就买回了两把新鲜艾叶,分别靠在大门两边,还带回了绿豆糕、糍粑糕、红豆棕、樱桃,端午的气氛就在这些时令应景的东西的渲染下,变得与平日有别。

我随手拿起一个粽子,剪开上面缠绕的麻线,小心翼翼地将青黄色的粽叶一层层剥开。一阵特有的清香扑鼻而来,里面睡着一个胖胖的红豆糯米棕,它被紧紧地定型为一团,露出三个尖尖的角,看上去通透滑润,轻轻咬上一口,满口生津,正宗的农家口味。

这小小的一团红豆棕,勾起了我对已逝端午的万千情结,那些久远的日子,仿佛又一次来到眼前……

小时候的端午节,是艾叶满街的日子,是被父母在耳坠上抹上雄黄酒的日子,是与小伙伴争看龙舟竞赛的日子,也是家家户户包粽子的日子。

我家的院子不大,每到这天,院子里的大木盆里总是泡满了绿色的粽叶,米箩里装着淘净了的糯米,一粒粒饱胀胀的,几个大海碗里分别盛着红豆、绿豆、蜜枣、火腿、香肠。妈是国家干部,不善家务,总是请隔壁的李奶奶和对门的何姨来帮忙。

我们围在木盆边,但见那一老一少手里拿张粽叶,只轻轻一转,粽叶就形成了漏斗状,装上米,加上豆,或是肉、枣,再灵巧地挥动手中的粽叶,将米粒一盖一扭,粽子就成型了,接着用麻线捆牢,一个像模像样的粽子就诞生了。

待全部包好,三个一群,五个一似地将它们分门别类地连成一串,到时就可以凭记号挑选自己喜欢吃的粽子了。

那时的我,对李奶奶和何姨,简直崇拜至极。看到青青的粽叶在她们指尖上下飞舞跳跃,像绿衣仙子在掌心翩翩起舞,十分心动。于是拿起一张叶子,也学着她们的样,可怎么包都是松松散散的,放在锅里一煮,立马露馅。

很多年过去了,现在已无须家家户户包粽子过节了。经济的繁荣带来了市场的昌盛,不用自己亲自动手,每年都可以吃到刚出锅的粽子。尽管如此,我还是怀念小时候的端午,怀念那时的节日气氛,怀念那木盆里青青的粽叶,怀念那大米箩里的糯米,还有那盆边一老一少舞动的手指……

很多东西拥有了,也有很多东西丢失了。有些情结说不清道不明,有些记忆一直酝酿着芬芳。

端午节,一年一度,今年的端午,伴着细雨、艾香、粽子,还有时令的栀子花、红樱桃……

回味过去,感受当下,别有一番滋味在心头。

栀子树,栀子花

夏日早起,摘一捧栀子花,洁白芬芳,馥郁满怀。

喜滋滋地用玻璃杯盛满清水,小心地将花一朵一朵地插进去,然后放在茶几上,整个客厅立即被清新的香味覆盖,满室的幽香让人恍如走进了小花园。

回望院子里的栀子树,看上去郁郁葱葱,洁白的花儿犹如云朵,浮在枝头,潜在叶下,那含苞欲放的花骨朵更是层层叠叠,有的已露出白白的边沿,眨眼工夫,就会出落成一朵皎洁如月的美丽花儿。轻风吹过,院子里弥漫着淡淡的雅香,引得路人驻足观望,凝神嗅香。

可谁又会知道,去年冬天的一场大雪,几乎让它遭到灭顶之灾呢!

那天我和申哥刚从女儿那里回家,一进门,就发现站在花坛里的栀子树被积雪压倒了。我迫不及待地放下行李,蹲下身子细看,发现树的一根主枝已与树身分离,它的半边身子仅仅只剩一张树皮连着,里面的骨肉全部断裂……

我心疼地将它慢慢扶起,拂去积雪,将伤口对准伤口,让申哥找来绳子紧紧把劈开的主枝缠在树身上。经过细心包扎,树枝恢复了原样,但我十分担心它是否能成活,是否能恢复如初。

一颗心老是惦着它,我每天都去观察,看着那接枝的部分不焉不死,心里才算踏实,盼着它能够早日康复。

转眼冬去春来,万物复苏的季节带来了栀子树的好运。它的那根主枝居然郁郁葱葱长满了碧叶,而且还孕育着青涩的花骨朵,生命的奇迹又一次见证了自然的神性所在。

为了让它有更大的发展空间，我们将它移植到院内的花圃里。浇上水，施过肥，它屏住呼吸呼啦啦地蹿出几尺高。

夏天到了，正是栀子花盛开的季节。每天，它都会给我惊喜，为我献上一捧新鲜的美丽。

它的断枝伤口上依然缠着细绳，尽管它已繁花满枝，我还是心有余悸，不忍解开绳子，不忍目睹它昔日的伤口，怕它承载不起满枝的重托，怕它失去绳子的保护会咔嚓一声重新断开……总之，放不下的是一颗牵挂的心。

栀子花的花语是"等待的爱情"，象征着永恒的爱、一生的守候和喜悦。

它单纯、善良、美丽，只想做最简单的自己。

婴儿般睡眠

清晨的某一刻,我在淅沥的秋雨声中醒来,一种十分遥远而缓慢的醒,仿佛刚刚从地平线那儿凸起,又似一滴水珠,轻轻滑入水面……

在这样一个沦陷在阴雨之中的清晨,我却满心欢喜,感觉卧室里的昏暗如此温馨妩媚,如鸿蒙初开,一个好觉,让我单纯如婴儿。

我醒了,身体却还没醒,依然沉沉地躺着,此时,世界在我眼中渐渐模糊混沌,我清晰地看见了自己小时候的模样:

傍晚,天空静谧,晚霞满天,西天已然跃出几颗耀眼的星星。奶妈把我放在院子里的摇篮里,嘴角带着笑意,一边哼着摇篮曲一边轻轻地摇晃着我。而我,一个婴儿,在天地之间,端然大方地熟睡着,皮肤透明洁净,嘴唇新鲜湿润……

我还看到女儿在襁褓中的情景,母亲把熟睡中的女儿放在我的身边,她那粉嘟嘟的脸蛋柔嫩得像离壳的蛋,眉眼和鼻子长得十分精致,偶尔还在梦中露出微笑。我彻底惊羡于造物主的神奇,给了我一个如此完美至极的女儿。我定定地看着她,生怕碰坏这样娇小的俊美和她那甜甜的美梦……

"如婴儿般睡眠",这是朋友羡慕我的好睡眠,送给我的一个雅号。其实,成人的睡眠哪里真的能如婴儿? 果真那样倒是天大的福气了。

而今天早晨,我是彻底进入了婴儿期,单纯到什么也不想,只是静静地躺着,通体舒泰,气血畅通,心情愉悦,似梦非醒,我贪婪地享受着生命中这美好的一刻。

我依然闭着眼睛,却清晰地看见年迈的外婆在舅舅家忙里忙外,她是我一生中的最爱,为家庭付出了毕生的精力与时间,是世界上最好的外婆。她对我慈祥地笑着,我高兴无比,正待走近,外婆却不见了踪影……

在透彻的失望之后,我看见我那八十六岁的老父亲,坐在我家客厅的沙发上,与我促膝而谈:说人生苦短,一切都要珍惜,说他昨晚做了一夜的梦,梦见自己还很年轻,生龙活虎,干着他一生钟爱的锻工手艺,四邻八乡的人都夸说他的手艺精湛。早晨醒来,还以为自己真的很年轻,细想,才知道自己已是古稀之人……

而在这一刻,我又真切地看到了母亲,她拎着菜篮上街买菜,和煦的阳光照耀着她,母亲一头柔软的卷发,不知从何年何月起已染上了白霜。在母亲面前我始终是个不会撒娇不够柔顺的女儿,小时寄养在奶妈家,后又由外婆带大,与她之间的感情不似弟妹们那般水乳交融。可世界上没有不疼子女的父母,我是不是对她有点失之偏颇?

此时, 个男人走近我,轻轻地唤着我的名字,是他,是那个让我欢喜让我忧的他,他疼我、爱我、珍惜我却不懂得宠我,他可以为我赴汤蹈火却不知道迁就我,总是为一些芝麻绿豆小事与我争执不休,世界上真的没有十二分妥帖的鞋?宽一点嫌大,窄一点嫌小。而他在朋友们的眼中已然是模范级老公了。

我醒了,严格地说是被他叫醒了,睁开眼睛看着身边的这个男人,年轻时的英俊潇洒像穿旧了的华丽衣裳,不再显山露水,却多了一份成年人的练达与自信。

对于这个男人,我似有千言万语却找不到适当的语言表达。结婚以来,每年的三百六十五个清晨,都是他先于我起床,女儿上学期间的早餐一直是他安排,他的审美永不疲劳也让我感动不已,走在马路上怕你闯红灯,重活累活不让你插手,他可以为你端茶送

饭倒洗脚水却不肯在无谓的小事上让你半分。我知道在这个家里,有了他的存在,就是一个安全感的存在,就是一个温暖季节的存在,尽管他的性格中有我最最讨厌的倔强与不服输。

我明白,我现在的平和与安稳、我的闲情逸致、我对事物的超然对待,甚至包括我每天早晨睡懒觉习惯的养成与身边这个男人都是密不可分的。对于他,我从不敬重,也毫不顺从,而此刻,我却恨不能检讨自己平日对他的所有冒犯和挑衅,原谅平日没有给他的所有原谅。

人生于天地间,从幼小的婴儿慢慢长大成人,到老到死,也就是几十年的光阴,我们何必要把有限的时间浪费在鸡毛蒜皮的小事上呢?

一觉婴儿般的睡眠,使我茅塞顿开,此时此刻,宇宙天地如此郑重,父母子女、夫妻之间就是骨肉至亲,纵然凡胎肉身转眼就会灰飞烟灭,至情至性总归胜似一切。

《约伯记》里说:海里的水绝尽,江河消散干涸。人也如此,躺下不再起来,等到天没了,仍不见醒……这是每个人的归途,无论富贵贫穷,最终都殊途同归。

既如此,我们何不好好活着? 人生苦短,我们要好好地享受阳光雨露,四季轮回。好好珍惜生命中的一切,细微至一阵突然扑面而来的风,清脆绿叶上跳动的明亮阳光,亲人的一句温暖问候,一杯午后茶的清香,都会让心轻轻荡漾,幸福的涟漪慢慢四散开来。

你说过，你是我的影子

时空交错，山重水复，尘埃湮没了所有的往昔，然而，我还是记得，你说过，你是我的影子。

于旅途匆匆中，我回眸四顾，你在哪里，我的影子？

我的影子，你永远不会知道，一个月明星稀的夜晚，我会想起你，童年的伙伴，少年的挚友。

我的影子，现在的你，是否还有纯真的眼神和细敏的情怀？是否还记得儿时的一场游戏？我和你跪拜在街头的土地庙前，焚香发誓永远称兄道妹，你说，从今往后，谁也别想欺负我，你愿永远跟随我，你就是我的影子。

我的影子，现在的你，是否依然还会仰头看天上飘浮的白云，望夜晚星空的月亮？你那繁盛无比的内心，还会编织出五彩缤纷、美妙无比的故事吗？

我的影子，现在的你，是否还会想起那早逝的同桌？她那如花瓣般的脸颊，带着病态的红晕，羸弱的身躯，还有那喘不过气的咳嗽声？结核病晚期的她，目光躲闪，笑容短促，她是何等的可怜。

我的影子，现在的你，还记得为我书写的第一首发亮的诗句吗？我细细品味，反复感动。惊回首，你已不再是童年时代的小哥哥，俨然长成了翩翩少年，目光清朗，面容英俊。

我的影子，现在的你，是否还记得青春的一场瑞雪？沸沸扬扬，下得铺天盖地，银装素裹。我被困知青点不能回家，茫茫四野沉默主宰，雪抑制了所有的呼吸。而你却奇迹般地出现在我的视野，那火一般跳动的红围巾，是你为我送来的御寒物件，而篮子下面却包裹着温热的午餐。

我的影子,现在的你,是否还记得那个炎热的夏季,你穿着格子衬衫,那条窄窄的小巷犹犹豫豫、曲曲折折,像千回百转的情愫。当我气喘吁吁地跑到你面前,你却兀自害羞,满脸通红,想说,又不敢说。正犹豫间,树上的蝉声突然大噪,似弥补一次疏漏中的错误……一切自自然然,我们只有会心地一笑。

我的影子,现在的你,是否还记得那支遗失的短笛?你曾用它吹出天籁般音符,悠扬的心曲流淌成河,与秋天一起被我温存收割。

我的影子,现在的你,是否还记得当年分别的情景?我们站在街口的老槐树下,你背着干瘪的行囊,决意沿着心灵的轨迹出发。含蓄的月光一路殷勤呵送,我们频频挥手,我看见,你的眼里早已泪光闪现。

我的影子,现在的你,是否还会拥有一个春风沉醉的下午?放下书卷,走出书房,沏一杯清茶,欣赏院里傲岸的竹,听布谷声声,看云卷云舒,任花开花谢,兀自芬芳。

我的影子,现在的你,是否还会在心里空出一个位置,容我落座?在如梦如幻的光晕中,在曼妙的乐曲中,谈谈儿时的往事、共同的朋友、年少时的调皮事、似有似无的爱情、刻骨铭心的友谊,还有那些随风而逝的伤痛、快乐……偶尔,相视一笑,云淡风轻,一切都没开始,一切都已过去。

我的影子,现在的你——我永远的朋友,你在他乡还好吗?

因字生情

看余秋雨先生的文章《我等不到了》，我就想，以他的年龄和身份，学识与阅历，写家史应该把文中的爸爸、妈妈改写成父亲、母亲才更为妥帖。不知何故，我总以为父亲和母亲在字形字貌上、间架结构上要比爸爸妈妈显得大气而厚重，嘴上可以喊，但在小说里最好写成父母。人们可以把大地比作母亲，高山比作父亲，倘若说高山是爸爸，大地是妈妈，总觉得有些别扭，尽管意思是相同的。

我这人很怪，总喜欢看一些自己喜欢的字，听一些自己认为好听的词，比如我爱看、飞、紫、辉、翔、思、温煦、嫣然、流转之类的字词，看到它们、写着它们能让我心生愉悦，如同看见熟识的友人。

我的这种怪癖由来已久，可以追溯到很小很小的时候

那时母亲在乡下公社上班，医院就在我家隔壁。小小的医院相当于现在的卫生所，只有三位医生，全是男士。记得当时有个姓刘的医生，名字叫斯绕，我就觉得这两个字特别好听，误把"斯"当成了"思"，心想这个医生一定爱学习、聪明。

斯绕单身一人，英俊潇洒，活跃风趣，十足的大男孩，下班后没事就领着我在田间小道上散步，捉蚂蚱、网蜻蜓，有时还给我讲故事。道路两旁都是青青的秧苗和沉甸甸的稻穗，晚风一吹，像波浪翻滚，给人带来无边的凉意。有时，我们身边多了一个年轻漂亮的姑娘，那是他的未婚妻，韵。

我最爱听韵甜甜地喊着"斯绕，斯绕"，心底有说不出的美好，我还小，叫他叔叔，不敢贸然叫他的名字。

记得那是一个冬天，和我关系很铁的斯绕突然几天不见了踪影，我再也没有听人喊斯绕了，心里十分挂念。隐约中又觉得是一

杂谈空间

种不可示人的思念,我最终憋不住还是怯怯地问了母亲:"斯绕叔叔怎么还不回来? 我好想他。"母亲侧视着我,严肃地说:"小丫头,什么想不想的? 别瞎说,让人听见笑话!"我吓得不敢说话,可心里还是一个劲地思念。

过了几天,斯绕和他的新娘回到公社,带了好多好多喜糖,把我的两个口袋装得满满的。我终于又见到我喜欢的斯绕叔叔了,高兴极了,蹦蹦跳跳地跟前跟后。

黄昏,他和新娘韵牵着我去散步,一路走一路逗我笑,可我却一点也笑不出来,心里似有满腹的委屈。几次抬头看他,我很想对他说"这几天我好想你",但想到妈的忠告,最终还是没说出口。

后来,我上学了,斯绕医生也调走了,我们再没见过,儿时的思念像风一样吹走了,忘得无影无踪。

记得读二年级吧,我们班从外地转来一个男生,卷发,白白净净,眉清目秀。他也有一个特好听的名字"飞翔",每当老师点名报到飞翔两个字时,我总会不由自主地把头转向他,心中生出万千气象:仿佛看到一只小鸟在空中飞翔、一群大雁在高空飞翔、一只苍鹰在山顶飞翔、小小的脑袋把能够联想的都想到了,并且,因着这好听的名字而对他产生了好感。

我喜欢听别人叫他的名字,喜欢看他回答别人的神态,喜欢在纸上写他的名字。我不敢接近他,却会偷偷地观察他。

一次,老师让我们排练舞蹈《五好红花寄回家》,飞翔在里面扮演参军的男孩,我们几个女生演家人,从那以后,我们渐渐熟悉。

放学的时候,我们一起排队回家,我总是喜欢喊:"飞翔! 来,站在这里!"有时上学路过他家,我也会叫出声来:"飞翔! 上学哎!"不为别的,只为喜欢,喜欢他的名字。

也有我喜欢的女生名字。如:紫晴、风儿、小辉都是我喜欢的。

我们一直是最要好的朋友。

　　不知道为何会以字取人,也不知为何会以名生情,只觉得看到这些字心里高兴,似乎它们充满了舒缓的优雅,听到这些名字心生好感,没来由的嗜好,不搭调的人情,由它去吧!

夜 谈

我家的主卧和客房窗户都朝南,门却一扇向西,一扇向北,形成了一个90度直角,亲密无间,紧密相连。人性化的设计使两室两厅的布局非常时尚合理。

每晚,我和孩子们一墙之隔地睡着,可两扇房门却都敞开着,如同睡在同一个空间,没有一丝一毫的孤独感。

我喜欢闭着眼睛躺在床上听那边传来的叽叽咕咕的说话声,时轻时重,时有时无。听不清说些什么,也不想听清说些什么,只觉得静夜里的交谈是一段悠悠的小夜曲,温馨的气息在两个房间蹿动,令人恬静安神、慵懒放松。

长时间与孩子们分居两地,母爱在时空和距离的阻隔中被迫稀释。今夜,那种久违的感觉复苏浓稠起来,满心温暖,恍如回到从前,就像搂着小时候的女儿入睡,听她细细的鼻息声,心里充满美好的安逸。

幸福是什么?在孩子们面前,我已丢失了自己。只要她们美满,快乐,便是我最大的期盼、最大的幸福。

雨天邂逅

八月,合肥。

一场玻璃丝似的雨漫无边际地飘洒着,给炎炎夏日带来了清凉。磊开着车,慢慢前行,带我们到一家刚开业不久的农家乐饭庄去吃饭。

一路上,窗外的景色被雨水洗刷一新,空气也显得湿润宜人。入夏以来,这样凉爽的日子很是难得,虽然已立秋多日,可由于天天艳阳高照,温度始终居高不下。这下好了,一场雨捍卫了秋的地位,凉爽的风送来了秋的气息,让人从里到外透着一股怡然的爽。

不一会儿,饭庄到了,泊好车,跨出车门,却不料刹那间细丝变成了大滴大滴的雨粒,迎面朝我们劈头盖脸地砸将下来!抬头看天,黑压压的,远处雷声滚动,一场大雨即将倾盆而下……

一口气跑到农家乐宽阔的走廊上,这才有闲心打量这家新开的饭庄:

这里的环境不错,场面很大,顾客盈门。室内木桌竹椅,别具特色。再加上满堂穿梭穿着碎花衣服的的姑娘们,更增添了饭庄的喜庆。

点了几个菜,要了点红酒,我们仨推杯把盏,小酌微醺,泛泛而谈,家事、国事、天下事……不一而足。一餐饭吃了整整一小时,出得门来,方知风停雨住,世间一片清朗。

站在高高的台阶上,极目远眺,城市风貌尽收眼底。突然,瑶惊喜地指着天边:"看!彩虹!"我顺势望去,感觉眼前一亮,一道绚丽的彩虹横跨城市上空,犹如一弯拱形的桥,从世界的这一端搭向遥远的那一端,它吸收了所有柔和绚烂的色彩,宁静地贴着蓝天,

185

凝固在高空中,真是:"江城如画里,山晓望晴空。雨水夹明镜,双桥落彩虹。"

不可测量的天空,闪烁着新虹的光辉,这光辉,映照了大地上疾驶的车流,也映照了植物上的每一滴水珠,世间万物无一不在它的光晕笼罩之中。

已经很久很久没有见到彩虹了,今日之后,却不知何年再见。

平平淡淡又一天

清晨醒来,从窗外吹进来的凉风,带着露水和植物的清香,然后,小鸟开始叽喳,喧嚣了一夜的蛙鸣开始沉寂。外面有人走动,晨练的人彼此寒暄着打招呼,新的一天开始了。

退休之后,感觉时间过得特别快,那种平静悠闲、略带温馨的日子,仿佛只是一瞬间,却悄然在日历上轻轻滑过了两年。

每天早起,我会喝一杯蜂蜜水,然后在庭院里深吸几口清新空气,与植物做一次亲密接触。那里种满了我喜欢的花草,有玉兰、栀子、蔷薇、米兰、茉莉、月季,也有兰花、金银花、桂树、红枫……还有一畦菜地。

我深情地摸摸树干,嗅嗅花香,拔拔杂草,松松盆土,偶尔摘几条新鲜黄瓜。与此同时,de 已买回早点。

8点钟,我准时把电瓶车推出车库,斜背着心爱的褐色小皮包,骑上我那粉白相间的电瓶车,轻快地向舞蹈世界驶去……

一路上,道路两旁的树木生机勃勃,绿色的大片叶子在太阳下晃动,透明得能看得清细碎的脉络,阳光在脸上欢快地跳跃着,让人感到心情特别愉悦,仿佛一下子年轻了十岁。

年轻了十岁的我,虽已青春不再,但依然容光焕发,在舞厅门外停好车,迈着轻盈的步伐,神清气爽地走进灯光迷离的舞厅。

在扑朔明灭的灯影里与一帮熟人打招呼,落座,拿出自备的茶杯,换舞鞋,然后,随着舞曲翩翩起舞。

一曲接一曲,无论是慢三还是快四,恰恰还是伦巴,也无论是布鲁斯还是吉特巴,我都能应付自如,就连那一般人感到天旋地转的旋三,也能满池蹁跹,旋转得裙裾飞扬。

187

当然,在那里除了放松心情、享受动人的舞曲,更多的是为了健身。也因此,几年如一日,也没扯出半点风花雪月的是是非非。一曲终了,舞罢,跳罢,各回各家。

10 点钟回家,跳下车就忙不迭地楼上楼下、院里院外地忙活一通:洗衣、搞卫生,不亦乐乎。

若时间容许还不忘到"西部"菜地去视察一番,因这块地处我家房子以西 30 米处,搬来时那里有个小池塘,池塘里有少许的积水,那里是青蛙们的天堂,春天到来,它们呱呱地呼朋唤友,谈情说爱,繁衍后代,把个一汪小池噪翻了天。我也有幸在城居多年后再次享受到有如天籁的蛙鸣。于是见缝插针地授意 de 把那块墙外水池埂上的两垄地开发了,寸土寸金,空着多可惜,更何况还顺带着符合了中央开发大西北的指示精神。那里如今已种上大豆、南瓜、辣椒,长势十分喜人。

等到一切搞定,最后将洗衣机里的衣服晾晒到阳光灿烂的走廊里时,de 已将午饭端上桌了。

饭毕,《百家讲坛》是我必看的,节目继之,沿袭婴儿时期养成的老习惯,午睡。

下午,与 de 争相上网,他喜下棋,与陌路人杀得昏天黑地,我则爱浏览网页、看文章、听音乐,有时也码点不成文的小字。最后达成协议:他上网时,我看书,修身养性;我上网时,他练书法,益寿延年。

日子一久,我也觉习惯,要不整天对着屏幕,眼睛也受不了。想着他没退居二线时,我一人独霸电脑,沉迷痴狂地连续不下火线,以致走在路上,对面看不清人,模模糊糊像蒙了层雾。为此,眼睛急性发炎还在医院动了小手术,至今眼角还留下个小小印痕,为我几十年的白净无瑕画了个无奈的问号。

有了上述教训,我现在每天上网一般不超过 5 小时,绝对以人为本。

再者,有时下午朋友来玩,陪着打扑克、搓麻将、出去逛街也是常有的事,如此 5 小时更是绰绰有余了。

晚餐之后,踏着夕阳的余晖,做最后一项健身运动:快走。40分钟的快走让人身心舒泰,神清气爽,受益匪浅。

回到家,夜幕降临,华灯初上,正是 7 点左右,喝水、沐浴、吃水果,然后优哉游哉地打开电脑:收菜、种菜、养动物、抢车位,忙活一通后关机,下楼。然后端坐于沙发上看电视,我绝对不看偶像剧,看到一帮没心没肺的俊男靓女在屏幕上嘻嘻哈哈我就犯头痛,再就是绝对不看婆婆妈妈又臭又长的韩剧,尽管剧中的台词有时很经典,画面也无可挑剔,但我受不了那缓慢如蜗牛的进度。

我喜欢看的永远是知青故事、战争题材、家族兴衰史、大型历史剧,还有人物访谈之类的节目,最爱看央视 10 套节目。

10 点之后,再次打开电脑,把音量开到最小,让如水的音乐流淌在书房的每一个角落。一边倾听,一边与网友有一搭没一搭地聊天,与此同时,我还顺手牵羊地偷菜、偷羊毛、偷牛奶、偷小猫小狗、偷一切能够偷到的东西,然后,貌似礼貌地与之互道晚安!关机,睡觉。

在梦中,我看到自己的容颜,带着一点点自得其乐的愉悦,因为内心明白:简单就是快乐,放弃才能拥有,而平淡才是真正的幸福。

路　遇

　　我走在通往露天舞场的路上，斜阳的余晖还未散尽，时间尚早，不免萌生了去竹园小径漫步的念头。于是，我拨通友人的手机，邀约前往，不料对方回说不在本城，去了外地。遂又另拨号码，又曰在外吃饭，悻悻地将手机放回口袋，兴致已减了大半。

　　一路走，一路漫不经心地踢着路边的石子，路旁的道柳千丝万缕地垂挂着，在微风中依依飘荡。远处的霓虹已渐次开出了迷离的花，闪烁一片。

　　暮色四合间，迎面匆匆走来一人，没待我看清，早已听到"阳阳你好！"的问候。来不及回答，她已笑吟吟站在了面前。

　　迎风飘逸的秀发，大红的休闲外套，衬着白色的 T 恤，简约而明快。这是一张洋溢着热情的熟悉面孔，让人从心底生发愉悦。我笑着问她到哪里去，她指着右前方一片空地说："到那里去做健身操。"细看那里，早已聚集了一些人，我微笑着说："快去吧！人都到了。"她牵牵我的手，随即又放开，挥了挥说："再见！"我同样朝她挥挥手。

　　她的身影很快淹没在一片柳枝与暮色里，可那灿烂的笑容和明亮的表情却让我暗淡的心情晴朗起来。

　　她是谁？姓甚名谁？家住何方？在哪里任职？我一无所知。只依稀记得，多年前的一次晚宴上，我们同桌而坐。在与别人的闲聊中她得知了我母亲原来与她在一个系统工作，于是，便主动问询了母亲改行后的一些情况，并一再让我代她向母亲问好。

　　多少年过去了，同处一个弹丸之地，总免不了碰面的机会，每次相遇，她总主动春风满面笑靥如花地与我打招呼，俨然久别的朋友。久之,我也习惯并接纳了她的亲昵与真挚。

我的乳名,被她在不同时段不同地点不同时空中叫响着,自有一份甜蜜亲切的感觉荡漾在心扉。这样的女人,清澈得一见到底,每每见到,让人有种想要拥抱的冲动。

她素面朝天,不施粉黛,却自有楚楚动人处。她的一颦一笑,眼波流转间都带着生命的清醒怒放,周身散发着最自然最质朴的气息,清新而温暖。我喜欢这样的女子。

春天里的行走

这个春天,我疯狂地爱上了行走,有时是一群人,有时是一个人。一个人的时候尽管很孤独,但孤独中也有几分交织的快感与灵犀。行走的过程是惬意而畅快的,偶尔的停顿是惊艳于大自然的神奇与瑰丽。

连绵起伏的群山、潺潺流动的河水、百鸟争鸣的林间,都会给我带来如梦如幻的恍惚和伤感。我知道,千秋万载它们依旧会泛着生命蓬勃的生机,岁月峥嵘的繁茂。而那时的我却不知身在何处,每每驻足山川美景,内心都会为生命的易碎而陡生难言的况味。也因此,我蓦然间爱上了行走,我要珍惜每一次行走,用有限的脚步丈量无限的广博。

一路上,我读群峰,遥想当年造山时,岩浆奔涌,地壳崩裂,天翻地覆之后,地质才有了今天的峰峦叠嶂。我读河流,从它的水波流纹里读出了精神行走中的丽日天光。

行走令我意气风发,心旷神怡,它没有潜在的目标,没有功利,没有矫饰。地理的奇妙组合开阔了我的视野,并赋予我丰富的想象力。行走告诉我,何为腐朽、何为永恒、何为肤浅、何为深沉,让我在时间流逝中获得了一种生命原始动力与激情。

行走不仅仅是在时间中穿梭,还可以让心灵在浩渺的天地间舞蹈,让山川河流记下自己的呼吸,在乱石枝丫中找到自己的寄托。当我们用自己的人生阅历、审美经验甚至生命态度去回首往事时,宛若回复了平庸生命中的贵族气质。大自然让我们变得豁达坦荡,淡泊明志。

行走的过程,也是研读的过程,那些年代久远的小丘碑文,模糊的记载,似在告诉我们,曾经有过多少悲欢离合的故事发生在时光深处,亲情、友情、爱情,热烈的、缠绵的,终于可以卸下一生的重负,宁静安详地待在一个安全的所在。没有惊扰,没有喧嚣,只有阳光雨露和擦肩而过的足音。

当这些已逝的人事在我眼前匆匆划过时,我体悟到了温情与哀绝,惆怅和眷念。"但使亲情千里近,须信,无情对面是山河。"宋代词人辛弃疾的诗句,那一刻与我内心的感触对接了。

今年清明,我来到小镇东面的山上,那里沉睡着我亲爱的外婆、奶奶和祖先们。外婆的坟墓被修整一新,坟头上的两棵相互缠绕的松树已长得直冲云天,墓碑上的照片慈眉善目、和蔼可亲。看着外婆,想着她的好,我禁不住热泪横流。这个世界上,外婆是我的最爱,少不更事时总是想,外婆会陪我护我到老到死,却不想外婆驾鹤西去已近三十年。生命的决绝让我在行走时所产生的文字中获得回归,并从中抽拔出丝丝情感,给我平凡的人生注入无尽的悲天悯人成分,这种对生命的尊重让我精神上获得莫大的慰藉。

每当夕阳西下时,我牵着心爱的巴哥犬妞妞,溜达在门前的老路上时,常常会想起外婆家的老房子、院内的石榴树、墙边的月月红,还有外婆温暖的手心和温软的话语。暮色四起的时候,街坊的烟囱都冒出缕缕炊烟,夕阳的余晖把外婆的白发晕染得绯红一片……一切的一切,都让我看到了时光的消逝,前尘后事,恍如隔世。

夕阳落了,晚霞退了,在一切都可以颠覆的时间里,怀念被放置在多维的记忆上,他们给了我精神的薪火传承。

时间如中国画缥缈的意境,明知人生如梦,却还愿意沉溺其中。天地方寸间怀古,秋风年年吹,春草岁岁荣。逝者已逝,我仿佛看到了时间尘埃掩盖下的一些浓厚背景,无论轻贱卑微的生命

还是辉煌伟人的业绩,一切都在时间的行走中趋于缥缈。

面对时间,我们只能喟然长叹:"逝者如斯夫!"而对于生命,应倍加珍惜,行走可以给我们的生命注入活力,给我们带来灵感,感通广宇,戳破时空的沉寂,我写下它热闹的一页。

其实,人的一生,一切都始于行走,也在行走中结束。区别是,有的人用脚步丈量,而有的人用灵魂行走,我想无论哪一种方式,我们只要做到脚踏实地、诚实做人就好。

溜走的时光

夕阳

春风杨柳,依依袅袅。黄昏,一斜斜乍暖还寒的夕阳,慢慢地糅入心髓。

曾无数个丽日黄昏,行走在夕阳之下,感受着四季轮回的曼妙,感受着时间从脚下流逝的无奈。

目睹季节匆匆的脚步,聆听着微风吹过的呢喃,不经意间,已近深沉沧桑之年。也不知从哪一刻起,渐渐喜欢上了安安静静地存在,懂得了回忆指间滑落的凄美,享受着属于自己的那份繁华与美丽,并爱上了简简单单的生活。

这一刻,我站在小院的一角,望着天边的云彩被夕阳染成金色、红色、橙色……暮色迷人。有淡淡的风吹过,温暖而深情,不由得轻叹:夕阳真美,人生真好!

然!这一刻的时光转瞬即逝,溜走了……

回望

不知源于什么时候,喜欢一个人在书房里静静地敲打着或喜悦或感伤的文字,虽无油墨飘香,却愿意把自己隐匿于文字的湖心,过着表面喧嚣内心孤寂的日子。一方电脑,一张书桌,一杯清茶,足矣!

风轻轻地吹来,在这初春的夜里,吹落了我脸上或苦涩或欢欣的泪花,一朵又一朵地盛开在这场岁月里,开在人间四月天的深夜里。

杂谈空间

此时,我只想扯一片皎洁的月光,冲淡时间的绊,穿越时空,踏着满径的残红,停留在季节流转的深处。倾听渐渐消失远去的足音,在深深浅浅的来路上,回望!

然!天将黎明,夜的时光已悄然溜走……

相遇

与你相遇,在一个寂静的午后。

时节挂在四月的枝头,太阳真好,风和日丽,大坝的水泛着绿波,道旁的香樟飘来阵阵芬芳。

踏着小径,攀着石阶,一路自然风。你指着道旁星星点点的翠红问:"知道这是什么吗?"青抢着答:"野草莓!"我也伸手摸摸那微小的颗粒,说:"檬子。"你却卖着关子独自笑了,及至我和青面面相觑时,你才朗声说:"是野草莓,也叫檬子!"瞧这人,矫情!

走着走着,左侧宛若攀岩的石缝里,兀自开出一朵花来,细细的根茎,柔柔的嫩叶,托举着淡淡的红晕。我眼前一亮,这样光秃的山壁上,渺无生机的贫瘠上,居然有生命的奇迹,它悄悄地开在那里,孤单、清瘦、寂寞、无助。淡红近乎苍白,半开半合,似有满腹的心思……

我终是转过身,动了恻隐之心,在这样一个季节,这样一个午后,遇见你,太早,还是太迟?

然!时光匆匆,我们只能擦肩而过!

逛书店

逛书店，我找胡兰成的套装书。此书并非畅销书，作者也不是什么大文豪，而且还那么臭名昭著。要不是借着张爱玲的名气，鬼才知道他是谁呢？

然而，在去年的某个再平凡不过的日子里，我却在妹妹的书房里邂逅了他的文字。

那优美的散文式的自传，如电光火石，烧灼着我的心，让我对它一见倾心。一口气读了下来，如痴如醉。

撇开他的品质道德是非观，撇开他的滥情、颓废、政治观，单从文字的角度说事，我承认，我着魔似的迷恋上了他的文字。

寻寻觅觅，为拥有一套他的作品，我在省图书馆找过，在本市各人图书馆也找过，一直没能如愿，而网购又送不到位，只能望人长叹！

今天心情不错，翻了两页书，浏览了一下网页，便有了逛书店的心情。慵懒地伸了个懒腰，我便蹭蹭蹭下了楼，出门一看，才知道天空已飘起了小雨，有一丝惊讶、一丝喜悦。没带伞，我直接走进了细雨里，感受它的清凉，难得碰上这样的点点滴滴，为什么要打伞呢？

雨很细、很小，轻柔地飘洒着，周围偶尔看见有人在雨中匆匆走过，小花狗欢快地在草地上撒着欢，几只麻雀从石榴树的这枝飞到那枝，于是叶子上堆积的那些雨滴纷纷飘落下来……原来，在细雨中，也可以有这样生动的画面。

一边走，我一边拨通了妹妹的手机，约她一起出来走走，妹妹满口答应，说正好也想到新华书店去转转。

雨,渐渐停了,终于感受到多日来一种难得的舒畅。雨后的风是悄然的、舒缓的,夹杂着泥土的潮湿,带着雨后的清新,让我整个人也清爽起来。

我们来到新华书店,当然我的目的很明确,还是想碰碰运气,看看有没有我心仪的套装书。

一进门,我直接报出书名,问售货员有没有。那女孩很热情,满口答应帮着在网上查查,看看是否进货了。等了好久,回说没有,并好奇地问胡兰成是何许人也?看着面若桃花的她,我无语,只好婉转地说,知道张爱玲吗?他曾是她的最爱!

前不久,与妹妹在网上聊天,谈起现在很多人都热衷于写自传,名人如此,普通人亦如此,妹妹说我们若写,就要写成像胡兰成那样的文字。看来,妹妹也和我一样醉心着他的文字。

没找到胡兰成的书,我又开始搜寻安妮宝贝的书,她也是我钟情的作者之一。喜欢她的文字,由来已久,虽然她的作品写的都是青春题材,但我不管,仍为她令人惊艳的文字而折服。我的床头、书桌、楼下的休息室,都飘零着她的文字。看她的书,无须记情节,随处随手都可以翻上几页,那是一种闲适的享受,就像水果和零食,虽算不上正餐,但生活中绝对必不可少,否则,就会缺乏营养.我以为,有的文字是用来细嚼慢咽用心揣摩的,厚重而深沉,而有的文字是用来赏心悦目的,清新而优雅。

说到底,正餐和甜点,在生活中都缺一不可。

书,实在是多,分门别类,一排排,一行行,鳞次栉比,五花八门。其中,荣获诺贝尔大奖的莫言的所有书籍,都摆在了新书推荐最醒目的位置。文学真是奇妙,一部多年前出版的书,一旦作者火了,那些书便一夜间成了精华,成为无价之宝。我翻翻《丰乳肥臀》、翻翻《蛙》感觉亲切又熟悉,似乎见到多年的老友。这两本书,我10年前就读过,本想再买两本跟跟风,作为收藏,但想想还是放下了,何必呢?书柜里那些所谓的世界名著、中国历史,自己又能潜心读几本呢?毕竟,追星的年月已过。

离开莫言,与妹妹便开始忙着在架上找自己喜欢的书,无奈的是,我们一直流连到12点多,还是一本心仪的书也没找到。于是我们两手空空离开了新华书店。

不知是自己要求太苛刻,还是心太浮躁?只觉得读长篇的日子,已经属于过去式了,我早已无耐心看一部像样的长篇了,而短篇也是潦草地翻翻,追求的是华美的文字和诗一般美丽的语境,我知道自己中安妮的毒太深,已经无法回到过去了。

有时我无限怀念过去那些读长篇的日子,上班时再忙碌,也要抽出一定的时间看书,焖饭或是睡觉前,都是我一天之中最惬意的好时光。那种追义的乐趣,那种梦魂牵绕、如痴如醉的感觉已久违了。今天看到一本《浮城》,是我喜欢的作家之一梁晓声写的,打开看看,第一页就吸引了我,非常想买下,但当我再翻翻里面的内容时,又担心不是自己想要的,于是,我还是放下了。我想,当我静下心来的时候,当我想读长篇的时候,再来买也不迟。

外面雨停了,风住了,阳光洒满一地,走在街上,方知饥肠辘辘,我拍着妹妹的肩说:“想吃啥?中午老姐请客!”

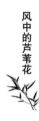

临潼石榴

临潼石榴的确名不虚传,个大,籽红,甜而多汁。然而今年亲家带来的石榴看上去却不尽如人意,个小,且皮也不红,有碍观赏。不过,据说这副尊容全是干旱惹的祸。不过虽其貌不扬,吃起来还是一样可口。

亲家挑出一个最大的放在我面前,让我尝尝,说保准甜。我笑着点点头,却无心去剖开,看着大而苍白的石榴,心里对它充满不信任。都成这模样了,还甜?

然而,当他们带着宝宝出门玩的时候,当我一人在家享受那难得的片刻清闲时,我的眼睛被他牢牢锁住了,何不趁此良机来试试它的真伪呢?是骡子是马,拉出来溜溜不就知道了。

坐在桌前,我慢条斯理地把它拿过来,看看它那不光鲜的外表,实在没有把玩的心情。于是,我拿起小刀,三下五除二就把它四分五裂了。果不出所料,里面的籽也是白的,而且很小,一副营养不良的样子,完全没有临潼石榴的样子,真的给它们的老祖先丢脸了。这让我想起鲁迅笔下的九斤老太,人如此,石榴也如此,一代不如一代啊!

惊喜往往就在你一晃神的顷刻间发生了,当我一边为它惋惜,一边情不自禁地撒一把放在嘴里的时候,那种带着清香的甜,真的让我刮目了!这岂止是普通的甜!简直就是蜜汁!整个手也因与它亲密接触而变得黏稠起来,来不及打扫手上的残渣,我便狼吞虎咽般吃了起来。不一会儿,一个其貌不扬却让我意犹未尽的石榴就被消灭了!

记得那年送女儿上大学,西安临潼的石榴摆满了学校门前的路旁,看着那又大又红的石榴,有的裂开了缝,里面隐隐透出暗红,让人无法拒绝买它的冲动。我们一下子买了几箱,千里迢迢坐火车托运回家,作为特产赠送亲朋好友。这年头谁家没有水果吃,可要想在当地买到正宗的临潼石榴却难于上青天!

自那以后,我便钟情上了石榴,每年这个季节,都要在超市买一些回来,可总是感到不尽如人意,不是味太淡就是有点酸,大有"除却巫山不看云"的感觉。到底还是女儿了解我,从西安带回的石榴,总是留着让我吃,而我总是堂而皇之地不辱使命,以最快的速度,痛快淋漓地将它们全部消灭。

水果于我而言,可有可无,唯石榴与甘蔗是我最爱,两种东西虽长相千差万别,吃法却惊人地相似,去皮,嘴嚼,吐渣,流到肚子里的全是甜甜的汁液。不过如果有人榨一杯甘蔗或是石榴汁递给我,我会拒绝!我喜欢那种原始传统的吃法,享受着它的过程。那是一份幸福,有滋有味!

窗外晚霞满天,明天又是一个艳阳天,回家的心情切切!国庆节在即!

杂谈空间

201

风衣——舞动在秋天

秋天来临,穿风衣的季节到了。我喜欢风衣,源于一次偶然。

最初对于风衣的印象,仅仅停留在男人的世界。男人伟岸挺拔的身躯,深沉洒脱的气质,理所当然地让风衣在他们身上一展风华。《上海滩》中的许文强,着一袭黑色翻领长风衣,立于风雨飘摇的险途,嘴角挂着一抹玩世不恭的笑,似讥世又似自嘲。大风刮起他长而阔的风衣,像翻飞的云,在腋下飞舞飘荡。那帅气酷毙的造型,有一种绝顶的魅力,令亿万观众着迷,令无数俊男靓女尽"折腰"。

潜意识里,风衣当属男人的专利,男人的帅气、男人的风骨、男人的霸气、男人的阳刚,尽在风衣的随风招展中挥洒。

然而,这种思维定式,在一次偶然中,被彻底颠覆。

那时,正在热播电视连续剧《北京人在纽约》,剧中人郭燕穿的那款米色长风衣十分经典,尤其是搭配粉色高领毛衣,优雅到极致。风翻起风衣的大立领,风吹起风衣的下摆哗哗作响,她遽然四顾……这瞬间的印象,已在脑海里成为永恒。我从来没有为一件衣服那么怦然心动过,那段日子,眼里心里全是郭燕飘逸的身影……想不到女人穿上风衣,也能显出绝代风华。

从那时起,我便对风衣开始情有独钟。我一直认为,女人似乎天生就是要与衣饰融为一体的,衣饰诉说着女人的性情、气质、灵感,向人们传递着这样或那样的信息。我一直觉得能把风衣穿得恰到好处的女人一定是极具魅力的优雅女性,因为风衣是成熟女人的标志。年轻稚嫩的女孩诠释不了风衣自信、洒脱、干练的内涵。

我以为,女人的风衣至少要长及膝上才能有韵致,而且一定要身材高挑才能穿出味道。这种长风衣配超短裙或长筒袜都好看,最好还要配一条腰带,扣起时能显出曲线美,打开来也是一种装饰。

　　时下虽说为迎合身材娇小的女子推出了许多短款风衣,但我却霸道地认为那只能称之为外套。风起时,根本就没有下摆飞舞的感觉能叫风衣吗？我常常幻想:一个身材修长的女子披一件风衣,走在深秋的暮色里,长发和风衣一起在身后飞舞,那该是一幅多么优美而忧郁的画面？

　　风衣衬托气质,但并非每一个女人穿上都能变得仪态万千,一定要优雅从容气质高雅的人才能穿出它的精髓。

　　而我对风衣的钟爱,恰似咖啡与诗歌,只是我追求的一种生活意境。我深知自己高挑并非气质并非优雅并非魅力四射,当对着镜子轻柔地扣起腰带那一刻,也完成了我梦寐以求对风衣的苦苦追索……插上想象的翅膀:我看到自己褶皱的衣摆,随风舞动,穿梭于深秋的大街小巷,心情飞舞在自己精心筑起的梦幻里,洒脱得如同秋日雨后的彩虹,尽情释放着美妙的情趣。

　　在秋日的旷野里,穿上风衣,站在风口,最能体现秋天的开阔大气、深沉静谧。秋日里着风衣的女子,她们灵动、飘逸的身影,为瑟瑟秋日带来明丽,带来华贵。而当那衣袂飘飘的身影融入深秋的夜风时,仿佛诉说着绝色女子的千般情怀,万般缱绻,为清冷、暗淡的秋意增添了一抹绚丽。

　　穿风衣的季节是该起风的,那时的风衣俨然是最煽情的装束。风起时,微微掀开一角,便是一种挡不住的风情。洒脱的女人用它来挥洒风度,柔弱的女子用它来包裹自怜。在随意和舒适中拥抱真实的自我,感悟久违了的那份温情。

杂谈空间

203

一袭风衣诠释着一种心情、一段故事,它会在不经意间轻轻流露着不同的感受。穿风衣的女人,优雅中带着坚韧,她们干练又不失风情万种,像一群城市中的精灵,与潇洒帅气的男士一道,带给秋天许多回忆,许多眷恋。

风中的芦苇花

爱上风油精

夏天,是风油精挥洒风情的季节,它那小巧玲珑、墨绿葱茏的身影随处可见。比如此时,我坐在桌前,它便亭亭玉立于我的前方了。此刻虽无蚊虫叮咬,我却按捺不住对它的青睐。轻轻地揽过它,温柔地拧开瓶盖,旋即,一缕奇妙的香味扑鼻而来,并渐渐弥漫于身旁。我饶有兴趣地把玩着它,对着灯光看它周身通透的绿,仿佛在鉴赏一枚价值连城的美玉。

嗅着它独特的气味,思绪被它牵引到了几年前。那段时间,我如痴如醉地爱上了它,对它散发出来的神奇芳香产生了强烈依赖。无论舟车行路,哪里痛痒我都离不开它。它的气味让我迷恋,以至于每次出门前,都要用它在耳坠和手腕处涂抹一番,俨然把它当香水用了。只觉得,有它那独特的气味萦绕在身旁,会令自己神清气爽,心旷神怡。那段时间,走到哪里,小包里都会安然躺着一个深绿色的小瓶,时刻为我挥洒它的热情。

直到有一次,正当我神采奕奕、感觉良好地从一位朋友身边一笑而过时,她却皱着眉耸耸鼻子说:"你身上涂的什么香水?怎么这么难闻?"见她如此厌恶这种气味,我才恍然,这种提神驱蚊的东西,毕竟不能当作香水抹在身上招摇过市,它的气味注定了它的作用,是取代不了香水的。我像一个做错事的孩子,对着朋友尴尬地笑笑,转身而去。

依赖是一种习惯,对人、对事、对物、对情,都如此,这种情愫其实很不好,极大地左右了人的独立性和主观能动性。这让我想起了安妮宝贝的一篇文章。文章写的是她与狗狗小乖的故事,朋友送了一条小狗给她,取名小乖,她十分喜爱,那狗也很恋她。一次

狗狗病了,她心急如焚,寝食难安,整个心都系在小乖身上,喂它吃药,带它打针,不断地抚摸它,恨不能自己代替它生病,担心它会死去。第二天夜里,当她醒来时,见小乖趴在她的身上睡熟了,并发出轻微的鼾声。她知道它病好了,抱起小乖高兴地哭了。那次天亮之后,她毅然决然地把小乖送人了,虽有万般不舍,还是狠狠心忍痛割爱了。

安妮宝贝是网络作家,喜欢旅游,喜欢看书,喜欢写字,她不希望自己被身外事物束缚自由的心灵,她发现自己在感情上已经开始依赖小乖了,所以,决定快速放手。我很欣赏她的处事方法,果断决绝,不留后患。

我与安妮宝贝是两个世界的人。她是个另类,一直都在努力掐断一切与情有关的东西。而我是普通人,心底里是个需要呵护需要宠爱的小女人。我不知道对一种东西的过分依恋是否可以追溯到情感上的某种缺失,或许是一种婴儿时期就欠缺的对于母亲的依赖。潜意识里总觉得外婆和奶妈离去之后,这个世界上就再也没有懂我、宠我的人了。虽然,父母对我很好,S对我也很好,但让我觉得那只是好而绝非是宠。

我喜欢凡事对我宽容不计较的人,即使我错了,而且错得一塌糊涂,也能看到对方宽厚的笑容,可我的世界里找不到这种让人感动的宽容。我倒是领略了不少凡事斤斤计较、凡事自以为是,这种感觉让人想仰天长叹又想歇斯底里!

也许人性中,潜意识里都喜欢主宰一切,比如爱人,你希望他成为什么什么样的人;比如子女,你希望他怎样怎样发展。另外,人还喜欢亲近一些温暖的东西,或是自己喜欢的东西,比如风油精,我喜欢它独特的气味,虽然它并非温暖,却可以醒脑提神,令我身心舒泰。然而,正如安妮宝贝与小乖的关系一样,我也必须离开它,依赖的结果就是被控。喜欢它,可以在蚊虫叮咬的时候,偶尔清风明月地涂抹一下。缱绻常在,多好!

现在的我,早已不再依恋它了,可每每见到它,还是心存喜悦,毕竟,它给了我一段难忘的美好记忆。最适合自己的,才是世界上最美的,它的作用,人人皆知,它的芳香,唯有我懂!

永远的凡·高

张悦然在《葵花走失在1890》里,以拟人的手法,讲述了一个优美凄婉的爱情故事,作者用童话般的笔触,描述了一朵葵花对它心中白马王子凡·高的热爱:"那个荷兰男人眼睛里有火,橙色的瞳孔,一些汹涌的火光,我亲眼看到他的眼睛吞没了我,我觉得身躯虚无,消失在他的眼睛里,就这样,我的青春被点燃了。"那段时间,凡·高在每个夕阳无比华丽的黄昏都会来到葵花的身边,带着画板和不合季节的忧伤。

凡·高笔下的葵花是有灵性的,他是它的爱人,他的那份对艺术的虔诚、热爱和执着都淋漓尽致地泼洒在他不朽的作品中。

第一次看凡·高的《向日葵》是在一本台历上,只觉得那向日葵色彩浓烈明亮,似一个个金黄的大橘子,又似一团团火焰在燃烧。直至后来,当我在网上多次浏览了他的画,才感觉到那真的是一团团火焰,他是把心中的热情和盘托出在作画,那是生命的颜色。

隔着红尘的距离,站在浅夏的季节里,我静静地读他。读他丝丝的薄凉,读他深深地忧伤,读那波希米亚人式的生活,读劳伦斯笔下那熠熠发光的麦垛与蓝色的苍穹,还有那《播种者》所留下的辉煌,以及那层层叠叠的麦浪。

凡·高,火红的头发,一只耳朵,精神分裂和癫痫,穷困潦倒。他于1888年来到法国南部郊外写生作画。对着强烈阳光照耀下的田野、葵花、农舍、教堂,他禁不住地一遍遍高喊:"明亮些,再明亮些!"浓烈明亮是他的生命原色,在他眼里这里的葵花真的像火焰一样,舞动跳跃,而他的心中也充满了阳光,无数火苗也在舞动跳跃,一切表现形式都在激烈的精神支配下舞动跳跃。他画了很多画,浓墨重彩,与当时的流行风格大相径庭。他的高雅无人欣赏,他的冷暖无人问津,终于,在一个阳光灿烂的中午,一声枪响,他倒在了麦田里,结束了年仅 37 岁的生命。

谁也不清楚,他为什么这么做,是精神病?抑或是负债累累无力偿还?也许各种原因都有,也许什么也不是。我想:这也许是他的一种解脱、一种救赎。或许也正是太精神支配了,生命才变得如此脆弱。然而,那南国阳光下的向日葵还继续在燃烧,并永恒于世,那是一种对生命的自由向往,对艺术的热忱,对阳光的追求。

他的画作在生前饱尝寂寞,终其一生仅仅卖出一幅油画、两张素描,却于死后仅仅八年的时间在绘画市场上屡创天文数字的高价……我不禁为这个男人轻轻叹息:八年,要是再咬咬牙坚持几年多好!然而,他却永远倒在了麦田里。波德莱尔说:"他生下来,他画画,他死了,麦田里一片金黄,一群乌鸦惊叫着,飞过天空。"

"疯子只因其聪明之处不被理解才被社会认为是疯子,美的东西只有与死亡、绝望甚至是罪恶联系在一起才是可靠的美。"这是慧卫说的,虽然我很鄙视她的文章,却觉得这话也许是对的。

凡·高,这个名字太沉重,每次想到他,总有种错综复杂的感觉萦绕心头。我原来不理解,一个人为什么能够在那么悲惨的生存环境下,却能保持那么高贵的灵魂。后来才渐渐明白,生来就高贵的灵魂与生活的贫贱没有直接关系。凡·高是上帝的宠儿,为人类留下了不朽之作。两个世纪过去了,现实生活中,我们的确很少能够看到一幅充满感情的静谧作品。浩瀚天宇中,光亮都已黯淡,只有逝去的星辰还在闪耀。有些人属于人类共同的财富,从不隶属于某时某地。

还有画家会在田野里站立一下午,只为画下春天的玉米地和

桃树林,画下那些光与影,那些植物的芳香和灵魂,以及淳朴的农民在田地里劳作的自然姿态吗? 还会有人在绘画的时候,一边对画布涂上颜料,一边对置身其中的风景,发自内心地赞叹和深深沉溺地欣赏吗? 美,对美的倾情感受,让一个人的心里曾经如此狂热、激奋、孤独和痛楚。

如今的他,已安息一百多年了,再也看不到那片土地上丰收的场景和洋溢着雨露的朝霞,还有那正午的洗衣妇和阿尔的吊桥,以及黄昏里亭亭玉立热情似火的向日葵了。然而,他的名字却被雕刻在人们永恒的记忆里。他的作品,已被全球亿万人欣赏赞叹。

隔着百年的沧桑,凡·高,我仰视你;隔着时光的河岸,凡·高,我崇拜你;隔着红尘的雨霜,凡·高,你是我彼岸迤逦的风光! 心中永远的凡·高!

喜欢青花瓷

买了青花瓷茶壶。

它的价格远远超过其他茶具,只因它是青花瓷,于是我便义无反顾地选了它。

然后再四处找与之相匹配的瓷杯,终是未能如愿,不是款式不理想就是颜色不相宜。于是那青花瓷茶壶,只能形单影只地孤零独处着。看着它清高冷傲的气质,总想着该给它配几只同色的杯才算圆满。

近日,我将目光锁定了淘宝网,终于,在千万只青花瓷杯中,选中了六只。待它们风尘仆仆来到我家时,我便迫不及待地将它们拆封了。

打开层层包装,六只小杯安然地躺在各自的小格子里,拿起来观赏,虽然形态和质量上乘,但它的花纹较之那只茶壶的花纹,还是略略深了一些。毕竟不是一个窑里烧出来的,要想配成合适的一套,实在是难。

于是,我便大包大揽地厚道一回,将其洗净擦干,排成一字形放在了那青花瓷壶的前面,远远看去,还真有点气势,像一排卫士守护在壶前,严阵以待,无意间便让那壶平添了几许气度。

我又将它们分散开来,三个一组,排列在壶的两旁,立即,那壶便有了出征将领的威严。

于是我又想,若将它们配成母子呢?大概也不失一种美满吧?接着,我又把它们一个个重新排列,团团簇拥在大壶身边,旋即,那孤芳自赏的青花瓷壶居然透出了几分母性的温婉。

青花瓷,阳刚、柔美,集于一身,让我感觉它是那样善解人意且

有灵性。细细观察它周身花纹,笔笔简洁,却又有一种由内而外的华贵。色调单纯,却有一种无法比拟的绚丽。看似恣肆风流,却有一种漫不经心的从容。看似清朗飘逸,却有一种温柔可融的意境……千百年来,青花瓷的魅力,迷倒了大千世界,黯淡了珠光宝气,震撼了多少挚爱它的人?

小时候,我在书上看过有关青花瓷的烧制过程,它的工艺极细,其中最难烧制的釉色即是天青色。传说只有在雨过天晴时才能烧出真正的天青色的瓷器。那种天青色,是无法自己出现的,它必须耐心地等待一场不知何时会降临的雨,才能够在积云散去的朗朗晴空以天青的颜色出现。

可想而知,那些烧制瓷器的人,要等多久才能在釉色成形的时候遇上雨过天晴!也因此,古往今来,青花瓷一直是贵重难求之物。

青花瓷,在岁月中,走过了唐宋的诗风词韵,在风尘里,携来了元明的底蕴高雅。正品的青花瓷已经流传于世千年之久,估计那售价已成天价了。

我所钟情的不是那某朝某代的珍品,更不是为了附庸风雅,我所喜欢的只是青花瓷的那份简约韵致。想象着那画者,在瓶底杯身款款落笔,带着天青色的烟雨,打湿了年轮的记忆。用至情至性的细腻,沿着江南的风情,伴着如诗的月色,在素色的胚胎上刻一段缠绵的心事。如果那青花瓷历经千年,那心事也就会历经千年。于是,那欣赏它的人,便会在与它独处时,在那犹如泼墨的山水间,在如梦如烟的风景中,听懂青花瓷的低吟浅唱。

我家虽简朴,却不乏青花瓷器,每次瓷器展销,我都要去溜达一番,看看是否有我中意的青花瓷。我家的两个花瓶是十几年前的一次展销会所得,它们的身上开着天青色的牡丹,即富贵又典雅,它的巧妙还在于瓶的四周都可以欣赏它的美丽,无论在哪个角度,它都会给你一个魅力的倩影。除此以外,我的两套茶杯也是,白底上开着淡青色的花,逼真清雅。那年朋友从景德镇买了一个特大的青花瓷大茶杯送与我,上面是八仙过海的图案:那仙栩栩如生,那水浩浩荡荡。它一直被我当作宝贝陈列在橱柜里,让所有来我家的人都能第一时间一睹其风采。

更有甚者,我家连碗、花盆,都是清一色青花瓷,我喜欢并习惯了它们的存在。看着它们无处不在地出现在我的生活中,心里有种富足和喜悦。这青花瓷虽不是传世之物,却能让我随时领略它的淡然优雅。时间一长,不由自主地也浸染了些许恬淡闲适气息。

独处时,我爱泡一杯清茶,看那杯身的山重水复,看那青色的肃静高雅。然后,再俯首杯内,但见那片片盈绿,舞动蹁跹,茗香阵阵。心里好不惬意。轻晃茶杯,那茶叶便时而聚拢,忽而四散,沉浮起落,上下翻飞,缓缓啜上一口,一丝清新淡雅的苦涩在舌尖荡漾开来,滋润了口腔,丰盈了心田。

在我看来,茶与青花瓷是绝妙的匹配,上等的茶,只有青花瓷才能承载它的高雅。

去年几次与友人相聚,都选在茶楼品茗,而我家的青花瓷茶壶,只能委屈用于泡营养茶,几颗红枣,一把枸杞,若干胎菊,然后桂圆、橘皮、决明子等物一壶泡之,放在原配的底座上,插电煮沸。用于养身倒也不错。但我每每拿它倒水时总有种亏待它的感觉。

现在好了,年前已将青花瓷茶壶配了几只小杯,虽然深浅有一丝遗憾,但绝对不会影响品茗的心境。我想,春来了,我会请朋友们到家里小坐,用我那雍容华贵的青花瓷茶壶,泡一壶上好的茶,再将那清中透黄的香茗,缓缓倒入那精致玲珑的小青花瓷杯内。

将一份美好的心情婉约成风景,浅笑于岁月之中,与我的好友们一道,以一袭执念,追赶那芬芳明媚且安恬的时光。

能为你挡子弹的男人

————我看《敢死队》

强大龙是敢死队员,曾犯科杀人沦为死囚犯,临刑时被敢死队长马烽一声"枪下留人"解救,参加了敢死队。

敢死队里七名队员,其中就有五名是枪口下被救下来的,他们个个身怀绝技,胆识超人。这支队伍的中心任务就是潜入敌人(日本)心脏,想尽一切办法打击他们,摧毁他们的一切阴谋。

强大龙长得高高大大,浓眉大眼,说话结结巴巴,一副没心没肝的样子,可打起小鬼子来却毫不含糊,勇猛顽强,以一当十。

除了爱打鬼子,大龙还爱女人。

敢死队里有两名女队员,一个是歌后秦可风,一个是百变魔女焦娇,她们聪明伶俐,清秀可人。

大龙喜欢上了快言快语、心无城府的焦娇。一天晚上,乘人不备,他潜进树林,来到女室窗下,偷窥焦娇洗澡,被机警的可风当场抓住。

大龙被抓住把柄,有口难辩,本来说话就结巴,再一急,更是雪上加霜,龇牙咧嘴憋得满脸通红也说不出一句话来。好在焦娇并不追究,这事才得以收场。

一次在执行任务时,队伍被打散了,队长命令分散撤退,到小树林集合。大龙已安全撤离,到小树林后看娇不在,知道情况不妙拔腿就往回跑,冲向敌人包围圈。找到拼命抵抗的焦娇他,一把将她推到身后"快走!我掩护!"敌人端着枪围过来,口中喊到:"抓活的!"他哈哈大笑着说:"小鬼子,来吧!"说完拉开了手雷导索……焦娇边跑边哭着喊:"大龙,我等你……"

杂谈空间

只听得轰的一声巨响，一片硝烟，一片火海，大龙与敌人滚在了一起。

当大龙苏醒过来的时候，战斗已经结束。他试着抬抬头，还好，头还在脖子上。他想，能够为自己心爱的女人挡子弹，就是死了也值！接着，他又想起了焦娇撤退时的声音："大龙，我等你。"想到这里，他笑了，有个人等着自己，多好！

这次行动，大龙身负重伤，险些丢了性命。焦娇对他也刮目相看，她对可风说："作为女人，有一个男人肯为你挡子弹，肯为你去死，有这样的人爱着，也不枉为女人了"。

大龙与焦娇的爱情在血与火的战斗中经受考验，在一次次的生离死别中得到升华。

为表达爱意，大龙从小摊上买了一个观音小挂件送给焦娇，希望他的焦娇能逢凶化吉，遇难成祥。

大龙主动提出为焦娇当私人保镖，随时保护着她的安全。

大龙还把母亲留给他的唯一纪念品手镯送给了焦娇，说是定情之物。

他们都是普通人，爱的路上不免落于俗套。

他们又有别于普通人，一个强盗，一个小偷。

改邪归正后的他们，每天都提着脑袋过日子，按说，哪有机会恋爱？可是，爱情的火苗在夹缝中呼呼地蹿上来了，上帝造人，芸芸众生，谁都有爱与被爱的权利。他们准备很快就结婚。

队长又接到上级任务，命令敢死队破坏日本人即将在南京召开的高端会谈。

这次行动凶多吉少，日本人已做好充分的准备，全力防范敢死队。马烽队长在下达任务时说，这次去爆破高端会谈场所，没有捷径可走，日本人以超出我们几百倍的兵力部署，我们别无选择，只能强攻。

强攻？意味着什么？一个字"死！"七个人组成的敢死队要去对付成千上万的日本鬼子，无疑是飞蛾扑火，但敢死队员们一一向队长立正敬礼，庄严地回答："坚决完成任务！"

第二天就要实施强攻任务了，焦娇看着英武强壮的大龙，心生一丝柔情，授意大龙去向队长说明情况，让队长当主婚人，当晚把婚事办了。大龙听后说："等完成任务再说吧，大战在即，队长哪有心思给我们办婚礼？"焦娇委屈地说："明天的任务太危险，我怕……"大龙用手捂住了焦娇的嘴："不会的，我们经历了那么多次，这次也一定会回来。"

焦娇不再坚持，说："我俩分一个组，如果遇到多我们几百倍的强敌怎么办？"大龙拍拍胸说："我为你挡子弹。"焦娇又说："假如我们被敌人活捉了，那帮畜生要糟践我怎么办？"大龙说："我会拼了命去救你！"焦娇说："你要是救不了我怎么办？"大龙说："那我就用枪打死你，这样你就不会受那些鬼子的蹂躏了！"焦娇笑了，他第一次捧住大龙的脸，在他那光亮的额头上轻轻地吻了一下。她放心了，有大龙在，她没有后顾之忧。

第二天，他俩在执行任务途中遭遇倭寇埋伏，大龙为掩护焦娇受重伤，奄奄一息。焦娇逃入一空房，最终被敌人搜捕。皇军女机关长灭绝人性地对手下一挥手说："这个女人赏给你们了！"

一大群如狼似虎的日本兵蜂拥而至，架起焦娇就往空房子里拖，娇一边挣扎一边绝望地大喊："大龙，救我！大龙，救我！……"喊声在空旷的山野回荡，凄惨绝伦。

大龙在昏迷中听到焦娇的呼唤，用尽全力爬到窗前，看到了最不愿看到的一幕：日本兵们正狠琐地大笑着将焦娇往台阶上拖……大龙疯了似的大吼："放下她！那是我的女人！"

他颤抖着挣扎起来,端起枪,瞄准了心爱的女人,砰的一声,正中焦娇的心脏,焦娇不再挣扎,倒在血泊中……大龙长舒了一口气,跌坐在地上。一帮恶狗扑过来,十几把刺刀刺入他的身体,他是条顶天立地的汉子,面无惧色,眼睛定定地望着台阶上的焦娇,一丝欣慰的笑浮在脸上。

他曾经为她挡过子弹,

最终又用子弹拯救了她。

他是她的男人,她是他的女人。

他答应她的,都一一做到了。

后记:

敢死队,又一次圆满地完成了上级下达的任务,摧毁了日军在宁的高端会谈。

所有成员为国捐躯,壮烈牺牲。让我们记住他们的名字:马烽,老谋子,唐人杰,徐一龙,强大龙,焦娇,秦可风。

浅读汪曾祺

曾看过汪曾祺的《受戒》，作者借自己的理想为人们未经压抑自由生长的天性作了一个绝美的比喻。《受戒》中芦苇的清香轻衬的那块忘俗的天地，幽静寺庙中小和尚明子青涩拘谨的少年的影子，农家女小英子水乡里养出来的率性天真，以及一段纯美得惊世骇俗的初恋故事，让人心甘情愿地深陷于那个"出世"的幻境。

昨天和今天都在读《汪曾祺散文》，他的散文写得细腻清新，读来令人温暖宁静，像一条蜿蜒流淌的午夜小河，在心田静静滋润……

看不够的是那些关乎童年的回忆，他笔下的《花园》与鲁迅的《从百草园到三味书屋》好有一比。那些可爱的昆虫：蟋蟀、蜻蜓、知了、螳螂、蝈蝈都在他的笔下复活，还有那些四季花草，也在他的笔下繁茂昌盛。他出身地主之家，他的童年充满了无尽的乐趣，也给读者带来了丰富的想象空间。

汪曾祺的文字近乎白描，风格朴实无华，却又令人难以忘怀。写的都是一些身边的人和事，就像与你对坐闲谈，娓娓道来，别有一番亲切。

我更喜欢他的人物描写，把住人物的特点命脉，这些被他刻画得传神到位，入木三分。《沈从文转业之谜》《老舍先生》《赵树理同志二三事》这些都是写的我喜欢的作家，在他的笔下简直呼之欲出，没有刻意褒奖歌颂，只是信手拈来，却给人留下深刻印象。

在介绍老舍先生时他写道"老舍先生是文雅的，彬彬有礼的，他的握手是轻轻的，但很亲切"。寥寥数语，老舍先生的形象就在读者脑中有了概念，知道先生是儒雅谦和之人。在写到先生喜爱

219

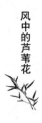

花草时,语言非常之朴实,"走进这座小院,就觉得特别安静,异常豁亮,这院子似乎经常布满阳光,到处是花,院里、廊下、屋里,摆得满满的,按季更换,都长得很精神、很滋润。叶子很绿,花开很旺"。我喜欢这样的文字,朴实无华,贴近自然,让人如临其境,似乎自己也曾到过那座别致的小院,领略了那番不一样的景致。

他在刻画农民作家赵树理时更是惟妙惟肖,"赵树理同志高而瘦,面长鼻直,额头很高,眉细而弯,眼狭长"。这段文字的描述,即使没见过赵树理本人,也能猜出个八九不离十。接下来集中描写他的行为特征,"倾听别人说话时眼角常若含笑,听到什么有趣的事也会咕咕笑出声来……"我是第一次看到形容笑声用"咕咕",很有特色。

"赵树理走路特别快,总好像侧着身子往前走,像是穿行在热闹集市中的人丛中",少有作家写人物写到如此详尽,观察得如此细致。

"赵树理是非常富于幽默感的人,他的幽默是农民式的幽默,聪明、精细而含蓄。不是存心逗乐,也不带尖刻伤人的芒刺,温和而有善意。"这段写得云淡风轻,赵树理的为人、秉性都在这行文流水中显现出来。恍然觉得赵树理与自己俨然就是多年的至交。

汪曾祺是江苏高邮县人,从小受传统文化熏陶,师从沈从文等名家学习写作。他是跨越几个时代的作家,是在小说、散文、戏剧文学与艺术研究上都有建树的作家,也是我喜欢的作家之一。

再看《我的父亲母亲》

最近,再次看了《我的父亲母亲》,较之前些年在影剧院看有了更深的理解。

一个贫瘠落后的山村,一个荒蛮淳朴的年代,发生了一段真挚厚重的爱情故事。

这部电影反映了一种中国式的旧式爱情,含蓄到没有语言的沟通。但影片中处处可感受到燃烧的激情在,对知识的渴望在,人性的坚韧和原始的爱在。

偏僻山村的女人,在村小学操场上,看见了刚来任教的年轻教师,他是那样英俊潇洒,卓尔不凡。女人的灵魂在战栗,那种喜欢,那种一见钟情的感觉,像山洪暴发,席卷着她跟跟跄跄地冲到他面前,心里想着,眼睛望着,却一句话也说不出来⋯⋯

女人可以为他赴汤蹈火,为他付出一切。具体到做最好吃的送给他,在冰天雪地里守候他,在荒山野岭里追寻他⋯⋯⋯

女人很简单,只想与他厮守一处,在天荒地老中陪伴他一生一世。

这种爱情,看似让人不解,更不敢苟同,但它确实发生过、存在过。它源自心灵的呼唤、纯真的天然,不矫情,不掩饰,那种直白和大胆并非每个人都可为,但心灵深处,都有着自己的审美取向和追寻方式。

区域不同,时代不同,爱的方式不同,但那种一见倾心、电光火石的刹那感受相同。

也许,有的人一生都不会有那种际遇,但她遇上了,那个留着二分头,上衣口袋里永远插着一管钢笔的年轻教师给她的人生带

来了奇迹般的撞击。只要他需要,她可以为他去死。

女人和男人终于走到了一起,她们的爱也会一直停留在心底,与白发相伴,与生命同岁。

简简单单的画面,简简单单的对白,简简单单的美丽,让人感慨万千。

猪啊，猪！

有些事情可以继续，
有些事情可以遗忘。
有些事情可以心甘情愿，
有些事情一直无能为力。
猪们，
遇到这些，
是你们的劫难。

猪的生活按照人的意志而开始改变，谈不上改变生存条件，也谈不上提高生活质量，一切都是人类按照自己的方式在设计猪的生活，对此，猪们只能盲从。

过去，猪生活在普通百姓家，一日三餐温饱有余。它们大都与厕所同室，槽里总是放一些汤汤水水的食料，一般无异于野菜、米糠、红薯、地瓜之内的熟食。猪们每见主人端食入栏，总是激动地活蹦乱跳，兴奋地恨不能把食料盆拱翻在地，它们吃的可是绝对的纯天然食品。

那时的猪们不怕生人，见了陌生人如厕，依然旁若无人地大吃大喝，连眼皮都不抬一下。到了冬天，主人把晒干的稻草铺上厚厚的一层在栏里，不让它们受半点委屈。于是，猪们吃了睡，睡了吃，一个劲地长膘报答主人的宠爱。

那时的猪一般都要养一年多才能出栏，猪是何等的长寿啊，足以令现在的猪望洋兴叹！

现在的猪的住房条件改善了，饮食条件也改善了，它们由过去

的家养变成了群养,一个猪场能养几百头猪,它们过上了集体生活。母猪和仔猪分栏,公猪和母猪分栏,长长的厂房一溜隔成无数小间,供它们吃喝拉撒睡。

按说,猪们应该高兴才是,可它们却高兴不起来,每天都有新的挑战和难题等着它们。这不,食物由原来的熟食、热食变成了生食、冷食,而且,一律不用水搅拌,就这么干燥地撒在地上了事。猪们看到这一幕开始集体恐慌,哼哼表示抗议,可人却不理不睬。

最头痛的事是没有现成的水喝,是可忍,孰不可忍?猪们一气之下东拱西拱寻找水源,要想活命就得开动猪脑想办法。最终,一只美少年猪在历尽艰辛后终于发现了一个天大的秘密:在墙角边一个很不起眼的小塑料管子里有水,但绝不是从前那种盛在盆里的水,能让它们吧唧吧唧地喝个透爽,这种水,只有把嘴凑上去才有水流出……少年猪将这一发现告知了所有的猪,猪们听后恍然大悟,一哄而上争抢水源,结果可想而知,无功而返。后来,还是那头少年猪想出了一条妙计,模仿人类的行为,让大家排队去喝水。

这个大胆的革新,是人为了节省劳力而想到的妙计,采用触摸式自来水替换了老式的喂水法,猪们很快适应并运用自如了。

人脑固然聪明,猪脑也在不断开发,猪父母一边为后代的进化感到欣喜,一边又为它们的命运感到悲哀。没事时,它们就用前腿撑在写字楼式的隔墙上,俯视着它们的孩子,回忆着祖辈们的美好故事,唱着古老的歌谣……

有时,又无不感叹地说:孩儿们,你们生不逢时呀,要不是人类用三月肥四月肥那些激素喂你们,你们怎么能够不到半年就被拖出去挨宰呢?

唉!都是人类惹的祸……猪们的祖先是多么长寿啊……

梦里故事知多少

那时我很年轻,青葱二八,待字闺中。

他白净,斯文,人很温厚,就在我家隔壁上班,做一份手艺活。

我与他从不说话,也不约会,却知道自己将要嫁给他,每次从他门前路过,他都善意地对着我笑,很羞涩。

他给我的暗示是:拼命工作,挣钱娶我。

我对他印象不坏,知道他是个好人,心里有我,可心底又觉得与之太陌生,甚至连他的名字都不知道,更谈不上对他的家庭有所了解。每每想到这些我就觉得委屈,于无人处也偷偷哭过。

一次,看见他正在开门面房的大门,喜气洋洋地把一扇扇门板从门下滑槽里往外推,每块板子上都包裹一层白铁皮,看上去银光闪闪,煞是好看。见我从门前路过,他笑着跑过来悄悄地对我说:"我把这房子租下了,门脸也换了,全都是为了你。"还把手伸出来给我看,说上面划破的几处伤口,也是为我加班加点划破的。听着他说这些,心里很难受,知道他为我吃了很多苦,是个很有责任感的人。可婚期越近,压力越大,此时心底的疑问又浮出:我们的婚约是谁定的? 你是谁? 于是,我第一次大着胆子与他说话:"抽时间我们谈谈好吗?"

第二天下午,太阳照耀着街道和行人,留下一抹抹轻而淡的影子。我与他第一次约会,双双站在树阴下,此时已萌生秋意,一片片叶子像发黄的昆虫标本悬挂在树梢,风吹在脸上,阵阵凉意。

偷眼看他,做了新发型,发际处烫了一撮头发,卷卷地贴着头皮用夹子卡在前额处,其他地方的头发一律剃光,仅留前面一撮(此发型不知出自哪位神师之手),白净的脸上五官清秀,有种儒雅

的气质。

　　我把眼光匆匆地从他头上移到地上,定定地注视着树根说:"你叫什么名字?""叫全权。"他回说,"全 quan?是权力的权?""嗯,是权力的权。"他明确肯定。"那你父母是干什么的?姐妹兄弟几个?"他见我没完没了地问,有点不耐烦,愠怒地说:"你一定喝多了!""我从不喝酒,滴酒不沾。"我辩解。他气咻咻地重复说:"你喝多了,绝对是喝多了!"说完,转身离开了,我气急败坏地冲着他的背影大喊:"废话!我从不喝酒!"

　　第一次约会,很糟糕,不欢而散。

　　我心里很矛盾,知道他为我付出了很多,又担心他想不开走极端,又恐对我采取什么过激行为。一颗心忐忑着,在焦虑中煎熬。最后决定去找舅舅,因为舅舅知识丰富,整天手不释卷,是个有学问的人,也是我崇拜的人。

　　来到舅舅家,宽敞明亮的房子,却没家具,显得很空旷,木质地板漆得铮亮,是我喜欢的那种明亮的红色。

　　我把事情的原委对舅舅说了,想听听他的意见。可正在这时,只见房子的墙与地板之间在微微晃动,继而,形成了一条窄窄的地沟,细看又是水泥渠沟,里面传来狗吠,紧接着一条状如毛拖鞋似的小狗从地沟里蹿了出来。正诧异时,房间里走出一位十来岁的小姑娘,十分俏丽,说话声音也悦耳。舅舅笑着说:"她是玩具娃娃,不是真的。"没等我反应过来,舅舅一溜烟跑到厨房去了,说,"我去冲牛奶给他们喝。"

　　我几次欲起身继续我的话题,但见年轻的舅舅顶着一头乌黑浓密的卷发忙得不亦乐乎,只好识趣地欲言又止。

　　内心纠结,郁闷,不知出路。正在这时,一阵闹铃声将我从梦中拽回,睁开眼睛,早春的阳光已爬上了窗棂,晕着薄薄的窗幔,让卧室温煦一片。

后记：

中年的我，居然做了少年的梦，那种内心的纠结、不安、不甘，一如少年的心，特别是梦中的男孩，他的苍白、他的发型、他的温厚是那样清晰地印在我的脑海，梦中唯一认识的人就是年轻时代的舅舅。我不懂心理学，也不会解梦，只觉得这梦如此离奇古怪，又如此鲜明深刻。

假日乌托邦

家族聚会从大妹光荣退休、小妹从香港顺利回归之后，变得热烈而频繁。

每到节假日，家人们从东西南北四面八方飙车汇集到宁国花园大本营。老爸老妈自是早早准备了一桌丰盛的家宴。大家聚齐后各行其是：上网、看电视、打麻将、聊天、吃零食、喝饮料……热热闹闹，和睦自然。

第二天开始转移战场，我家、弟弟家、小妹家轮流坐庄。酒店家宴换着花样来……碰上好天气，就开车到近郊野炊，游山玩水，亲近大自然……家族如此兴旺团结，实为前所未有，真该感谢党的好政策，要不是提前退休哪有今天的好时光？

自从大妹去年底买了宁国花园的房子，87 岁高龄的老爸就成了当之无愧的庄主。每次家庭聚会都由他牵头，麻将瘾来了，就开始通知所有家庭成员，第二天自然到他那里热闹一天。

老爸是个不算账的人，吃的喝的总是买得足够多，只要有心情享用，绝不会令你失望。而弟弟彻底接受了老爸的遗传，也是大大咧咧不算账，每到一处，即使室外艳阳高照，他也要随手把灯打开，空调更是如此，冬天开暖气，夏天吹冷风，绝对享受生活。

这天，我们姊妹几个又为这事笑作一团。才下午四点多钟，外面阳光灿烂，他从麻将室过来拿茶杯，顺手就把客厅的大灯摁亮了。

几百瓦的灯泡，映着走廊明晃晃的太阳，照得人睁不开眼。我让大妹把灯关了，她哈哈笑着说："反正不要我出电费，我才懒得关。"我又让小妹关，小妹说："上次在我家，天气不热，他进门就把空调开了,落地扇也开了,等我们坐在沙发上感觉冷时,才发现他把空调开到了 18 度,而且门窗全都敞开着。"正在这时,侄女手里拿了块冰砖往这边走来,小妹说:"两瓶酸奶只喝了几口,又去拿冰砖,姐,你说说她。"我看看 10 岁的侄女,朝小妹挤挤眼睛夸张地高声说:"我也不管,反正不用我出钱!"说完,我们面面相觑,随之,爆发出一阵抑制不住的大笑。

节约如何? 浪费又如何? 开心才是硬道理。好久没这样开怀大笑了,我仿佛走进了共产主义大家庭。

美好和谐,人人平等,没有压力,没有负担,不用担心费用,舒心惬意地玩。

乌托邦! 假日乌托邦!

教子"有方"

喜欢到"一地鸡毛"发廊整理头发,那里环境不错,理发师手艺也不差。宽长的天蓝色毛巾干净清爽地摆放在特制的柜子里,每格一条,不存在交叉感染。

老板娘是位年近三十的女人,虽然皮肤略显粗黑,但由于打扮入时,笑起来左边脸上有一个小酒窝,倒也十分可人。

星期六上午,从舞厅锻炼出来,骑着电瓶车直奔那里,没想到人很多,只能坐等。

由于放假,女人四岁的儿子没上幼儿园,也在店里玩。

"妈妈,昨天周聪打我了。"儿子突然想起了昨天发生的事。

"哦?为什么?"女人眉头一皱。

"不为什么,他要和我比武,我不同意,他就打我。"

"那你也打他呀,你没长手吗?"

"我打不过他,他还抓我头发了。"

女人看看儿子的小平头,庆幸自己的高明之举,幸亏理了平头,否则,儿子就吃亏了。

"儿子记住了,下次再有人打你,你打不过就推他。"

"怎么推?"

"笨蛋!就是乘他不注意时在后面猛推。"

"哦,知道了。"

"长这么胖,不会打架,真没用!"

"我有劲,下次看见周聪,我就推他。"

………

这时,门外传来汽车喇叭声,一辆轿车泊在了大门的右侧,车顶上一长串大红的气球在风中飞舞。

小孩看见气球大叫："妈妈,我要气球!"

"气球?要什么气球?

"就是那车上的气球,我要气球玩!"儿子指着外面的车子大喊。

女人看了一眼门外的车,正好看到车里有人下来,那人一边关车门一边打手机,正在与人通话。

女人对儿子说:"儿子,你去喊叔叔,叫叔叔给你。"

"我不认识他。"

"要想玩气球不认识也要喊,就看你勇敢不勇敢了!"

小孩踌躇着,小心翼翼地绕到车主跟前,轻轻地喊了一声叔叔,车主没听见。

"妈妈,我喊了,叔叔在打电话,没听见!"

"好儿子,真能干,等叔叔打好了再喊。"

孩子又跑出去:"叔叔!把你的气球给我玩好吗?"

"什么?你这小屁孩喊我什么?"

车主大笑着从车后面走出来,原来,是个 50 多岁的中年人。女人一看,忙教儿子:"快喊爷爷,问爷爷好。"

"爷爷好!"儿子大声复制。

"还有呢?"女人提示。

"爷爷,我要车上的气球!"

中年男人看了小孩一眼:

"算你小子走运,今天帮人接新娘,准备把球带回去给孙女玩的,看你嘴甜,给你了!"

说毕,拿了气球递到孩子手上。

"谢谢爷爷!"

孩子接过气球,高举着,欢天喜地地跑出了大门……

太子弘之死

他狭长美丽的眼睛有着一种怠倦冷漠的神情,常常一个人静伫一处,遥望远方,目光迷离,若有所思。他的性格中有阴郁的一面,这就是历史上有名的唐太子——弘。

弘是上天在感业寺赐予高宗和武则天的厚礼。

当年,在明德宫的花园里,那个蹒跚学步的孩童,穿着锦绣的短袍,摇晃着走来走去,衣摆轻轻地划着草地,腰间挂着白玉佩,在阳光下放着银光,脸上写满了纯真。那时的他,眼光有如秀明湖水般清澈透明,无忧无虑地在父王母后膝前承欢。

要是时光能够凝固在那一刻多好,然而,他还是渐渐长大了,他承袭了父王高宗的血统,善良而富有同情心。

自懂事起,他就不喜欢母后,从不与她多话。他恨她,他需要的是一个温和而不是金銮殿上的母亲,更不是与父亲共坐一张龙椅的女人。

弘的温厚慈悲也让武则天感到失望,认为在他的骨子里没有君王的霸气,他不是那个可以颠覆乾坤的未来君主。

于是,合璧宫里的晚宴,上演了一场刀出鞘。

那夜,宫廷乐师一直在轻抚琴弦,弹拨出铮铮的回音,空气沉闷,似酝酿着一场大雨。

弘来了,按母命坐在左上座。他嘴角的银光笼罩着他的脸颊与双眸,刺得武后不得不移开视线。他恭敬地接过母亲赐给的一杯酒,锁紧眉头,看着酒杯,但见那琥珀色的液体在灯光的照射下流光溢彩,煞是好看。容不得多想,母亲的眼神俯瞰着他,他唯一能做的就是一饮而尽。

昏黄的烛光飘移不定,弘嘴边的银光消失了,眼光锐利起来,直直地射向母亲,迷惘地呢喃着:"母后,母后 ……"突然,他狂叫着扑倒在桌前,紧攥着桌面上的绣锦,所有的器皿被他掀翻在地。

弘惨白的脸抽搐着,七窍出血,一双眼睛死死地盯着母亲,伸出右手,在空中无助地抓着……那是一只苍白纤弱的手。

看着倒在地上的弘,武则天的心,似乎战栗了片刻。此时,外面风很大,窗外的两棵李树摇曳着枝丫,迷离的烛光晕染着这疯狂的一幕。

她轻叹一声,闭上眼睛,朦胧中看见站在永丰巷里默默拭泪的女孩,那个十四岁就进宫的女孩。她从永丰巷走到翠薇宫,走到感业寺、走到伍翠阁,再走到今天的上阳宫 …… 她身边的人渐渐多起来,又渐渐少下去。她像一头困兽,用她的利齿,啃咬着与自己政见不一的人,不惜牺牲自己的子女。

她为权力而生,她的终极目标是让那个曾经辉煌的姓氏脱下它的光环,取而代之的是上面绣有"武"字的朱赤长旗。

与文字纠缠

　　每晚在路灯下踩着远处飘来的舞曲节拍回家,我知道了落寞不再是写在脸上的一种表情。身后是翠竹公园,露天舞厅。健身纳凉,人头攒动,渐至深夜,围观者与参与者仍劲头不减,兴意正浓,一段被理所当然视为可以用来浪费的时光,只有背对它时,才能体会用安静的心融入喧嚣是多么的难能可贵。

　　而这是我每晚必做的功课。坚持跳舞、锻炼,使生命处于一种蓬勃向上的状态与姿势。

　　走着走着,莫名地就想起林清玄笔下那个用黑纸和剪刀做道具的剪影人,那个用一弯小小的上弦月和几粒闪耀的星星为黑暗铺陈的手艺人,把星月疏淡埋在黑纸里,亦如光明中的微茫。除了运动,我便把自己深深埋在文字的黑影里,阅读、书写,与之纠缠。而大多时候,是把自己当作水面的浮叶,慢慢张开着自己,唯恐被旋涡卷入,同时又渴望着被卷入。

　　不敢碰的永远是那些沉淀下来的心事。是心情吗？或者是故事？"有一些地方不能常想,就像有一些往事不能常去回忆,否则就会催生眷恋,成为一种难戒的瘾。"现实与虚无,它们之间原本就是隔着千山万水的路途。

　　当终于有幸从市文化馆图书室借来新进的三本杜拉斯的书籍时,心饱满得像春天的阔叶,油润得能挤出水来。多少次在书店流连,想买一套杜拉斯的书,甚至省图书馆都问过几次,统统回说没有,今天终于在文化馆的图书室发现了它,付了五十元押金,我喜滋滋地拥有了十天的所有权。

　　打开扉页,闻着纸墨间淡淡的香味,读着陌生的几乎不能靠近的文字,心一下子潮湿起来。杜拉斯沧桑的黑白照片在封面上仿佛时光的印记、带着伤痛的平静。

记得当年读她的《情人》,断裂破碎的语句给人一种全新的感受和冲击,这个女人一辈子都在写晦涩难懂的文字,拍晦涩难懂的电影,情欲、暴力、绝望,充斥着她的作品,然而我能感觉到阅读里充满的愉悦,这是我喜欢的文字。

第一眼触到《青色菩提》,几乎毫无悬念地以为它是在为我而守候,究其缘由,只是为标题而动容,而并非因它阐释的是佛学文化。人,总需要维系一份情感,读万卷书,行万里路,才能让内心空阔开明,海阔天空,蔚蓝一片。

与文字有关,除了阅读,还有一种是书写。

在博客里行走的时间久了,书写就成为一种习惯,"记忆是牢笼,而印象是牢笼外的天空"。文字是内心最好的雕刻师,它能细腻地讲述着现实对我们的吸纳抑或遣弃,将情感搁浅在无数条阡陌深处,听任斜阳草树,飞絮漫天。也能让放飞的心灵像蹦极,在一次次下坠与升腾中快意撕扯与痛爱纠缠……

也许这种纠缠是码字人的一种病态依赖,它穿梭在理想与现实中,把酝酿思索,把辛酸挣扎,把泪雨滂沱,都浓缩在那一寸寸的光影里,浓缩在轻击的键盘上,也把一个人的思维朝向引渡成一种习惯,于是纠结其中欲罢不能。写字更像暗恋,究其本质,终归是一个人的事情。而真正喜欢文字的人又是孤独的,像孤独的地球向宇宙播放着音乐,播放着小夜曲和咏叹调,飞向那难以估量的辽阔无垠深邃高远。

周国平说:"最真实最切己的人生感悟是找不到言辞的。"是的,所谓感悟,原本就是虚无的东西,它无一物可寻,却偏又牵挂人心。在无眠的夜,它们充塞在大脑里,膨胀着、拥挤着,让你为之辗

转反则无止无休。最终，只能诚服于它，披衣起床，拧亮台灯，打开电脑，心中的文字随着滴滴答答的键盘敲击声欢呼雀跃飞向荧屏，而我却从中得到莫大的愉悦，心情舒展如平铺的青青草地。

我从未想过写这些文字是为什么，也从不奢望有任何回赠，它给我带来的是放飞了的心灵。我想，成就一个人的，除了文气还有地气。不是任何人都可以成名成家的。那种浮生梦，我不想。

世界太小，我们太小，我们身上残留着无尽的忧伤和绵延不断的无可奈何，满含着高处不胜寒的寂寞，转身，且还要华丽。于是，属于自己真正拥有的东西只有文字。

选择文字，基于自己对于它的喜欢，由于喜欢，甘愿与它缱绻纠缠。

我是巨蟹座

我不喜欢生命过于圆满的人,不喜欢容颜完美无缺的人,不喜欢性格坚不可摧的人。人的生命应该是有缺陷的,往往,缺陷才是我们灵魂的出口……

而我,注定是个有性格缺陷的人,这不是我的错,是母亲把我生在了七月。尽管母亲生下我之后一度身体堕入生命的边缘,但我却毫无歉意,因为那也不是我的错!谁让她把我带入这个世界上来呢?而且,还给了我一颗敏感易碎的心。

书上说:巨蟹座的人一半纯白一半阴暗。我有强盛的事业心,真诚待人,从不撒谎,朋友缘很好,但表情常常冷漠淡然,偶尔遇到开心事,笑起来却也灿烂嫣然。

爱美,是女人的天性,我也是。我会花钱网购一切适合自己的服装鞋帽,品位尚可让我在穿着上显得气质非凡。有人说我气场足,但我内心知道,很多时候我只是外强中干而已。天生的孤寂让我有着一副高傲的外表,不会左右逢源,不会服软,不会装模作样,坦然着真实的自己!

书上还说:巨蟹座的人缺乏安全感,孤独感往往让他们产生无根据的恐慌,并且喜怒无常。他们天生悲观,脾气古怪,遭受挫折后会爬进自己的壳里,流泪、疗伤。更多的时候会奋力反抗。虽无很强的适应能力,却有着超人的领悟力。他们喜欢摄影,喜欢回忆,喜欢伤感的文学和电影,能记住感兴趣的片段和情节。

我是理科生,却喜欢读书,喜欢村上春树和张爱玲的文字,曾一度疯狂迷上了安妮宝贝的作品,书中那些细腻伤感的文字,总能触动我的心灵,令我感动。那一刻,我的心是敞开的、柔软的、宽悯

而温润的。

七月注定了我的个性,母亲的溺爱和父亲的严厉让我这只巨蟹在原本属于自己的性情中又肆意地生出了一些专横和颐指气使。我喜欢用自己的方式生活,并毫不客气地以自己的意志左右别人的思想,霸气十足,喜欢统帅别人,虽无缘统领三军,但家庭必须以我为中心。心情不好时就会挑剔,找茬,吹毛求疵,像个浑身长满刺的小刺猬,扎伤的永远是离自己最近的人。

重创了别人,自己也受伤,疼得鲜血淋漓却还在抱怨别人的错,明媚的日子有时让我觉得过得暗无天日。

我的生日是七月,酷暑中夹杂着梅雨季节。母亲说,那年月子里整整下了半个月雨,整个月子她茶饭不思,严重的潮湿和闷热令她身体坏到极致,而我,一个襁褓中的婴儿,却长得红花雨朵一般。

小时候的我,活泼可爱,笑靥如花。成长中父亲的严厉和母亲的宠爱在我小小的心里形成极大的反差,爱恨交织。我想,也许我现在的性格成因与成长环境有关,或许什么也不是,我只是我而已,一个别具一格的自己而已!

每年的七月,我都会用不同形式来庆祝自己的生日,一束鲜花、一个蛋糕、一盒巧克力,一本相册,都是我生命里快乐的记忆。

人的生命充满了太多偶然,如同河流上漂浮的落叶,情缘迷离,随处停靠。夏天,注定是一个充满浪漫和压抑的季节,一种最混乱的搭配。

夏天出生的孩子,有一张坚硬的壳,护着一颗脆弱的心。

我不信命,但却迷信星座。有时还暗自欣赏自己独一无二的个性,维纳斯的美在于她的残缺,不是吗?

打 的

北岸与南岸相距 268 公里,中间横跨一条长江,大客需 4 小时方可到达,小车另当别论。

当我一切准备就绪,拖着皮箱走出小区大门时,手机上显示的时间是 7 点 50 分,也就是说,如果搭车顺利,到车站坐 9 点钟班车,还可以赶回南岸吃午饭。

到了路边,一辆公交从身边呼啸而过,里面挤满了上班族,我连正眼也没瞧,那么拥挤,我是不屑坐的。打的,这是我唯一的选择。

我和箱子并立在林荫道旁,初升的太阳暖暖地照着,把一高一矮一胖一瘦的图影射向路边。等了 N 分钟,还不见出租车的影子,心里那个急,噷噷地往上蹿。

此时,路上的行人和车辆多了起来,又有两部公交滑过视线。我惦着脚尖往后看,除了私家车就是公家车,就是没有出租车。再看看手机,已然过了 20 分钟,再如此耗下去不是办法,看来这条路打到的几率太小,我毅然决然地拖起箱子朝前走,准备到十字路口去碰运气。那里多几个路口,车子肯定也相对多些。可谁知刚走不远后面就疾驶过来一辆车,我正欲回头,不料已被一女士抢先一步拦截,真不知她是从哪个角落冒出来的,我只能望洋兴叹!悔不该没坚持到底。

正好!此时路对面有一辆空车朝这边驶来,我狂喜,一手拖箱子一手拼命在空中挥舞,那车如期而至。我兴奋地朝车门口奔去,可正当我走到车前,一男子已拉开了车门,见此情形,我急急阻止道:"是我招手过来的车。"那男子倒也够风度,说:"我也招手了,不

239

过我们俩别争,还是问师傅吧。"司机没出声,只是用手指指那男人,意思很明确,我只能无语。

已经 8 点 40 分了,搭出租的人越来越多,竞争也越来越大,在红灯亮时,居然有一青年冒死闯红灯跑到对面路口去拦住了一出租,看来,什么事情都要付出代价。像我等斯文人真是没有市场,正在我心灰意冷之际,突然一辆黄色小面的悄然出现在我眼前。机不可失时不再来,说时迟那时快,我一把拎起皮箱,一个箭步冲了上去,不等车停稳,我已拉开了车门……一群人见状轰然而散。

上得车后,司机笑问:"到哪里?"我答:"汽车站。"司机复又笑说:"好像等了好一会了吧?我刚载客从那经过就看见你了。"我愕然!欲盖弥彰语无伦次:哼哈嗨嘻嘻呵呵……等人,等人!司机恍然,不再追问,终于放我一条生路。

在后座打开手机,上面赫然显示着 8 点 50 分。

天啊!整整蹉跎了一小时。

再读《今生今世》

近日,再次读了胡兰成的《今生今世》,其文早在两年前草草读过一遍,文中华丽婉约的文字,厚重的文学功底,不得不让我在心里对它念念不忘,拍案叫绝。

作者用舒缓优雅的文笔写出了自己的情感历程,为人们展现了民国时期的诸多精彩,不失为一本可读性极强的散文式自传。我以为,若撇开政治上那些大是大非和民族大义不说,单从胡兰成的文学造诣而言,确实让人惊艳,让人佩服。

读《今生今世》,你能从中读到简静与自然,他的文字里有一种平旷和敞亮。一个男人,用他清艳婉转的笔触,缓缓回忆自己漫长的一生,从故乡的记忆开始:那是一个桃花烂漫的江南小镇,有青青陌上桑,有热闹的戏文,有过年时节的繁花似锦,有旧时婚嫁的绵绵情意。"这时有人吹横笛,直吹得溪山月色与屋瓦变成笛声,而笛声亦即是溪山月色屋瓦,那嘹亮悠扬,把一切都打开了,且不是心思徘徊,而是天上地下,星辰人物皆正经起来,本色起来了,而天下世界古往今来,就如同'银汉无声转玉盘',没有生死成毁,亦没有英雄圣贤,此时若有恩爱夫妻,亦只能相敬如宾。"这些文字看了让人心情舒展,又如皓月当空,让人心生浪漫情怀,怎一个美字了得?

然而游子一旦离开,终其一生,再未返乡,"我不但对于故乡是荡子,对于岁月亦是荡子"。

胡兰成的情感世界,应该是大家津津乐道的他与张爱玲的那段婚恋。然,胡兰成一生中先后爱上了八个女子:唐玉凤、全慧文、

杂谈空间

241

应英娣、张爱玲、周训德、范秀美、一枝和佘美珍。在胡的笔下,她们各有各的好,对她们每一个人都貌似用情极真,然而却都不长久,最终以寡情薄义收场。

但是,令我钦佩的是胡兰成的坦诚,在书中,他怀着浓浓的爱意,以纯美、细腻的笔调,深情地去描述他爱过的每一个女人,而且决不隐瞒自己在此过程中所暴露出的自身性格的缺陷。在他投入的每一段感情中,他确实觉得那女子是真正的好,离开之后依然觉得她好,不会存了厌恶之心。从这个角度而言,此人又是多情多义的,让人恨也不是,爱也不是。

相遇张爱玲,也只是他生命中一段并非刻骨铭心的插曲,而于张爱玲,却以为找到了今生今世唯一怜己惜己的知音:见了他,她变得很低很低,低到尘埃里,但她心里是欢喜的,从尘埃里开出花来。这句话,是张爱玲送给他的照片后面写的字,足见张在内心也是崇拜他的。确实,这个男人的才气并不让于张才女,只是因时因势因不走正道而一直沉默至今。

对于张爱玲,胡兰成用了很长的篇幅来描写两人的交往,他感叹道:"可是天下人要像我这样欢喜她,我亦没有见过。谁曾与张爱玲晤面说话,我都当它是件大事,想听听他们说她的人如何生得美,但他们竟连惯会的评头品足亦无。她的文章人人爱,好像看灯市,这亦不能不算是一种广大到相忘的知音,但我觉得他们总不起劲。我与他们一样面对着人世的美好,可是只有我惊动,要闻鸡起舞。"

始乱终弃的怨侣,一般都会互相贬低对方,可胡兰成不会,他在文中只是念着张爱玲的种种好,他希望世人都能如他一样喜欢张爱玲喜欢到心里去。"民国世界临水照花人"是胡兰成对张爱玲的评价,唯此一句话,便胜过了万千情话,足以说明胡兰成是真正知她懂她的。

最了解自己的人永远是自己,我不知道这句话算不算对他一生一世最好的诠释。但我至少看到他"真"的一面,能够把自己的感情剖析得如此详尽,毫无矫饰,已属不易。

自古多情空余恨,抑或,胡兰成就是太多情、到处留情,因而欠下了累累情债。可是,看他当时对待每个女子,你又不能说他用情不专。胡兰成自己说:"我与女人,与其是爱,毋宁说是知。"诚然,他对他身边的每个女人,都深知其味,深懂其心,深念其好。相比起如今的速食爱情,我倒觉得前者也不为过。有些夫妻终其一生,却不知情为何物,实在还不敌胡兰成跟每个女子三年两载的情缘那么悠远绵长。

只可叹,张爱玲对他用情至深,从刚开始的"低到尘埃里"到"我想过,我倘使不得不离开你,亦不致寻短见,亦不能够再爱别人,我将只是萎谢了",再到最后"我已经不喜欢你了。你是早已不喜欢我了的"——在感情专一的张爱玲面前,胡应该在内心深处是内疚的。毕竟,她与其他几位女子有别,她与他之间曾经是如此相知。

杜拉斯说:"迷恋是一种吞食。"迷恋一个人,就仿若被一种不见身形的怪兽吞食,只感觉一点一点失去,却很难自我解救。张爱玲今生今世是中了胡兰成的蛊,用情至深的她只能是花自飘零水自流。而浪子胡兰成最终亦飘向了遥远的异国……

时人更多知道的胡兰成总是与"汉奸"二字脱不开干系,是的,他确实是汉奸,而且滥情。他的才情要用在正道上该有多好?然而世界上没有可是,其实说到底,我们欣赏的只是他的文字,仅此

而已。他的卖国贼头衔不会因他的文字修养而取消,他的汉奸身份也不会因他能写一手好文章而改变。他是日本人的一条狗,终不会因他的美文而变成人。我们可以唾弃他的人品与道德,但就文字而言,还是有其欣赏价值的。还是评论家江弱水给胡兰成的评语比较中肯:"其人可废,其文不可因人而废。"

闲话下午茶

前些年,举国上下一夜之间猛兴同学聚会。大学、中专、高中、初中,乃至小学,一律汹涌澎拜。

读过几天书的人,一路飙聚,在各色酒店饭厅、卡拉 OK 包厢,推杯把盏,激情放歌。

本人也上过几天学,曾也被这股强劲的东风吹到本市高中低档次各不相同的饭局聚会,盲目地顺应形势,与昔日同窗作亲密无间状。

一日,又有人牵头聚会,中餐设在颇为高档的酒楼,十几个人到中年的老同学,围坐在一张铺有洁白桌布的大圆桌旁。各种菜肴依次登场,大家齐齐起身举杯,觥筹交错,说些别后的客套话,友谊之花在士别 N 日之后再次绽放,人人仿佛回到了从前,找到了失落已久的年华……

酒过三巡,大家便脸放红光,印堂发亮,口无遮拦,尽情尽兴。

某些同学骨子里的尖酸刻薄在酒精的作用下开始复苏,一男生说:"下午有什么活动? 哪位请客?"另一男生说:"该轮到女生了,让她们请。"我是个天生的真性情,觉得有道理,于是说:"好的,我请你们喝下午茶。"没想到此话一出口,大家面面相觑,没一个接茬。虽然我貌似平静,心里却不爽,心想,请客还没人领情?

"下午茶? 没听说过。"约过了一分钟,一矮胖同学轻声说。另一高个子则站起身,两臂交叉抱在胸前似笑非笑地撇撇嘴说:"下午茶? 还有下午茶? 嘿嘿!"面对他们的疑问,席间没一个人能回答,真让我震惊,什么年代了? 改革开放多少年了? 连下午茶都不

知道,17世纪的英国上流社会就开始流行喝下午茶了,几个世纪过去了,我们这个小小的山城,居然闭塞到连下午茶为何物都不知道,真是可悲。

面对无知,倒是我,感到孤立无援,不知如何应对,好像错的是我而不是他们。

孔老夫子真是圣人,早在两千多年之前就说过"女子无才便是德",本人不才,只是喜欢看书而已,要不是提及下午茶,也不至遭到此刻的尴尬。

一代伟人毛泽东生前说过:"真理往往掌握在少数人手中。"这个道理我是懂的,也知道真理在自己手中,但此刻我不可能把下午茶引经据典地说一遍,那会很浅薄,也不是我的个性。

我的眼光在桌面上苦苦搜寻,最后落在了一位米姓同学的脸上,仿佛溺水的人抓住了救命的稻草,因为他曾被政府派往改革开放的前沿阵地工作过两年,那样的繁华之地岂能没有下午茶?

然而没想到的是,米同学收到我的求救眼光,左右逢源地笑了两声,慢条斯理地用牙签剔着牙,极中庸地打着哈哈说:"有中午茶!哈哈!中午茶。"

天啦!我彻底崩溃!望着满桌盛宴,一口也吃不下去,心里像堵了一块坚冰,拔凉拔凉,寒透了。

我算是明白了:物以类聚,人以群分。距离不在寒暄中,在心里,有些人,多年不相见,相见不如不见。

读　诗

我是个不爱读诗的人,然而二月里的一天,H 在微信上转来一个帖子:"中国人的一天,一夜成名的女诗人。"说的是湖北诗人余秀华,写了十六年的诗,其作品被《诗刊》微信号发布后,被热烈转发成了大名人。一时间,余秀华过人的天赋,加上身体的残疾,更使其成了热门话题,并有多家出版社争相出版她的诗集。

H 的评价是:真实感人,没有华丽的词句,却异常灵动。我回曰:"机遇总是垂青有准备的人。"并问网上是否能搜到,他答:"可以的。"

于是,他转了《诗刊》推荐的诗歌《摇摇晃晃的人间》。

照片上的女子脸上的笑容并不灿烂,既不温婉也不可爱,却有一种直戳人心柔软处的力度,那种坚毅是生命赋予她的独特表情。她以倔强的姿势站在田野上,背景是大片辉煌的油菜花和绿色植物。

我不懂诗,介于 H 的推荐,便心血来潮地读了起来:

　　　　我爱你
　　在干净的院子里读你的诗歌,这人间情事
　　恍惚如突然飞过的麻雀儿
　　而光阴皎洁,我不适宜肝肠寸断
　　如果给你寄一本书,我不会寄给你诗歌
　　我要给你一本关于植物,关于庄稼的
　　告诉你一棵稗子的区别

杂谈空间

告诉你一棵稗子提心吊胆的

春天

　　如此清纯胆怯充满战栗和羞涩的爱情诗,既含蓄又不失奔放,我被深深打动了,一篇篇读下去:

下午

时光褪去,天色转阴,倦意从屋顶铺下来

我被堆埋的越来越深

如一座矿场回到地深处,金黄的忧伤敛起光芒

时光的旋转中,捂紧内心的火焰

麻雀站在平庸的树上,鸣叫,闪烁小舌头

没有被巨大的寂静扑灭

我在这人间底部,着红装,仿佛被遗落的

一颗朱砂

_____

　　我在一字字认真读着,体验作为一个背负莫大伤痛的女子内心流淌出来的清澈与美好,疼痛与哀伤。很多时候,一个人内心世界的宽广与细腻是根本不被人知的。她,余秀华,一个幼时患脑瘫的女子,由于身体残疾,被丈夫嫌弃,生活窘迫地居住在一个无人知晓的封闭小山村里,陪伴她的是年迈的父母以及年久失修的老房子,而支撑她的却是诗歌,诗歌是她的春天,是她生命中不可缺少的一部分。

　　诗人沈睿说:余秀华是中国的艾米丽·狄金森,她的诗歌是语

248

言的流星雨,灿烂得让你目瞪口呆。而《诗刊》编辑刘年所说得更有新意:"她的诗,放在中国女诗人的诗歌中,就像把杀人犯放在一群大家闺秀里一样醒目——别人都穿戴整齐,涂着脂粉,喷着香水,白纸黑字,闻不出一点汗味,唯独她烟熏火燎,泥沙俱下,字与字之间,还有明显的血污。"我不懂诗,却也能在她的诗歌中品出点久违了的原汁原味,她那不加掩饰的字字句句构成了一种独特语言艺术,看她的诗,我们的心会时时被刺痛。

或许,我那即将麻木的心已经久久未曾被感动了,或许仅仅是为了她与众不同的文字,我网购了一本《月光落在左手上》。而 H 则买了一本《摇摇晃晃的人间》,他说:"姐,看这样的诗集,不要急着看,要慢慢地品。"我笑,对一个性急的人谈慢,显然不适合。然而当我打开书之后,一口气看下去,却什么印象也没有,这时我才恍然:哦,原来读诗是需要细细品味的,与读小说完全是两个概念。也许那些灵动跳跃的句子,需要细嚼慢咽才能散发出诱人的芳香,像茶,也像咖啡,要慢慢地,优雅地,端起杯子俯下头,首先感受它的香醇,然后再深吸一口气,抿一口,那味才慢慢扩散开来。

如今,这书已买来几个月了,还常常被我捧着,慢读慢品,回味无穷。

说 梦

经常反复做同一种梦，梦见自己走在冷清宽阔的大街上，人迹寥寥，非常沉寂，既不见车辆和人流，也不见现代化建筑，仿佛时间倒退了几千年。

我不知道自己从哪里来，也不知要往何处去，却熟悉街中心有一家鼎盛的茶馆。

总是饥肠辘辘地走进这家茶馆，店堂中央有根粗大的红漆圆柱，直耸屋脊，上面瓦楞清晰可见。大而宽敞的房子被一隔两半，一间摆放着几张老式雕花八仙桌，另一间是厨房。

我总是直接来到厨房，看见长长的案板上摆满了各种各样的点心，且都是面食，香喷喷，白胖胖，那炸货更是黄亮亮、油汪汪，看着就让人眼馋。

似乎与厨师们很熟，我径自跑进去拿了碟子和筷子，选一些自己爱吃的往碟子里夹，心想，这下可解馋了，要好好饱餐一顿。

每次都是如此，正待享用美食时却莫名奇妙地醒了，真让人失望至极，恨不能重回梦乡大吃一顿而后快。

但现实生活中我是不喜吃面食的，梦中对面食的痴迷和向往让我恍若隔世，也许我的前生是北方人，以面食为主。

还有一个梦境就是我被人追赶，不停地奔跑，有时遇上一堵墙，纵身一跳就过去了。有时躲在浓密的树林里，身旁充满了植物的清新气息，屏住呼吸让追赶者从身边跑过，暗自庆幸躲过了一劫。

更为奇特的是往往被追赶者逼入绝境，一次在阁楼上让人抽走了梯子，我一个倒挂金钩从小窗里翻到隔壁的花园高墙上，往下一看,庭院深深,满目葱茏,一座别致的花园呈现眼前,园子里小桥流水,亭台楼阁,碎石路蜿蜒逶迤伸向假山……我正在纳闷,这是谁家的花园?突然发现后面追兵又到,无奈之下也顾不了院墙有丈余高,一跃而下,跳进人家的花园……所幸的是,落地的一瞬间惊醒了,不然或许会上演一场现代版的西厢记呢,当然,我梦中的性别肯定是男士。

还有一些梦是关乎外婆的。总是在舅舅家的老房子里,看到她健朗的样子,匆匆地忙碌着,我惊喜于又见到她,扑上去抱紧她,有一种失而复得的感动,哽咽着问她这么多年到哪里去了?她总是笑而不答。

有时看到她,是去世前的样子,瘦弱单薄,气息奄奄,苍苍白发在风中飞舞,我伏在她肩上痛哭,诉说着多年来的思念,生怕她死去。可心里又知道她已死了,就问她多大了,回说一百多岁了,突然感到原来的死不是真的,是死后又复活了。

心中多年来的空缺补上了,恢复了充实饱满。可夜半醒来,外婆却踪影全无……睁开蒙眬睡眼方知是南柯一梦,心中才补上的缺又空了……

有的梦,醒来就忘了,有些梦过了很长时间还记忆犹新,成为永恒。

其实,梦里人生,是生活之外的又一种体验,是另一种激荡人心的现实,它完善了另一个自我,让人生变得丰富多彩。

有梦的人生真好。

此猫彼猫

七月的午后,静坐窗前,随手翻着日本著名学者铃村和成的《村上春树·猫》,未睡醒的柠檬片在杯中泡着,窗外看不见的角落,一只蝉撕心裂肺地叫着,突然,便哑然失声了,世界在这一刻安静下来,寂静得连心也变得澄澈起来。

扉页上有一只美丽的猫盘踞在沙发上,它眯着眼睛看着别处,一副漫不经心的样子,让人联想到它的慵懒和处事不惊。

村上说,猫应该归属于女性动物,柔软的躯体,婀娜的动作,漂亮的皮毛。他认为猫是千娇百媚风情万种的动物。在他眼里,猫是一切美的化身,灵感的源泉。他的每部小说里都离不开猫的影子,甚至他的思维方式也有猫的脉络。

而我对于猫,却没有半分好感,它的冷峻与不屑不是我喜欢的表情,而且我从来不敢直视它那发着绿光的眼睛,总觉得里面暗藏杀机。阴冷而凶险。还有,它们行动诡异,轻脚轻手,神出鬼没,一不留神会被它吓出一身冷汗。当然,这与它的职业有关,一个足智多谋的好猫,必须具备这些捕杀鼠辈的好技能。它不可能呼啸喧嚣着在室内翻箱倒柜地抓老鼠,那样会被同类取笑,也会被人类取缔。

记得读书时到同学家玩,一只断了一节尾巴的猫,高高地扬起后面的尾巴,像一杆旗帜,在我们几个女生的腿下穿来串去。夏天女生们都穿着裙子,那只猫的尾巴在我们皮肤上磨蹭委实是件令人恼火的事,甚至有种被轻薄被侮辱的感觉,我们同时跳起来大骂它的猥琐。而它却不理不睬,高高地竖着它那半截尾巴旁若无人地跳到灶上睡觉去了。

现在养猫的人越来越少了,家居环境改变了,卫生条件好了,猫职业不景气,面临危机。晚上散步时经常看到有野猫出入,脏兮兮的,不堪入目,估计那身上已携带了成百上亿的病菌。看到它们,第一反应是厌恶,继而又同情,为它们的命运担忧。同样是猫,村上家的猫就贵如君王,而这些流浪猫却命如草芥。

感悟之余,收回心思,再看桌上杯中物,那柠檬片早已醒了,水中晕着淡青,轻啜一口,微涩,感觉正好。

她今晚穿了一袭黑裙,裙裾镶了一圈珊瑚红,非常雅致。在楼道微弱的光线里,他分明感觉到那暗红显然是一小簇火苗在燃烧。在开门的一刹那,他蓦然有一丝恐惧,唯恐那一簇红色的火苗重新消失在黑暗中。

巴哥姐姐的幸福生活

我是巴哥犬,体格匀称结实,皱褶的黑脸独一无二,会做出讨人喜爱的各种表情。

我的英文名叫Pug,国内也叫哈巴狗或巴儿狗,或叫斧头犬,富有魅力而且高雅,我的家族在18世纪末被正式命名为"巴哥"。

心地善良、聪明、记忆力强、感情丰富、个性开朗,是我的特点,毛色美观,平滑、柔软、短而有光泽使我倍受主人喜爱。毫不掩饰地说,我是一只幸福的巴哥。

(一)

最后一次醒来,天已微亮,躺在母亲温暖的怀抱美美地伸了个懒腰。半睁着蒙眬睡眼,看到一贯霸道的小哥可还在酣睡,我用头拱拱母亲,它便仰了身子,露出丰满的胸脯,我扑上去,叼住奶头,狠命地吮吸起来。

甘甜的乳汁像泉水一样潺潺流入体内,滋润着我幼小的身体。我贪婪地吞咽着,喉咙发出咕咚咕咚的声响,母亲看我吃得勇猛,慈爱地抬起头,用温热的舌尖舔舔我的小脸,眼里含满爱意。我喜欢母亲这种眼神,每当我受到哥哥的侵犯,母亲总是用这种眼神看我,叼起我就走。

母亲示意我慢慢吃,别呛着,我睁大眼睛看着母亲,撒娇地用力拱它的乳房,用小爪子挠它美丽的脸庞……

当我再次睁开眼睛的时候,已经离开了朝夕相处的母亲和调皮捣蛋的哥哥。

主人穿着笨重的羽绒服,将我塞在胸口,上面的扣子由于让我

257

透气,只好在凛冽的风中敞开着。我在他怀里惴惴不安地东张西望,才发现自己与主人骑在摩托上,正风驰电掣地向前飞奔。

望着外面陌生的世界,冻得我瑟瑟地缩回头。心里一直纳闷,不知主人要将我带往何方。我多么想念亲爱的母亲啊,要是它在,一定会拼了命的将我叼到它身边,可它在哪里呢?我吓得大哭起来,在主人怀里大叫:"我要妈妈!我要妈妈!"主人似乎无视我的呼叫,只是将上衣领口往上拉了拉,以防我从里面挣脱以致跌死。主人依然骑着破摩托不管不顾地朝前疯跑……

终于,在一家新开的咖啡店门口,主人把战战兢兢的我从胸口掏出来。对面站着一对青年男女,样子很和善,那女人走过来摸摸我的脑袋,回头对那男人说:"好可爱哦,就是太小了。"我的主人立即说:"已经满月了,不小了。"主人好像非卖我不可,急切地辩解着。经过一番讨价还价,最后以450元成交。

我被辗转到女人手中,被包裹在一条厚厚的羊绒围巾里。出娘胎第一次,我闻到了来自人体的清香。我兴奋地在她手里抓耳挠腮,女人用手指点点我的小鼻子说:"乖乖,别动,外面冷。"她的手指温热地点在我的鼻尖上,让我想到了母亲的乳头,我真想一口衔住它,拼命地吸。

"咕咕,咕咕"肚子饿得乱响,我也在女人手里不安地躁动,"妈妈,我饿,妈妈,我饿!"我大声叫。女人似乎听懂了我的呼叫,一个劲地安抚,摸着我的小脑袋说:"乖乖!饿了吧?回去吃饭。"

几经周折,我已筋疲力尽,无力挣扎,听着她温软的话语,我疲惫地瘫软在她怀里,闭着眼睛昏昏欲睡。

(二)

新主人的家坐落在城南一个美丽的小区,这里环境优美、气候

风中的芦苇花

258

适宜,很适合我的生长。

　　他们给我取了个很甜腻的名字:妞妞,还让我称他们为爸爸妈妈。我听后心里暗忖:"别,还是让我叫你们干爹干娘得了。"

　　由于太小,我走路总是无声无息,闹不出半点动静,而且又特喜欢跟路,他们在家走路基本脚不离地地擦着地板走,唯恐无意间踩着我。对此,我总是心存感激。

　　一次,干娘抱着我说:"妞妞,我们带你到姥姥家去玩好不好?"我当然求之不得,兴奋地大叫,拼命摇尾巴,并讨好地舔了舔她染着透明指甲油的脚趾头。

　　驱车四小时,途中尿了两次,喝了一次牛奶,糊里糊涂睡了一大觉,姥姥家就到了。

　　一进门,觉得姥姥家好大,好热闹,姨姥舅老爷都在那等着我们,看到我们进来,都围过来看我,夸我长得漂亮。姨姥还疼爱地从干娘怀里抱过我,解开衣襟将我暖在怀里,找闻到了与十娘怀里一样淡淡的体香。我知道,她们都是一群善良的人,能与她们生活在一起,我很知足。

　　晚上,客人们都陆续离开了,玩耍了一天的我却突然感到周身不适,头昏目眩,心里翻江倒海,一个劲作呕要吐。干娘急坏了,赶忙叫上干爹开上车子带我去看急诊。

　　一个身穿白大褂的女医生接待了我,把我放在冰冷的玻璃柜上摸捏了好一阵之后,面无表情地对干娘说:"可能是受凉所致,我给它开点药。"随后又从头到尾把我检查了一遍。

　　经过她的一番折腾,又加之躺在冷冰冰的柜台上受冻,令我几乎休克。又冷又怕,致使浑身抽搐,灵魂在身体边缘游离……

　　干娘带着哭腔喊着我的名字,把药水送到我嘴边,我连睁眼的力气都没有了。

风中的芦苇花

我难受极了,四肢冰凉,口吐白沫,奄奄一息。心里感激,却不能有半分表示,只觉得自己快要死了。干娘也这样认为,哭着说:"它要死了,怎么办? 它快死了!"

回到家,姥爷急中生智地说:"不是说受凉吗? 用热水袋捂着试试看,死马当作活马医。"姥姥立即找来了热水袋,灌了满满一袋热水,放在我小窝的垫子下面,让我匍匐在上面,暖着我的肚子,上面盖着柔柔的绒被。

姥姥还特意把念佛机放在我面前,让我听那来自天籁的仙乐"南无阿弥陀佛,南无阿弥陀佛……"随着这缥缈的声音,弥留之际的我,仿佛看到了亲爱的母亲正拥着我入睡,好暖和啊,全身上下都被母亲包裹着,体力一点点得到恢复。

也不知过了多久,仿佛有一个世纪那么漫长,我才慢慢睁开眼睛。干娘见我醒来,破涕为笑地抱起我说:"醒了,妞妞醒了!"我现在渴急了,支撑着虚弱的身子添她的手心。干娘太聪明了,说:"水! 它要喝水!"

姥姥风一般地旋到厨房舀来了一碗水,我一口气喝去一大半。很快,我的体力得到补充。我挣脱干娘的手,试着下地,踉踉跄跄地朝干娘为我买的便盆走去,透透彻彻地尿了一把。"真爽啊! 全身轻松自在,病痛一扫而光。"

干娘冲了牛奶喂我,我吧唧吧唧吃了很多,姥姥用毛巾为我擦干小嘴,然后将我安顿在温暖的小窝里,我知道窝垫下依然卧着刚换的热水袋。

姥姥慈爱地望着我说:"今晚妞妞就睡我房里,夜里我帮着换热水袋。"望着围坐在身边的家人,看着她们为我哭为我笑,心里充满感激。我知道,她们是我今生今世最值得信赖、最值得爱的人。

（三）

干娘为我在狗民网上注册了帐号，上面全是我的同宗同族，巴哥犬的兄弟姐妹们可以在上面聊天解闷，插科打诨，一展风采。

我已半岁有余，初显少女风采。出落得亭亭玉立，是一个人见人爱、狗见狗爱的美少女。

干娘为我网购了很多漂亮衣服，粉色带帽的羽绒服、黄黑相间的蝴蝶衫、浅蓝的吊带裙，姥姥还特意为我针织了两件大红裹胸……

我喜欢臭美，一有空，干娘就为我拍照，我特会摆 Pose，照出的相片千姿百态，呼之欲出。

我的玉照传到网上，多次被版主作为封面刊出，迎来了一片如潮的赞美。网上的那些帅哥们坐不住了，每每见我上线，都迫不及待地向我献殷勤，极尽讨好之能事，送玫瑰、送茶、送咖啡、送爱心、送飞吻……夸我漂亮、夸我妖娆、夸我高雅、夸我沉鱼落雁。

我的娇小玲珑，我的顾盼生辉，我的魔鬼身材迷得它们神魂颠倒，而我却芳心不动。

确实，皮皮长得高大结实，憨憨也威武雄壮，贝贝虽欠英武却显得斯文儒雅，还有球球、豆豆、小宝都不错。但我从没往歪处想，我只想把它们当作最好的朋友，这已足够了。

干娘说，她同事家有一只纯正的巴哥犬，毛色油亮，体格健壮，典型的狮鼻猴脸，仪态高雅，气宇轩昂，像极了 18 世纪的王公贵族犬。我的玉照早已发给了它家主人，两家一拍即合，郎才女貌，定下了百年之好。"男大当婚，女大当嫁"，我们的婚配定在明年春夏之交。

有时趁干娘不备，我便在电脑里偷偷寻觅它的英姿：在一片无

际的绿地上,它迎风奔跑着,全身的短毛似乎都唰唰竖了起来,矫健得像一匹脱缰的马………

每次看到它的照片,我就会情不自禁地揣摩它的年龄、性格、爱好,"它也会和我一样开朗活泼吗?它也喜欢玩具吗?它会爱我吗?会对我好吗?"单纯的我,由于它的缘故,头脑变得复杂起来,各种古灵精怪的想法像冒泡一样咕嘟咕嘟往外冒……

我骨子里有着父亲骄傲的血统,美丽的容颜却得益于母亲的遗传。不是吹,每当与干娘一起散步的时候,小区里一些其他品种的狗,都想与我套近乎,摇着尾巴屁颠屁颠地跟在我身后,而我却视而不见:"什么东西?瞧那瘦骨伶仃的吉娃娃,毛色灰暗的京巴,还有那串了种的博美……看了就让我烦!"

我的心里已装不下任何狗,干娘为我选定的巴哥才是我的梦中情人。我希望它是一个有责任感有进取心的雄性,同时也是一个爱我疼我的好伴侣。

我会为它生儿育女,传宗接代,担当起抚养下一代的全部责任。我相信自己会成为一个好太太、好母亲。

(四)

我诅咒那个戴金丝眼镜、穿高跟鞋、留着瀑布般长发的女人,虽然她文质彬彬,言谈举止温文尔雅,但我认为那是故作雅态。

是她建议干娘把我打造成超级淑女的。对此,我恨之入骨。

原本,我已然是一个天真活泼、调皮可爱的小狗狗了,家人对我也是宠爱有加,可她的一番歪理邪说却令干娘认为颇有道理。她的理论是:"不打不成才。"

于是,我的噩梦开始了,干娘为我制定了五项基本准则:

1.不准用舌尖舔人(嫌我脏)。

2. 不准拾卫生纸片（怕我吃）。

3. 不准衔针织丝袜（怕扯坏）。

4. 不准爬客人大腿（怕抓破）。

5. 不准啃最硬骨头（怕噎死）。

说实话，在狗类，虽算不上出类拔萃，但我自认为还是有素质有修养的。我的干净也是出了名的，早晚各一次大小便，从不在家乱来，总是等干娘遛我的时候在草坪上解决，单凭这一点，就令很多同类望尘莫及（当然，得益于干娘的调教）。

为此，很多狗家长还特意到我家取经，问干娘是如何培训我的。每每此时，干娘总是抱着我，露出温婉的笑容，拍拍我的小脑袋说："我们家妞妞记性好，让它在便盆上练了几次就会了。"

原以为，自己已经很淑女了，不啃桌腿不叼鞋，不咬电线不随地大小便，没想离"五不准"还有一大段距离。

干娘说："妞妞，要成为超级淑女，就必须做到'五不准'。"我听后不以为然。

一次，干娘正在沐浴，我看见她那粉色的丝袜放在离我不远的小凳上，那是一种何等的诱惑啊！

我踌躇地向前紧走几步，回头望望卫生间的方向，还好，干娘没出来。心里痒痒的，猫抓似的，最后还是一横心，凑上去嗅嗅：真好闻，一股说不清道不明的感觉熏得我如痴如醉。

什么五不准？什么超级淑女？统统见鬼去吧！我叼起丝袜滋溜一下就蹿到床底下去了。

躲在那里，左撕右扯，好一通享受，把干娘的话忘到了爪哇国。工夫不大，一双美丽柔软的丝袜就被我啃咬得体无完肤。

"妞妞，妞妞！"干娘清脆的声音在客厅响起，我知道事情不妙，吓得赶紧把丝袜塞在床脚下，径自来到客厅，装作若无其事的样子

在干娘面前大摇大摆地走着。但我忘了摇尾巴，小尾巴还紧紧地夹着呢。

干娘严厉地瞪着我说："丝袜是你叼走了吧?"我假装没听见，低头嗅嗅她的裙摆。干娘又说："你别装! 肯定是你叼的，找到了就给你一顿揍。"我吓得大气都不敢出，平时最爱打响鼻，现在也不敢了，悄悄地夹着尾巴躲进了阳台一隅我的闺房。

突然听见干娘在室内气咻咻地说："就知道是你干的，看来不打你是不长记性了!"说时迟那时快，我还没来得及逃，就见干娘从房间一步跨了出来，一把逮住我，照着嘴巴啪啪就是两记耳光。

我蒙了，干娘可是最疼我的呀，平时犯错也就吓唬吓唬，今天怎么动真格的啦?

干娘指着那双被咬坏的丝袜说："为了让你长记性，下次再犯，还打!"

我伏在地上，欲哭无泪，用爪子摸摸火烧火燎的小脸，心里恨透了那个貌似高贵的长发女人。如果不是她多嘴让干娘把我培养成什么超级淑女，我能遭此耳光吗? 现在若让我见到她，非咬她一口不可。

我真想对干娘说:我不想当超级淑女，我只想做回我自己。十个指头还有长短呢，人不也有高低贵贱，三六九等吗? 更何况狗乎?

我的理想很现实很简单，只想做一只快快乐乐、健健康康、活泼可爱的狗狗，以忠诚主人为己任，顺便担负起看家护院的职责。

仅此而已!

（五）

我开始依恋干爹，虽然我的衣食住行都是干娘打理，但干爹对我没有过分要求,而且从不打我,在他身边,我有安全感。

周末,我们一家到公园去玩,我始终不离左右地跟着干爹,几乎是亦步亦趋。干娘略带醋意地笑着说:"瞧这小没良心的,简直不恋我。"

其实,在我心里,干娘的位置始终是第一位的,只是在干爹面前我更放松、更自由、更自我。

我放开四爪奔跑在一望无际的草坪上,快乐地在那里撒欢打滚,追逐栖息的小鸟和翩翩彩蝶,与小朋友在一起玩耍游戏。虽然很累很累但却十二分开心。

我们来到翡翠湖边,太阳把湖面照耀得闪闪发光,像碎银一样熠熠生辉。干娘找块干净的大石头坐在树阴下乘凉,干爹却穿着裤衩往湖边水里趟,拍着巴掌让我也去,我在岸上急得团团转,又想去又怕水,最终还是不顾一切地向他扑了过去。

干爹紧走几步把我拽了过去,让我在水里扑腾扑腾地学游泳。这下可把干娘吓坏了,在岸上大叫:"快抱它起来,别淹死了!"干爹呵呵笑着说:"没关系,狗的泳技是与生俱来的,淹不死!"

也怪,呛了两口水之后,我的四肢居然无师自通地在水里扒拉开了,身体伏在水面上,伸展自如,还可以把头伸出水面换气。一切都那么自然而然,顺理成章,好像我天生就是个游泳健将。我好开心,出娘胎第一次,我与湖水有了零距离接触。

这时,一阵轻风掠过水面,排排细浪从湖心逶迤而来,我欢快地追逐着岸边的细浪,矫健得像个海边的弄潮儿……

干爹把我抱上岸,干娘为我擦干身上的水珠,我们坐在树阴下,喝酸奶、喝果汁、吃面包、吃烤肉,心里别提有多爽。

蝉在树上无忧无虑地大唱"知了知了,知了知了",给寂静的湖边带来了生气,绿叶筛下斑斓的阳光,在我们身上晃来晃去,令我

又有追逐的冲动……

回到家,干爹干娘第一次犒劳我一块骨头。从小到大,干娘从不让我啃骨头,怕我噎死,但今天破例了,理由很简单:狗既然天生能游泳,就会天生啃骨头,再者,狗啃骨头已有几千年的历史,如果不会啃,那还是狗吗?

我大喜过望,如获至宝,飞奔过去叼着就跑……

躲在一个没人的地方,放下骨头,我故作雅态地上下左右嗅了个够,然后,大受刺激,本性使然,饿狼扑食地叼住它,贪婪地啃起来。毫不夸张地说"此味只有人间有! 那个香啊,那个味道,直教狗狗生死难拒"!

生命真好! 有阳光雨露,绿树繁花。冬天可以享受热水袋,夏天可以享受湖水的清凉。我的生命里由于有了干娘一家人,变得丰盈饱满起来。

别看我小,经历的可不少,去年春节,干爹干娘带着我驱车一千多公里,横跨几个省市,到西安奶奶爷爷家过年。

在那里,我认识了他们家的斗斗和臭臭。那是两只温顺美丽的博美母女,老的端庄秀丽,小的聪明伶俐。经过七天的朝夕相处,我们成了无话不说的好朋友。临别,博美妈妈还偷偷地躲在一旁抹泪呢。

今年春天,我们又到江城芜湖姨姥家去玩,她家的球球一身雪白的长毛,玉树临风,风流倜傥,漆黑的眼仁像极了玩具狗。初见我,他还摆出一副兄长的样子,对我不理不睬,后来终于被我大家闺秀的风范所倾倒,在我面前摇尾示好。

看着它那副样子,我在心里暗笑:"切! 什么样的狗我没见过? 还想在我面前装酷?"

最终,我们还是成了好朋友,球球问我坐车晕不晕,我告诉它从没晕过。它羡慕地看着我说:"你真行,我一坐车就晕,总是吐俺娘一身,搞得很没面子。"我安慰它说:"没关系的,你娘那么疼你。"

走的时候,我们在车旁紧紧握手,约好下次让姨姥带它到合肥我们家去玩。

我期盼球球哥哥早日到来!

(六)

七月流火,酷暑难当,持续高温令我心力交瘁,极速滑向抑郁边缘。

我开始厌食,变得焦躁不安,看见干娘在食堂为我买的饭菜就恶心,整天整天粒米不沾。平日最爱吃的鸭肝和鸡腿都不想吃,连闻闻的欲望都没有。

干娘一筹莫展,咨询了兽医和狗民网,都说没病,可能天热所致,到时会自己调整好的。

又过了一周,我还是没胃口,干娘把我最喜欢吃的食物端到我面前哄着我吃,我看都不看,扭头就走。干娘急了,一把拉住我,把头摁在饭盆边说:"你看看,这不是你最爱吃的吗?"我极力挣脱,她还是不放,又把饭盆朝我塞塞,"妞妞小姐,不吃东西是会饿死的,明白吗?"我无语,彻底崩溃!

我万分想不通,干娘那么漂亮那么聪明,怎么连基本道理都不懂:难道我想不吃我想难受我想死吗?

自那以后,对食物由讨厌变成恐惧,一看到饭盆就躲之唯恐不及。干娘无奈,只好变着法子让我吃,先后买了几袋狗粮掺杂一起喂我,说是全面补充体力和营养。也许是动物的本能使然,我开始每天吃少许狗粮,以此保命。

漫漫夏日,度日如年,我的心情坏到极致。无聊时,我总爱趴

在阳台走廊的玻璃旁往下看,看到那些忙忙碌碌的人们东奔西走,毫无目的。也不知他们来自哪里去往何方,但有一点可以肯定,他们是快乐的。有那么多同类在一起,说说笑笑,热热闹闹,多好。哪像我,一整天独自在家,与寂寞为伴,与孤独共舞,连一根绣花针落在地上都能听见,郁闷呵!

我开始想念斗斗与臭臭。一晃,我们已有半年未见了,它们过得好吗?我真羡慕臭臭,能与妈妈天长地久地生活在一个屋檐下,那是一种可望而不可即的幸福呵,不知要修上多少世,才能得此福报呢。

如果我也能像它那样多好,母亲一定会给我讲很多很多好听的故事,我永远不会寂寞,不会孤独,不会郁闷,更不会抑郁。

干娘在网上与姥姥聊天时,吐露了我的信息,让姥姥务必抽空来一趟,以配合治疗我的浅层次抑郁症。

多日来,我第一次露出笑脸,拨云见天,我的好日子就要来临了。姥姥的好,姥姥的善良,姥姥的爱心,一幕幕像放电影似的在我脑际闪现。我喜欢姥姥。

心情好,一切都好。当晚我破天荒地吃了两片肉,啃了一小块骨头。干娘高兴地将我举到半空中说:"妞妞终于吃饭了,好乖乖!"

第二天中午,姥姥来了,我激动地围着她转了十八个圈,蹦了十个高,摇了三十六次尾巴,终于精疲力竭,躺倒在她温暖的怀抱里。

姥姥爱怜地看着我,揉着我的小肚子说:"小东西怎么啦?是不是骨头吃多了积食了?"我无限深情地注视着她,我知道她会有办法的,对付我的小病小灾,她总会有高招。

幸福终于来敲门,姥姥天天陪着我玩,按时为我按摩肚子,用冬瓜排骨汤为我消暑,给我吃一些富含维生素的食品。

短短几天,我胃口大开! 精神倍爽! 一切正常。

干娘高兴得眉开眼笑,一个劲夸姥姥厉害。并打算让姥姥把我带回老家去度夏。

我知道干娘上班忙,每天中午下班还要顶着烈日专程给我送吃的,对此,我唯有铭记。

我希望到姥姥家度夏,那里房子大,凉快!

(七)

我讨厌果果,常常支棱着两只小蒲扇似的耳朵,一双骨碌碌转的眼睛凶巴巴的。每次姥姥带我从它门前经过,它都要扑向院门栅栏,狠命地对着我狂吠。一直到看不见我为止。为此,姥姥也极不喜欢它,总是对它吼:"叫什么叫? 妞妞可是见过世面的,谁怕你?"

姥姥住的是别墅,一整排楼房住着八户人家,各自为政,每家都有小院,小院外是一条四米宽的通道,果果家是第一间,也是我们的必经之路。每次从它门前走,它都要声嘶力竭地大叫,简直令我崩溃!

整整叫了七天,第八天早晨,我气愤之极,恶作剧地在它门前尿了一把,以解心头之恨!

我在心里已做好了迎战准备,既然一场恶战在所难免,就让它来得更猛烈些吧! 我收紧尾巴,竖起耳朵,目光炯炯,严阵以待。出乎意料的是,这滩尿,不仅没激怒果果,反而让它奇迹般地变温顺了。

它围着尿液转着圈子猛嗅了一阵之后,眼里的凶光不见了,两只倒竖的耳朵也放了下来,并破天荒地对着我摇起了尾巴……

我惊诧莫名，没想到这一报复的结果居然让形势发生了质的逆转。眼前的小斗士，转眼变成了谦谦君子。它家主人看我们隔着栅栏徘徊观望，拉开院门对它说："熟悉了吧？出去和小朋友玩玩。"随后又笑着对姥姥说："别担心，果果不咬人，胆小。"

果果走到我身边，依然一声不叫，一改平日的凶相，满眼含笑地看着我，轻轻地摇曳着尾巴，仿佛我们已然是多年的老朋友。我被它的反常彻底搞晕。想起平日它对我的怠慢和轻蔑，心里仍然转不过弯，绷着脸，旁若无人地从它面前大摇大摆地走过。

太阳出来了，照耀着干净的路面，昨晚下了一场黄昏雨，地上仍然有些湿漉漉的。姥姥带着我溜达了好长时间，当我们回来时，看见果果仍然蹲在门口，看见我大老远就开始大幅度地摇尾巴，春风满面地看着我，并跟在我后面温柔地嗅着。

姥姥说："果果是小帅哥，很可能是看上我们家妞妞了。"我心里却说："切！我才看不上它呢，什么东西！假斯文！"

为长远计，我也礼节性地对身后的它轻摇了几下尾巴，以示礼貌。邻里之间，早不见晚见，既然它主动和解，我又何乐而不为呢？

（八）

冬天到了，院子里落满了皑皑白雪，太阳一照，银光闪闪。

一早，姥姥就将我从温暖的窝里叫醒，带着我出门溜达。我们走在洁白的雪上，身后是两串深深浅浅的脚印，一大一小，一深一浅，很是醒目。长长的足迹是姥姥的，梅花瓣是我的。

果果早就在门前等候了，这位小帅哥，自从和我结识，表现出非同寻常的儒雅。

每次与我玩耍，从不非礼，不像其他狗类，粗暴地在我身上乱啃乱添，它总是极文雅地围着我转着，用鼻尖轻轻地嗅着，呵护有

270

加,温存备至。

姥姥经常带我们到河边草坪上玩,冬季里的河边,树上的叶子落尽了,草坪上的草也变得焉黄。可这一切都不影响我们晒太阳。

我和果果在枯草上互相追逐打闹,姥姥在一旁锻炼身体,各得其所。

那次,姥姥双手放在一块黄色的大圆盘上飞速地往一边转动,我十分纳闷:那圆圆的东西是什么呢?不像车上的方向盘,大饼也没那么大。正诧异间,姥姥又坐到一个小方凳上,两只脚用力交错着往前踩,手上扶着酷似自行车龙头的棒子,整个身体都在一起一伏间运动。

果果朝着姥姥大叫了几声,又望着我汪汪叫了几声,我明白,它的意思是说:"妞妞,你姥姥真厉害!"我也对着它高兴地大叫道:"汪汪汪!是是是!"

回家的路上,果果走在我身边,嗅嗅我的鼻尖,嘴里发出呼呼噜噜的声音,它在轻声问我什么时候回合肥,我恬静地舔舔它的脸颊:"我不走了,干娘上班,姥姥让我在此长住。"

果果听后高兴得一蹦三跳,一个劲朝前飞奔,我也不甘落后,撒开四蹄奋起直追,速度快得像兔子,蹿得又快又高,害得姥姥好一阵追赶。

今天地上铺着厚厚的雪,姥姥说等雪消融了再带我们去河边玩,我和果果快乐地围着她转。我兴奋地打着响鼻,温柔地吻她的裤管,果果高兴地仰卧在雪地上,表现出对我们绝对的信赖与忠诚。

(九)

也就是在昨天吧,我蓦地抬头,突然发现小院里的花草已冒出

了新芽,河边的柳枝已绿成了一片。街边公园里的迎春花也一丛一丛地开放了,嫩黄嫩黄的,在乍暖微寒的风中轻舞飞扬。

春天来了,不知不觉,我来到姥姥家已有大半年了。我已经完全习惯了这里的生活,姥姥、姥爷都很爱我,我也爱他们。

我的性格中有很多其他狗狗不具备的特点,有时很倔强、有时很调皮、有时很缠绵,淘气的时候常常让姥姥哭笑不得,但更多的时候我是温柔的。

我的眼神忧郁而略带妩媚,经常躺在姥姥怀里与她深情对视。每每此时,姥姥都会怜爱地一边抚摸我,一边喃喃地说:"妞妞小宝贝,我的小宝贝。"听着姥姥温软的话语,我陶醉地把头枕在她的腕上,眼睛半闭半睁地刻意打着呼噜,以此呼应她的宠爱。

我喜欢玩具,姥姥给我买的塑料黄球和小玩具熊,都让我毫不留情地咬坏了。没办法,姥爷只好用空塑料瓶充当玩具敷衍我,我当然不会嫌弃,叼着那玩意追逐撕咬,玩得有滋有味、不亦乐乎!

有时我也恶作剧,乘人不备的时候,将客厅沙发上面的垫子扯到地上,我知道这样做是错的,可淘气起来就是按捺不住,有种挑战的刺激。为此,我也尝过苦头,但更多的时候是我与他们周旋——捉迷藏。我的乐趣在于他们发现后到处追着打我,而我就可以楼上楼下各个房间到处逃窜,常常把姥姥累得气喘吁吁。这种时候,我总是既紧张又兴奋,一个劲地偷着乐。一种胜利的快感鼓荡在全身,欲罢不能!

然而,人类的智慧是令我辈异类望尘莫及的,姥姥稍稍动一下脑子,我就会束手就擒。

姥姥故意放弃追逐,拿一袋零食往桌边一放,装出一副要吃零食的架势。

对于吃,我有着天生的敏感,而且什么都吃,只要姥姥嘴巴一

风中的芦苇花

动,我便密切注视,快速跑到她面前,小爪子搭在她手上,唯恐她忘记了我。

我的弱点致使我掉入陷阱,姥姥轻而易举地将我捕获,这种时候我总是后悔不已,但下次依然上当。

(十)

毫不夸张地说,我的生活是安逸而富足的。姥姥买最好的狗粮给我吃,有玩具和肉骨头消遣,偶尔还可坐车到大街上逛逛。如果有同类问什么是幸福,我会毫不犹豫地回答:这就是幸福!

我的闺房安置在楼上卫生间里,宽敞而明亮,方型包装箱里铺着柔软的棉垫,上面是碎花小薄被,这是我温暖的小窝,阳光灿烂的日子,姥姥总不忘将它拿出去让紫外线给它消毒杀菌。

对于自己的小窝,我无限钟情依恋,充满了感情。它的温暖干燥、绵软清爽,给了我很大的安全感。每次外出回家,我的第一件事就是匆匆跑到楼上去看望我的小窝,趴在窝沿上看到里面一切安然无恙,心里才算踏实。为此,姥姥总是嘲笑我没出息,可我不管,内心很纵容这种习惯,它能给我带来安慰和稳定。

小时候由于得过肠炎,姥姥总怕我冻着,即使是夏天也不让我光着肚皮贴着地面睡觉,我的身子下面,永远垫着帆船似的小皮垫,那是干娘在网上为我买的,现在成了我的"行军床"。有姥姥的悉心照顾,我几乎从不生病。

现在,我已能听懂几句人类的语言,如:吃饭,睡觉,出去玩,来来来! 去去去! 而且,长期相处,我也学会了在遇到困难时向她们求援。玩具跑到沙发底下去了,骨头不见了,我都会汪汪地叫着带领她们到现场去帮助找。有时白天在便盆尿尿了,我也能用自己的方式告诉她们,让她们把尿盆洗净晾干。晚上睡觉也是,非吵着

让姥姥送我到楼上去睡，其实，我完全可以自己跳进窝里，可我不，我享受姥姥那份怜爱，她总是轻轻地将我放进窝里，拍拍我的小脑袋说："小乖乖，快快睡觉觉。"

昨晚，我正躺在窝里假寐，听到姥姥对姥爷说："看着妞妞睡在窝里的样子，娇憨甜蜜，仅仅这一点，我就可以忽略它给我带来的所有麻烦，它睡觉的样子让人看到了幸福。"

我很感动，能够给姥姥带来这样的感受是我的福气。我想，幸福对于人类来说，可能是一种奢侈，由于我的不自知、不奢望，所以，才能够轻易地靠近它。

隔世花——开在断崖处

（一）

人到中年的李松明,终于结束了不温不火长达二十年之久的马拉松婚姻,重新过上了无忧无虑与世无争的单身生活。

他是一家很有名气的省办刊物执行主编,工作认真,生活节俭,对人谦和有礼,在业内有很好的口碑,他是杂志社的骨干精英、老板手下的一员干将。

李松明好不容易脱离了常闻河东狮吼的尴尬境地,暂时对婚姻没什么设想,只求清清净净地生活几年,他把这段时间称之为"疗伤"。

空闲时,他会独自去看一场电影,或猫在家里上网,有时为了查阅资料。图书馆也是他常去的场所,他喜欢坐在靠窗的位置,看着窗外的阳光,温暖而寂静,透过绿色的树叶,像流水一样倾泻在桌面上,这时,他的心里会很舒展很宁静。

他喜欢这个座位,还有一个莫名的原因就是前面一扇靠窗的位置上,常常坐着一位三十多岁的女子,长相酷似电影演员江珊,但比江珊显得苗条秀气。从他这个角度看过去,那女人总是专注地忙碌着,桌边堆了很厚的书,她不停地翻阅着查找着记录着,披肩发覆盖下来,遮住了半个脸庞……他静静地看着她,觉得那女人看起来是那样温婉知性,周身散发着母性的光芒,恬静而美好,让他心生温暖。

世上的事情有时像幻觉,在人的一生中,有谁能够设想自己会在某个场合某个时段遇上某个人? 但只要有缘,上帝会为你铺路

搭桥,林小崖——那个在图书馆邂逅的女子,他正式结识了她。

缘起缘落,其实很简单,朋友约了一些业内人士和文学爱好者参加一个聚会,地点选在郊外一个环境优美的度假村。林小崖的影子,像在黑暗中隐藏了好久,一下子突然出现在他眼前,让他有些晕眩。

她披着一方柔软轻盈的披肩,缓缓行走在铺有碎石的小径上,一抹夕阳的余晖斜在她身上,镀上了一层橘色,明媚中透着亮丽,像一幅画。她就那样漫不经心地走着,看着周边的风景,很陶醉的样子。

在离此不远的酒店大厅里,有一帮爱热闹的同行们正在喧嚣,隐隐地,风中有音乐和笑声飘来。李松明看着她,在心里把夕阳下的她与图书馆里的她作比较,一个专注,一个文静,都是他喜欢的样子。

天空非常地明亮,蓝得没有一丝云,是一种只有画中才能看到的纯净。

很久以后,当李松明回忆起他和林小崖第一次交谈,首先想到的是一抹余晖和深蓝的天空。那一瞬间,李松明似又感受到了她身上萦绕着的温馨气息,李松明脸上浮着笑容,善意地朝不远处的她点点头,她也回以微笑。他们不约而同地向着一条通往草坪的小道走去,李松明紧赶几步追上她笑着打招呼:"你好!请问你是哪个编辑部的?我在图书馆见过你。""我是《少儿杂志》编辑部的,你呢?""我是……"一聊,两人都有很多相熟的朋友和共同的话题。李松明的笑容始终淡淡地浮在唇角。对方大方地伸出手与他握了握:"我是林小崖,认识你很高兴!"李松明愉快地说:"彼此彼此,认识你是我的荣幸!"他们一边走一边愉快地交谈,林小崖走在李松明的身边,明眸皓齿,衣袂飘飘,谈吐不凡,语出惊人,令李松明欣赏有加。

聚会结束,已是午夜时分,林小崖走到李松明身边问:"你有E—mail吗?""有,我报给你,用手机记下。"等她输完,李松明轻握了一下她的手说:"再联系!"她抬起头微微笑着:"拜!"

一个星期以后,李松明收到了林小崖的第一封邮件,她的网名叫青梅。

"松明你好:

上次邂逅,一别又有数日。世事苍凉人,海茫茫,人生若能在碌碌红尘中得一知音,难矣!多年来寻寻觅觅,那日一见心之雀跃,我所苦寻的,不正是这种气质和涵养之人吗?

那天的晚霞很美,与君一席话,通透淋漓,然而你偶尔显露的落寞又令我不解,一个才华横溢、前程似锦的男人,怎么会有这种表情?

祝好! 青梅"

李松明读完此信,心中有说不出的感慨,这个女人真是冰雪聪明,一眼便能看出他繁华背后的风景。信中虽只寥寥数语,却能直达心底。他关掉电脑,一片黑暗中,只有屏幕的亮光泛着灰白。

黑暗中他点燃一支烟,在明明灭灭的烟火中咀嚼着她的话,如同咀嚼着一枚千年甘果。

(二)

李松明发现,自从认识了林小崖,生活中被她占据的时间已经越来越多了。当然这里指精神层面。她写 E—mail 给他,有时一天几封,有时几天一封。她从事文字工作,在单位又是顶梁柱,一般情况下会很忙碌,但只要有空闲,她就写。一般邮件都是晚 10 点之后发出的,李松明想:她真是个工作狂,难道每晚都要加班加点?

信写得并不长,有时只言片语,有时短短几行,如行云流水、惊鸿一瞥,像暗夜里无声无息的雪花,悄然洒落在他的邮箱。最终,李松明只好重建一个文件夹,专门用于保存这些轻盈的、干净的、不连贯的、富有哲理的文字。

"松明,你会常常感觉到孤独吗?其实,一个人的孤独是别人看不见的,就像我,整天忙于工作,也会和同僚们打成一片,看上去阳光普照。但在私下里,我的孤独已深入骨髓,就像是开放在断崖上的花,与世隔绝,这种感觉往往会令我窒息。"

有时,她也谈起男人,一个与她同床共枕将近 10 年的男人,一个烟酒无度的男人。

"我与他是大学同学,共同的爱好与追求让我们相恋,走出象牙塔的那年,我们结婚了。第二年我们的女儿呱呱坠地,本应是幸福甜蜜的生活,可我却越来越发现,我和他是两条永远不能相交的平行线,是两个季节里的昆虫,需要的不是一个气候和洞穴。

我们常常吵架,更多的时候是相对无言。但我感激这个男人,在曾经的日子里,他给过我爱,给过我温暖……"

李松明那天中午是与同事小雨在一起中餐的,小雨是他的下属,一个没心没肺快言快语对他崇拜得五体投地的东北姑娘,圆圆的脸蛋,笑容纯真。由于佩服李松明,心里免不了暗恋,只要逮着机会,就请李松明吃饭。这样的女孩开朗活泼,李松明与她在一起相处没有负担,更无须诺言,所以,彼此的关系一直很融洽。

小雨说:"领导,这段日子觉得你有点心不在焉的样子,是不是有了新情况?"

李松明说:"不会吧,我能有什么情况?"

小雨狡黠地眨眨眼说:"没有就好,有空出来晒晒太阳,别一下班就猫在家里。"

李松明说："好的，谢谢提醒。"

他们在十字路口分手，小雨去了公司，李松明乘上了一辆通往他家那条路的公交。由于是中午，公交上出奇地空旷。他坐在座位上，阳光照进来，跳跃的光团在他身上像鸟儿一样起起落落，他摊开手心，让它们沐浴在阳光里，不一会儿，就有一种烫烫的感觉，毕竟，春天即将过去，太阳开始灼热了。

突然，一阵无可名状的烦恼向他袭来，看看身边空无一人的座位，他已深深意识到：他的生活，已经不再是属于他自己的简单生活。

回到家里，打开电脑，李松明给林小崖写了一封回信，他听到自己怦怦的心跳和手指敲击键盘的嗒嗒声响。

"小崖，我们在一定范围内也许可以选择自己的生活，我希望你能快乐一些，就像那个春日的黄昏，你忘了自己的存在，全然陶醉在四周的景色中。那一刻，你一定是快乐无比的，对吗？恕我冒昧，我想见你。我的手机号是12332112312。"

信是中午十二点发出的，半小时后，手机响了起来，李松明接听，那边传来林小崖兴奋甜美的声音：

"晚上出来吃饭好吗？正好约了几个朋友聚聚，你也过来吧！"

李松明很紧张，但却故作轻松地笑笑说："好啊，你做东请客，我哪有不去之理呀？"

下班后，李松明特意在单位穿衣镜前整理了一下领带，看着镜子里穿着衬衣皮鞋的自己，有点像去相亲的感觉，表情中有点按捺不住的激动。

中途转了两次车，走了5分钟的路，当他气喘吁吁地跨上餐厅的电梯时，时间正好七点整。他轻轻吁了口气，突然觉得自己有些可笑：为什么要如此在意地赶赴一个聚会呢？自己原本就是一个

不喜喧嚣的人啊。

当他看到林小崖的时候,他的心奇迹般愉悦起来,林小崖见他进来,笑容满面地将他介绍给众人,他和大家一一握手,最后,林小崖指指身边的男人介绍说:"这是我老公,大伟!"大伟欠欠身,算是招呼。

李松明坐在他们对面,饭桌上,林小崖的爱人一直大声说话、大口喝酒,与身边的人推杯把盏,一直喝到脸色发白却毫无醉意。林小崖几次欲劝未果,只能孤单地在一旁吃饭,她的眼神很冷漠,脸上没有任何表情,显得与饭局格格不入,只是偶尔想到自己是主人,才笑着站起来招呼一下,让大家尽兴。

晚上十点钟左右,席终人散,大伟已喝得不省人事,烂泥一摊,被朋友用小车送回。林小崖看着满桌狼藉,头也不回的走出了混乱不堪的餐厅。

她走得很快,淡淡的一袭浅绿在喧嚣的人群中穿梭,终于,她走到离此不远的街心公园长凳上坐下。李松明也紧随其后来到这里。

"有时候我真恨他,非常非常恨!"她双手捂着脸,似自语,又似对李松明说。

李松明仰头看着天空,暗黑的天空,城市的星光总是模糊不清。他点燃一根烟,又摁灭,看着眼前这个心仪的女子如此伤心,他难受。

他说:"小崖,如果两个陌路人走在一起,会比一个人独行更孤独。这种经历我有过,持续了二十年,那些年,我的心已经孤独致死。"

林小崖没有说话,看着夜色中的李松明,她把头埋在他的怀里,痛哭出声。

李松明在凌晨一点钟回到自己的家里。他的公寓,是一栋陈旧的法式建筑,外表已被时间抚摸得颓败不堪,但里面的结构设计却是他喜欢的。

他常常站在宽大的阳台后面,眺望远处的高楼大厦,伸伸臂,弯弯腰,做做深呼吸,然后,看新闻,收邮件,打游戏。在这个空间里,除了睡觉,他大部分时间都消磨在电脑上。

林小崖和他告别的时候,说她已经没事了,让他放心。她把李松明给她拭泪的一方手帕递还给他,说:"这个城市里已经没有像你一样使用手帕的男人了,能够坚持拥有一方手帕的人,肯定是个重情重义懂得珍惜的人。"

他在路边为她拦了一辆面的,又目送那辆面的疾驶而去,心像被抽空了般难受,空荡荡的。

李松明觉得很累,他从来没有这么晚还在外面逗留过,他坐在客厅的沙发上,点上一支烟悠悠地抽着,吐出的袅袅青烟被黑暗吞噬,看不见一丝一缕,只有暗红的烟丝,在夜色中闪烁。

他起身拧亮灯,习惯性地打开电脑,发现右下角有消息在闪,又有新邮件,他点击,原来是林小崖10分钟之前发来的。

"松明,今晚的失态,让你见笑了,真的很抱歉。我是个从不流泪的人,不知何故,今晚在你面前却控制不住。

我想,流泪也许是一种释放,那些多年来沉积在心里的不良情绪,不断地淤塞,凝固,无处流泻,会给身心带来多大的摧残?

其实,在生活面前,我们始终无能为力,在时间里面,我们最终什么也不能留下,包括痛苦,快乐和生命。

谢谢你,今晚给了我流泪的理由。

青梅"

（三）

李松明早上迟到了，于他而言，这是第一次。

他奔跑着奋力挤上停靠在路牌下的公交，车厢里已坐满站足了黑压压的上班族，有的塞着耳机听音乐、有的翻报纸、有的吃早点，所有的人脸上都面无表情。

他侧过头，看到从门缝里涌进来的一米阳光，仰仰脖子，让它抚摸一下自己的脸颊，感受它的游移。

"小崖，我住在30年代建成的法式公寓楼，虽然有点陈旧，但很美丽、安静。露台上有生锈的铁栅栏，还有蔓延的爬藤植物，那种绿意，整整地覆盖了一面墙，上面开满了细碎的白色小花。

每天晚上，在睡不着觉的时候，能听到楼下花园里昆虫的鸣叫，仿佛让我回到了童年。

我想说的是，生活还是很美好的，我希望你能快乐起来。你要知道，在这个偌大的城市里，我始终在你的身边，不会离开。"

"小雨，你会给一个只见过一面的男子写信吗？不断地，持续地写。"李松明轻声问小雨，在通往图书馆的途中。

"不会！除非我爱上了他。"小雨不假思索地回答。

李松明"哦"了一声，不再说话。

小雨忍不住刨根："如果你遇上什么疑惑，可以如实招来，让我帮你分析分析。"

李松明看小雨一本正经的样子，忍俊不禁调侃地说："还是分析分析你自己吧，大姑娘了，该找对象了。"

小雨和林小崖，同是女子，却有着迥然不同的气质。林小崖是悬崖上开出的迷离花朵，刺鼻刺眼，芬芳野性，能够轻而易举地进入男人视线,占据他的心房。而小雨不是。

信,依然是他们的重要交流方式。

"松明,下班的时候路经哈根达斯店铺,服务员递过一张广告,做得很精美,看后让人愉悦:咖啡来自巴西,巧克力来自比利时,坚果来自夏威夷……都是最本源的地方,来自世界各地,我想,我会买一份送给我的女儿,她该是多么高兴!

……

回到家,发现大伟躺在床上,满身酒气,他说胃痛,脸色苍白地蜷缩在那里……

那一刻,我飞扬的心从太空坠到地下……"

下午,李松明给林小崖打电话,电话里她的声音一如既往地甜美阳光,听过去始终开朗明亮。

"你好吗! 小崖?"李松明靠在办公桌的一侧,外面下很大的雨,他听到话筒里很嘈杂。

"不是太好!"她回答。

"是因为他吗?"

"是的。"

李松明停顿了一下:"你的工作环境很嘈杂? 是这样吗?"

"嗯,我们编辑部租用的写字楼旁边是一家排挡,有点闹。"李松明想,那么能干清雅的一个人,在那么糟糕的环境里工作,真是委屈她了。可他说出来的话却是:"小崖,你不该与大伟再继续下去,你会毁了自己。"他惊骇于自己怎么说出了这样的话,这不分明在挑拨吗?

过了一会,那边小崖小声说:"我知道了,松明,谢谢你!"

"试着换一种活法,不要再这样损耗自己!"

他指的不仅是她的婚姻,其中也包括她的工作环境。

"好的,就这样,我挂了,要工作了。"

电话挂了,李松明看着窗外的大雨哗哗地下着,劈劈啪啪地打在玻璃上,然后,在玻璃上滑落下去,短暂、急促、破碎……李松明一直看着它们,直到有人轻轻叩响办公室的门。

(四)

李松明打电话给小崖,说有事与她商量,小崖让他直接到办公室找她。

这是他第一次到她单位。办公楼设在二楼,近三百平方米的空间被分割成若干豆腐干,不停有人穿梭其中,李松明站在过道,正欲问人,却发现林小崖站在一间办公室门前向他招手,笑容无比灿烂。

林小崖泡了杯茶递给他,淡淡地笑着说:"有什么急事,一大早约我?"李松明接过茶说:"真的有事求你,不知你是否能出手帮忙?""什么事? 只要在我能力范围内,尽管说。"林小崖不假思索地说。

那个大雨滂沱的下午,李松明的办公室门被社长推开,与他讨论的正是增刊的事。社长说:"我们单位是省重点刊物,销量大,路子广,信誉高,上级建议我们最好增刊有关少儿方面的杂志。在这方面,你有熟悉的人选吗?"李松明一听,当然求之不得,心想:这机缘,说到就到了,他拍着胸脯表示:"这事就交给我好了,我保证给你挖个少儿刊物方面的得力干将过来!"社长听后哈哈大笑着说:"好好好! 我信你,增刊的事交就给你负责。"

李松明直截了当地对林小崖说明了来意,希望她能调到他们单位来上班,助自己一臂之力,同时也给她自己一个更广阔的发展

284

空间。林小崖何许人也？那在单位也是响当当的顶梁柱角色，领导对她绝对青睐。不过最近一个季度，他们主办的少儿杂志莫名其妙地销量大跌，为此，领导让她找找个中原因，并毫不留情地扣发了她一个季度的奖金。

这事让林小崖心里一直恼火，觉得当领导的太世故，业绩好能把你捧上天，一旦不好，恨不能把你打入十八层地狱。

李松明说："这种领导不值得你为他拼命，典型的无人情味。你若到我单位来，保证待遇丰厚，奖金绝不会因偶尔的业务回跌而全部扣除。"

林小崖说："松明，谢谢你的信任。给我一点时间好吗？让我想想。"李松明说："好的，给你三天时间，我等着！"

林小崖打开电脑，给他看自己制作的小软件和动漫，精巧的画面里柔和着黑色幽默和辛辣讽刺，她一边移动鼠标，一边露出似笑非笑的神情，对自己的设计很得意。然后，又从里面调出一幅画，但见那高高的悬崖峭壁上，石缝中突兀地生长着一株青梅树，枝干扭曲，攀援而长，一任风吹雨打，孤傲地挺立在光秃绝壁之上，细看，绿叶中闪烁着粉白花絮，那些花，迎风绽放着，美不胜收。李松明看看林小崖，又看看那副画，若有所思地说："真是一幅绝美的画啊！"林小崖甜甜地笑着说："我是把自己的名字和网名柔和在一起画了这张画。"

"我喜欢！有种惊世骇俗的美！"

"喜欢就送给你，我把它发到你邮箱里。"

"众里寻她几百度，蓦然回首，那人却在灯火阑珊处。"李松明觉得林小崖简直就是为他而生的，要不，怎么这幅画曾也在他脑子里勾画过呢？

阴雨持续了几天，李松明度日如年，三天的时间太漫长了，他

觉得自己的头发都急白了几根。

这天晚上，小雨来到了李松明的公寓，她是给他送资料来的，顺便买了一捧洁白的马蹄莲。李松明一边说着谢谢，一边从房间找来一只大口杯，把花插了进去。

"领导，你是不相信爱情的人吧？一个用白色沙发垫子的人，心中带有某种完美主义倾向，对爱情比较苛刻。"她说。

李松明笑起来，说："那只能代表过去，我现在非常相信爱情，而且非常热爱它。"

他们煮了咖啡，然后小雨选了一张莫扎特的唱片，立刻，小小的空间被流水般的音乐缠绕。窗外雨声大作，打在楼下花园里的阔叶上，发出啪啪的声响。雨太大，小雨一时走不了，只能坐在沙发上看书，李松明坐在桌前看资料。

"再过会儿，等雨小点我就走。"

"没关系，时间还早。"

突然，李松明的手机响了起来，他一个箭步跨到茶几旁抓住它，那边传来隐约的声音："松明，我答应你，到你单位去上班。"

"好！好好！真好！"李松明高兴得语无伦次，三天了，他盼着这句话，仿佛盼了整整一个世纪。

挂断电话，他突然兴致勃勃地对沙发上坐着的小雨说："想喝酒吗？我这里有红酒。"小雨说："领导，你忘啦，我可是从不沾酒哦。""哦，对对对！你不喝酒！"

他再也无心专注资料，顺手打开电脑，在 QQ 空间的"说说"里写下一行字：此生，此刻，我的生命中住下了一个她。

雨渐停，小雨告辞，李松明如释重负地送小雨出门，反身关掉音响，此刻，他要独享这份内心的喜悦，细细地品味这份甜蜜。

　　人生无常,世事不可预测。正当李松明带着一脸的兴奋跨入办公大楼时,眼前的场景让他一时摸不着头脑……只见同事们拥堵在大厅里,三个一群、五个一伙地窃窃私语着,空气里游移着不安因子,有种他不熟悉的气息。

　　他觉得诧异,却又不便问,径直向电梯口走去,迎面碰到了办公室主人柳思晨。“早,柳主任。”柳主任见四处无人,神秘地向他眨眨眼说:“李编,社长出事了,你知道吧?”李松明一惊:“社长出事? 出什么事?”柳思晨说:“今天一早,社长刚到办公楼,就被公安带走了,现在正在搜查他的办公室。”“啊?”李松明的嘴画了一个大大的圆,半天合不拢。柳思晨见状,没再说什么,轻叹了一声走了。

　　确实,在此之前,李松明也听说过一些关于社长的议论,不过都当作耳旁风吹过散掉了,从来没往心里去。只知道他是个不习惯控制情绪的人,说话尖锐直接,只要认为自己对,天皇老子都敢得罪,但工作能力绝对没人敢比。业内人常说:“就他那火暴性子,要不是业绩好,一百个社长也被炒了!”果然,他最终还是被炒了,而且一步到位,被炒得干净彻底,直接炒到公安局去了。

　　“天有不测风云,人有旦夕祸福。”李松明感慨万千,前两天社长还兴致勃勃地与他大谈增刊增收的宏伟大计,拍着胸脯答应他把林小崖挖过来。不料今天形势却急转直下,令李松明心里鼓荡的潮水一落千丈。美好的憧憬一夜间成了泡影,林小崖的调动,成了镜中花水中月,可望而不可即,只能搁浅在昨晚最后一次通话的手机里。

　　晕头晕脑地过了一天,什么也没干,也没什么可干。同事们也都如此,看不出沮丧,也看不出兴奋,都是知识分子,城府有海井

深。李松明内心的沮丧当然也隐藏得很深,他最最担心的是如何向林小崖交代这件事。

又过了两天,原社长办公室门口贴出通告。告知全体职员,杂志社已正式被划到出版局。新任局长是由省委原宣传部副部长接任,新一轮各个部门的领导人选也公布了出来:社长一职由原宣传部处长接替,李松明担任总编助理,具体负责杂志的终审和质量监督工作。

李松明打起十二分精神投入新的工作,他的顶头上司,再不是原来那位说话直言不讳、对他赏识有加的原社长了。

现任社长,看上去人高马大,气场十足,只可惜才四十出头,头顶的毛发已纷纷脱离组织,搞无政府主义,情急之下,他只得采取后方支援前方,地方拥护中央的政策措施,把后面的头发往前梳,四周的头发向中间梳,如此一来,看上去虽有点别扭,但总比年纪轻轻就顶着一盏汽油灯强多了。

这位社长个性非常极端,一般情况谨慎开口,一旦开口说话就会口若悬河,夸夸其谈,滔滔不绝。从盘古开天地,上下五千年,直说到三十年改革开放的伟大成果,以及杂志社面临的残酷竞争,说者口干舌燥,唾沫四溅,听者诚惶诚恐,目瞪口呆。

他的口才,李松明是从今天上午的就职演说会上领教的,新社长鼓励大家打破成规,开源节流,引进优秀人才,打造名刊。并鼓励有识之士主动出来承包本社刊物的增刊和发行工作,利润与单位五五分成。

李松明想:若是我能承包下来,再把林小崖作为人才引进过来,岂不是两全其美之策?如此想着,觉得这世事也太难预料了,昨天还穷途末路,今天就柳暗花明了。真所谓:山不转水转,水不转云转,云不转风转,总有一个机遇会转到他李松明手里来。这不,天无绝人之路,上帝刚刚对自己关闭了一扇门,又为自己开启了一扇窗。

晚上,李松明拨通了林小崖的电话,简略地把单位改朝换代的事说了一遍,并把自己的计划与她说了。林小崖听后沉思片刻说:"如果那样,倒是个好机会,我们俩强强联手,定能创出一番事业。"李松明说:"小崖,有你这句话就行了,我明天就向单位递交承包方案。"

李松明高兴地想:终于可以与林小崖在一起了。

他打开电脑,开始写承包方案,寂静的房间里,回响着嗒嗒嗒的键盘敲击音。

(六)

李松明如愿以偿地竞聘了《少儿刊物》部主编,林小崖为发行部经理,两人办公室相对,每天,李松明都能看到小崖忙碌的身影,心里充实得像春天饱满多汁的阔叶。

小崖在少儿刊物方面是行家里手,再加上李松明在业内的能力和人脉,两人强强联手,焕发了前所未有的潜能。他们互相信任,密切配合,人事上实行制度改革,多劳多得,极大地调动了员工的积极性。

经过一年奋斗,使少儿刊物由原来的亏损45万元扭转成盈利50万元,开了本局少儿刊物的先河。庆功会上,李松明春风满面,容光焕发,端着高脚杯硬要跟林小崖一再碰杯,说没有林小崖的加入,就没有今天的成就。林小崖今晚也兴奋异常,来者不拒,凡是敬酒的,一律笑脸相迎,从不辞杯,直至喝得头晕眼花………

席终了,人散了,林小崖绯红着双颊,摇摇晃晃从李松明身边走过,李松明一把拉住她,在耳边轻语到:"你喝多了,一个人回家

我不放心,到我那里坐坐醒醒酒再走,好吗?"小崖莞尔一笑:"到你家坐坐?好啊!同事这么久,我还没到你家去过呢!"看着小崖微醺的样子,李松明感觉自己的心发出声音,是跳动时没有节奏的强劲咚咚声。

林小崖今晚穿了一袭黑裙,裙裾镶了一圈珊瑚红,非常雅致。在楼道里,李松明分明感觉到那暗红显然是一小簇火苗在燃烧,在开门的一刹那,他蓦然有一丝恐惧,唯恐那一簇红色的火苗重新消失在黑暗中。

走进李松明两居室,小崖开始有一丝无措,但很快被燃烧的酒精扑灭了。她慵懒地伸手将手提包随意一扔,坐在了沙发上,李松明赶紧扶她躺下,自己则忙着去厨房烧水泡茶。

他一直在厨房忙碌,外面很安静,当他端着一杯上好的龙井茶走出来的时候,看到林小崖已经在沙发上睡熟了。她美丽的眼睛闭着,长长的睫毛覆盖在眼睑上,一只手悬空垂了下来,柔柔的秀发披散在沙发上,黑裙子下面的一圈火焰紧紧拥抱着她的双腿。李松明默默地站了片刻,突然想起抱上一床薄毯轻轻地给她盖上。他摸出一包烟,坐在地板上,在寂静中,透过缭绕的烟雾,看着这个沙发上他心仪的女人。

似乎又过了很久,李松明看到小崖翻了个身,随之含糊地问了句现在什么时间了,李松明本能地一跃而起站在了她面前。此时的小崖已然睁开了双眼,彻底醒了过来。松明把茶递给她,说:"现在是凌晨三点半,感觉好点了没?"小崖接过杯子,饱饱地喝了一大杯,然后笑笑说:"好多了!"不远的地板上玻璃缸里浸着许多烟头,松明弯腰拾起倒在了字纸篓里。

小崖掀掉薄毯站了起来,用手拢了拢披散的头发说:"不早了,我要回家了!"说完,拿起背包就要走,李松明拥住她问:"发生什么事了? 告诉我! 你平时是从不沾酒的,昨晚喝那么多,肯定有事瞒着我。"小崔看着温厚坦诚的松明,只能如实相告:"大伟被抓进去了,前天醉酒后发酒疯把人打成重伤住院了,当场被拘留!"

"那晚我彻夜无眠,心都凉透了,看着黑暗浑身发抖,原来在这个城市除了你我什么人都没有,没有可以分担的亲人,没有能够安慰我的朋友,你是唯一懂我的人,也是我唯一能够倾诉的人。松明,很抱歉! 我打扰了你一夜的休息。"

"你爱我吗,小崔?"李松明望着林小崔的眼睛,一动不动地问。

小崔沉默,然后一边摇头一边说:"我不知道,我真的不知道。我的心里已是一团乱麻!"

李松明不说话,走过去抱住她的头,亲吻她,他的嘴唇温润而柔软,慢慢地在她的额头脸颊移动,然后是唇,小崔的眼泪热热地流淌在松明的脸上和嘴里,松明紧紧抱住她,唯恐一松手会失去。良久,他才抬起头,怜惜地撩了撩小崔前额的头发,说:"有我在,别怕! 相信我,一切都会好起来的。"

小崔点点头,无言,一滴晶莹的泪珠滚落在光洁的脸上。

(七)

早晨,林小崔从床上醒来,看着窗帘处已被阳光晕染了一层红光,知道时候已不早了。像往常一样,她从床上一跃而起,可谁知眼前一黑,一头栽倒在床上,浑身像散了架,一丝力气也没有,她摸摸头,滚烫,在发烧。

估计今天是去不了单位了,她拨通了李松明的电话,向李松明说明了情况,说自己感冒了,请两天假,好了再来上班。李松明一边嘱咐她去看医生,一边说你放心休息吧,这里有我。

重新躺在床上,小崖却怎么也睡不着了,看着清冷的房间,想着孤寂的自己,她的鼻头酸酸的。眼泪昨晚已经流干,她不会再掉眼泪。她想到了远在老家度暑假的女儿,想到了不成器的大伟,也想到了深爱自己的李松明。脑子昏昏沉沉,思维断断续续,突然,梦魇般的父亲不知从哪个角落钻了出来,吓得她一身冷汗,年少时的记忆原以为早已冰封,不料此刻却乘她虚弱之时全溜了出来………

父亲的形象在小崖的记忆中永远五大三粗,气吞山河,父亲走路昂头挺胸,声音像炸雷,脾气能点火,愤怒时会扯起母亲的长发打她,而母亲却依旧蓄着顺顺的长发,她穿着围裙或棉布衣服,做饭洗衣种菜地,被父亲养着,笑和哭都很淡,一副看透人生的木然表情。

在这样的家庭生活,小崖压抑得要爆炸,所以,十四岁那年,她主动提出到遥远的城市一所寄宿学校就读,远离了野蛮粗暴的父亲和软弱麻木的母亲。

小崖的眼光慢慢移到对面墙上挂着的照片上,那是大伟和她的婚纱照,背景是一片绿的很模糊的草坪,她穿着白色长裙,那白很柔和,可以跟天边的云朵无界线。大伟低头深情地看着她的眼睛,脸上流露出幸福的微笑,很英俊。而他们的左侧是半壁爬满青藤的墙,开满了一墙的蔷薇,璀璨醒目,那张照片上,她有着与花朵很相称的新鲜笑容。

那时候,她习惯走路时把自己的手放在大伟温暖的掌心里,习惯他走到无人的地方突然转身抱起自己在原地旋转起来,那一刻她感觉心失去了语言,只有风轻轻疾行的声音在耳边荡漾……那是一段多么美好的日子啊!可不知不觉,这日子过着过着就变味了,那个曾爱她如生命的大伟不见了,不见了!

小崖想着想着，一阵锥心的刺痛席卷过来，淹没了她所有的意识，侧过头，她又昏昏沉沉睡去了。也不知过了多久，当她再次醒来时，太阳已经西沉。她不吃不喝足足昏睡了一整天了。而当她想坐起来时，身子仍然瘫软无力，头，仍然锥心地痛，她蓦然想起李松明，要是他能在身边该多好啊！看看身边的电话，最终还是没勇气拨通。垂下头，继续昏昏睡去，头痛欲裂，心思像闪电，一生中，这一刻想的东西最密最无边际，思绪像个醉汉，东跌西撞，缥缈无痕。

夜色已经暗下来，小崖仍然感到身体深处的疲倦。不想吃东西，不想喝水，不想拧亮电灯，只想在黑暗中听自己略带鼻息的呼吸。突然，她头脑里莫名其妙地跳出了"大河恋"三个字，想到了那里面的一些只言片语：

"在自己面前，应该一直留有一个地方，独自留在那里。

然后去爱，不知道是什么，不知道是谁，不知道如何去爱，也不知道爱多久。

只是等待一次爱情，也许永远都跨不出这一步，然而，这种等待就是爱情本身！"

林小崖诧异，不清楚自己脑子里为什么会浮出这些书籍里的片段。她在黑暗中把自己的头发散开来，闻着它散发出来的清香，然后，把滚烫的脸藏在手心里，她想痛快淋漓地大哭一场，然而却没有那么大的能量，毕竟，她昏睡了一天又粒米未进。

（八）

两天，仅仅分别了两天，在李松明心里，仿佛已经过了很久很久，真有一日三秋之感。

当李松明楼上楼下奔前忙后地为林小崖办好住院手术后，已

小说天地

经快十点了,他对着躺在病床上的小崖说:"你先休息一会,小雨刚打电话过来说领导找我有事,我去去就来。"小崖虚弱地点点头,有气无力地说:"别告诉同事们我生病的事,大家都很忙。"松明点点头说:"放心吧!"

那条从人民广场到杂志社的路,他和小崖走过无数次,一面有阳光一面是阴凉。去年冬天,他们一起路过时,她突然笑盈盈地看着他说:"到对面去吧,那里有太阳。"她拉着他横穿过宽阔的马路和急驶的车流,那时候的小崖,一改平日的端庄典雅,变得不拘和为所欲为,像个淘气任性的大孩子。李松明从内心十分纵容和欣赏她这种突如其来的小任性,嘴上却说:"下不为例啊!这么多车辆多危险!"

生命是鱼,生活是水,而灵魂是鱼听到大海的声音,即使游不过去,也要奋力向前。在李松明的心里,林小崖就是那片蔚蓝色的大海,他要去感受海的宁静和温柔,领略它的惊涛骇浪,欣赏它的瑰丽美好。小崖有着邻家女孩的亲切和温暖,也有着莲花的高雅和脱俗,是一种非常明朗和充足的漂亮。看到她,能让人联想到海子的诗句:面朝大海,春暖花开!

走到一家料理店门口,李松明想到前不久他和她一起来用餐。当时,他们面前摆放着生鱼片和寿司,还有饮料,他们边吃边聊,聊往事,聊工作,聊文学,聊喜欢的音乐和话剧。他们聊得滔滔不绝眉飞色舞,忘了时间,忘了一切,彼此能够感觉到交谈的顺畅和投机、自由的呼吸以及心中的愉悦。

闲暇的夏日夜晚,他们有时会夹在拥挤的人群中,看亮起的灯花,他说:"一个人的生命中,第一次的爱情包括婚姻,往往都是无疾而终的,就像这风中打开的花朵,转瞬即逝。因为那时太年轻,根本就不懂什么是爱。"她看着他,眼睛明亮的像个孩子,顽皮地说:"如果一朵花永不凋谢地开下去,它还是花吗?"说完夸张地大笑起来,身上有种似有似无的兰草花香淡淡地弥漫在空气中,浪漫中透着神秘。这是李松明喜欢的香型,柔和而不失野性。

她的样子,偶尔肆无忌惮,更多的时候是知性的思考与倾听。李松明欣赏的正是这种谜一样的女人!

李松明目前真的没有奢侈地想到婚姻,他只想每天能够看到小崖,听到她的声音,分享着彼此内心的感受,哪怕是两人坐在一起,什么也不说,只是看看身边的风景也是一种满足。这样的日子,风里有花香,心里有甜蜜,他喜欢。

可没想到的是,大伟突然出事,小崖的心情也一落千丈。李松明知道,小崖是个爱面子的人,这种事对于她无疑是沉重的一击。

自那天夜里小崖对他说了大伟的事,这两天他也在设法打听和疏通,可酒后行凶打人致伤,不负法律责任是不可能的。按伤情,少说也得判个三年五年,何况,对方家人已起诉到法院了。

早起,他拨通了小崖的电话,问询一下感冒好些没有,然而听到那边传来的声音却令他大吃一惊,虚弱的话语断断续续,他一句也没听清,知道问题严重,放下电话,就直奔小崖家而来了。

他万万没想到的是,感冒两天的小崖,已然消瘦了一圈。他把她抱出了房间,她的脸色苍白,额头上都是冰冷的汗珠,她的身体在他手上,突然丧失了重量,就像一朵被抽干了水分和活力的花,失去了娇艳和妩媚,变得憔悴不堪。

他感觉自己的心似乎被掏空了,听不见心跳听不见呼吸,直到把小崖送往医院办好住院手续,这颗心才回到胸腔。

（九）

李松明前脚刚踏进办公室的门,就看见坐在一旁等候自己的

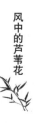

局长从椅子上弹了起来,远远地伸出双手与松明紧紧相握,并客气地递了一支烟给他。

自从承包之后,李松明与林小崖便有了自己的王国,整天驰骋在自己的疆域,呕心沥血,鞠躬尽瘁,有忙不完的事,几乎把领导忘到脑后,今天局长亲自来办公室找他,想必是有重要的事。

局长一边吞云吐雾一边笑眯眯地看着李松明说:"去年一年,你们干得很出色,给我们全局挣了荣誉争了光。市电视台准备搞个专访节目,面向全市直播,时间安排在下周五。"还没等李松明回答,他又接着说:"到时你和林小崖都去参加,重点是谈谈创办儿童刊物的经验体会。这个节目很重要,也算是为我们局打造名刊做宣传吧。"说完,拍拍李松明的肩膀,"老弟,好好准备吧,祝你成功!"然后摆摆手说,"我还有点事,不打扰了,你忙吧!"李松明什么也来不及说,只能机械地扬扬手,朝局长挥了挥手。

黄昏时分,李松明和林小崖坐在医院草坪边的长椅上看日落。西边天燃烧着火一样的晚霞,红彤彤的太阳被远山遮住了半个脸,近处的草地树木都沐浴在残阳的余晖里,橘红一片,美极了。小崖无力地将头靠在李松明的肩上,心事重重地说:"松明,今天都第三天了,我怎么还是浑身无力? 像爬了几天山似的累,连走路都不想迈步。"松明微笑着拉着她的手开玩笑说:"没关系的,去年一年超负荷工作积攒下来的累,这几天全钻出来捣蛋,医生一打针,它们就溃不成军全都投降了。"小崖温柔地笑笑,抬起头看他,夕阳射在她的眼睛里,有些刺痛,她低下头的时候感觉晕眩中温暖的眼泪,她屏住呼吸,不让它流下来。

小崖的病,不疼不痒,就是浑身疲惫乏力一直低烧,食欲不振。医生今天给她做了全面检查,说是等明天各项化验结果出来以后再对症下药。小崖心里一直忐忑不安,又不便跟李松明说出自己的担心,只觉得心里堵堵的,什么也吃不下,什么也不想吃。

松明特意给她熬了粥送来,用保温瓶盛着,让她夜里饿了吃。她点点头说好,一副很乖的样子,让松明心生怜惜,一把将她揽在怀里,心疼地说:"好好听话,多吃点,才有抵抗力,身体才能恢复,是不是?"小崖依偎在松明怀里,眼圈红红的,一个劲点头。松明爱怜地在她额头轻吻,本想沉湎一番,却发现小崖苍白的脸上露出了疲倦之色,只好扶她到床上躺下,细心地为她盖上薄丝被,把开水和保温瓶放在她伸手可及的床头柜上,做完这一切之后,才放心地俯下身子轻声耳语道:"你早点休息吧,我明天一早就过来。"

小崖睡在床上,身子不想动,似有千斤重,头脑却很轻,思绪轻得可以四处飘逸。她在心里默默地对李松明说:谢谢你!松明,谢谢你为我所做的一切。

在最美的年华里遇见你,一切便也值了。

此时的她,病中的她,自有一番忧伤情怀。想到那个春日的黄昏与他在斜阳下邂逅,觉得一切在风过之后变得那么奢侈。还记得那天自己的样子,披一方丝巾,回眸一笑间,惊动了年华。那一刻,时光已定格在那里。春日、蓝天、小径、夕阳,还有向晚的风。

(十)

一阵急促的电话铃声将李松明从睡梦中拽了出来,睁开蒙眬睡眼,他抓起了身边的电话,那边传来小雨清脆的声音:"领导,昨天快下班时接到通知,让你去北京参加儿童刊物研讨交流会,日程三天,今天上午 10 点半的飞机。机票我昨天晚上已预定。"

松明知道这个会议的重要性,这是业内名列前茅或极有前景的刊物才有资格参加的会议,也是业内人士梦寐以求想参加的全国性会议。毋庸置疑,这是打造名牌名刊的最好机会。一年一度,

机不可失。他镇定了几秒钟之后对着话筒那边的小雨说:"我知道了! 临走之前想拜托你一件事行吗?"小雨说:"领导尽管吩咐。"松明说:"林小崖生病住院了,家人不在身边,你去帮着找个护理人员,今天中午务必要到位,可以吗?""没问题,我马上就去办,领导放心!"

松明以最快的速度匆匆整理好衣物用品,他还要赶到医院去和小崖道别。在心里他希望能够与小崖一道去参加这个会议,她搞了十几年的儿童刊物,是真正的行家,以她的口才能力和多年积累的经验,若去参加会议,定能给单位和刊物加分。然而,很多事情都是事与愿违的,谁会想到她偏偏在这个节骨眼上生病呢?

来到医院,他给小崖买了早餐,可小崖还是什么也不想吃,看上去还是那么憔悴,虚弱,脸色蜡黄,毫无生气,像一朵颓败的花。松明坐在她床头,拥着她说:"小崖,我今天要去参加一个重要会议,时间三天,不能每天来陪你了。我已让小雨给你物色一个护工,中午就过来。"小崖用头抵着松明的下巴,点点头说:"你放心去吧,我没事!"

松明掰过小崖的脸,看着她的眼睛说:"你答应我,听医生的话,好好治疗,等我回来。"然后低头吻她的眼睛,小崖的眼睛湿润润的,她自己也不知是怎么了,一贯坚强自信的自己,怎么这几天变得如此消沉脆弱,心酸落寞时时涌上心头。她从内心真的不想松明离开,可更不想拖他的后腿。男人的第一生命是事业,松明正值事业发达兴旺时期,她怎忍心拖累他呢?

此刻,她想亲吻他,想紧紧地拥抱他,告诉他她爱他,她在苍凉的路途中流浪了一千年,追寻着他前世隐约的誓言。她担心自己艰难地拨开人群挤到他面前,一转身,他却不见了。

她反身紧紧地依着松明,用冰凉的手抚摸着松明的脸、眼睛、头发,一股惜别之情涌到心尖,让她昏眩。松明捧起她冰凉的手,放在自己手心捂着,与他心爱的女人脸贴脸依偎着,心里也塞满了一腔离情别绪。他多想就这样永远待下去,永远不分离。

然而,时间是不惜人情的,一晃,时钟已滑向九点,该起程了。松明轻轻放下小崖的手,从床边站了起来,摸摸小崖的头温柔地对她说:"时间到了,我该走了,小雨很快就会带护工过来的。"小崖也站了起来,说:"我送送你。"可刚站起来就感到一阵心慌,她稳了稳神,向前迈了几步,走到病房门口,松明坚决不让她送了,反身准备把门带上,不料小崖一把在身后紧紧地抱住了他。良久,才慢慢松开,微笑着说:"你走吧,放心,我很快会好起来的。"松明送上一个热吻,扭头离开了病房。这一刻,他觉得自己的心里好像缠满了丝线,细韧而混乱。

登机的时候,太阳的强烈让他眯缝着双眼,他终于想起,墨镜忘了带。

飞机,像一艘巨大的航船,明亮的机舱,空姐悦耳的声音,舱外翻滚的流云,李松明都无心关注。他的眼里心里全是林小崖的影子,想念她,想念她的苍白,想念她的眼神,想念她的微笑,想念她冰凉的手指像蝴蝶翅膀般在他脸上飞掠的瞬间。

也许,只有在飞机突然脱离大地的时候,他的灵魂才回到了体内。那一刻,他是他自己的,他屏住呼吸,倾听飞机在跑道上加速的呼啸,然后,在全力的疾驶中,突然跃上天空,那种突然脱离大地的一刹那,他的心感到一阵疼痛。

(十一)

医生开始给林小崖治疗,打吊水,大把地给她吃药,态度分外和蔼,说话温和可亲,这让小崖十分感动。心情一好,似乎病情也

好了大半,不仅感到身上有了劲,吃饭也香了

她在给李松明的信息中说:松明,用了两天的药,感觉自己好多了,估计再住两天就可以出院了,医生护士都对我分外关照,心里很安慰。松明高兴地回复:太好了,小崖,我好想你,恨不能马上见到你。小崖回说:我也是。

松明此时刚走出了会议室,便迫不及待地拨通了小崖的手机,兴奋地说:"小崖,我后天晚上十一点的飞机,两小时的航程,一到家我就直接去医院看你。"小崖笑:"十一点的飞机,到家已是凌晨一点多了,我正在做梦呢,你还来医院干啥?"松明说:"想见你,简直有点迫不及待了,好! 那就第二天去。"小崖说:"也许后天我已经出院了!"

后天就可以见到松明了,身体也有了好转,入院以来,小崖第一次哼起了歌。她一边轻声唱,一边往医办室走,想问问自己哪天可以出院。正走着,突然听见值班医生说:"真可怜,这么年轻就得了这种病。"另一个说:"她自己还不知道,没敢告诉她,等她爱人来了再说。"她听出了是给自己治病的主治医生和另一个医生在谈话,心里不禁一紧,心随之砰砰乱跳起来。

她站在门口进退两难,正踌躇间,听见里面在问:"谁在门口啊?"她没回答,轻轻地推开了值班室的门。两个医生一看是她,面面相觑,一时语塞,不知说什么好。见状,小崖已明白了八九分,她勉强牵动了一下唇角,惨白了一张脸问主治医生说:"医生,我能知道自己得了什么病吗?"医生说:"等你爱人来了再说吧,你现在回去休息。"小崖说:"我没有爱人,有什么就直接对我说吧。"医生诧异:"上次送你来医院的那位不是你爱人?"小崖摇摇头:"是同事。"

小崖从医务室出来,心里一阵绞痛,头昏目眩,几乎晕了过去,是两个医生搀扶着把她送回病房的。她感觉自己的心已经快停止跳动,仿佛有人把她从山顶一下推入了万丈深渊。无边的恐怖和黑暗将她紧紧包裹,她想喊,没有声音,她想抓住什么,手中空无一物,直线下坠的感觉几乎让她失控。她抓住医生的手问道:"搞错了吧? 我身体一直很好,是不是误诊了呢?"医生知道她承受不了如此大的致命一击,让护士注射了一针镇静剂,然后和蔼地对她说:"你要坚强,很多像你这样的病人,只要积极配合治疗,效果还是很好的。"林小崖失望地点点头,艰难地扯出一丝笑,里面含满了无奈的心酸和沧桑的悲凉。"肝功能衰竭?"她死也想不通,好端端的一个人,怎么一眨眼就肝功能衰竭了呢?

躺在床上,她的思绪慢慢平静下来,既然医院已经确诊了,又何必怀疑它的正确性呢? 倒是哀叹自己的命运如此悲苦,刚刚在工作上有了起色,感情上有了寄托,突然就患上了不治之症。命运之神跟她开了一个天大的玩笑,她的风姿绰约,她的聪明伶俐,以及她年轻的生命,都将在很短的时间内随风而去,不留踪迹。她用双手捂住眼睛,不敢再往下想,眼泪,顺着手指滴落在枕头上,湿了一大片。

早晨,当太阳还没出的时候,她做出了一个连自己也不敢相信的决定:离开! 离开医院,离开这座城市,离开她心爱的李松明!

她让护士拿来纸笔,她要写信,给李松明写信。

"松明你好:

当你看到这封信的时候,我已经离开了,对不起,请原谅我的不辞而别。

徐志摩说:一生至少有一次,为了某个人而忘了自己,不求结果,不求同行,不求曾经拥有,只求在我最美的年华里,遇到你……我想,我很幸运,在我最美的年华里遇到了你,本想我们之间会携手共创未来,顺理成章地走入婚姻的殿堂。然而,天不容我,奈何?

　　松明，聚散离合，总有命数安排，也许我们认识的时间和地点不对。有些人很相爱，可命运会使出浑身解数让他们分开，也许我们今生今世是有缘无分的一对，尽管我们从内心并不甘心。

　　天若有情天亦老，更何况是人？我爱你！松明！在我短短的一生里，有幸遇到你，是我的幸运，即便死了，也会含笑九泉。我知道，有你的日子里，年华没有虚度。

　　三毛说，如果有来生，要做一棵树，站成永恒，没有悲伤的姿势。一半在尘土里安详，一半在空中飞扬，一半洒落阴凉，一半沐浴阳光，非常静默非常骄傲，从不依靠从不寻找。松明，这一生中，你是我心灵的依靠和寻找。爱你，思念你，关心你，心疼你，事事牵神挂心，做人太累！如果有来生，我也想做一棵树，就像我电脑里画的那棵悬崖上的青梅树。再或者，百年以后，你也来，做一棵松树，和我站在一起，我们生生世世永不分离，相依相伴到天荒地老。

　　松明，我走了！原谅我的自私，我要在你的记忆里，留下明媚的一页。至于我，你放心，在你那里我已感受到了深情和宠爱，知足了。

　　我们即将踏上不同的旅途，你的前景一片辉煌，而我却一片黯淡。这让我想到一条宽阔的河流，你是我在一条河边走的时候，听到的歌声，来自对岸，我心向往，可却没有摆渡的船。

　　因为爱你，所以离开！忘了我吧！亲爱的松明。

永远爱你的小崖
书于某年某月某日"

（十二）

　　登机的时候，浓浓的夜色弥漫了整个机场，停靠在一旁的客机，整排窗口灯火通明。李松明把行李放在舱上，然后坐在靠窗的

302

座位,飞机起飞了,他把头靠在窗边,看着下面的万家灯火,疲惫地闭上了眼睛。

从昨天开始,小崖的手机已经停机,至现在已有二十多小时没联络了,这在他们相恋的历史上是绝无仅有的。他打电话问过小雨,小雨回说这两天太忙,抽不出时间去医院探视。松明想让她去看看,最终还是没能说出口,毕竟,他和小崖都不在,单位大大小小的一摊子事都需要小雨他们处理,忙是肯定的。

此时,飞机正在平稳飞行,里面的灯光暗了下来,很柔和,外面漆黑一片,看不见云层,也看不见灯光,只有无边的黑暗。也许,正在海面上飞行。

松明重新闭上眼睛,倦意渐渐袭来。

当他醒来的时候,飞机已平稳着陆,舱内柔和的光线又一次变得灯火通明。他解开安全带,拿好行李,随着人流,走下了悬梯。

在机场出口处,松明足足驻足了半小时之久,他惦着脚尖左顾右盼,希望突然看见那个梦魂牵绕的熟悉身影向他飞奔而来,然后,一路喋喋不休地向他倾诉这几天对他的思念。可是,当一大批来接机的人都陆续离开后,他的林小崖始终没出现。

李松明沉不住气了,又一次拿起手机拨打林小崖的手机,对面传来机械的录音:你所拨打的电话已关机。李松明失望地摇摇头,疾走几步,消失在霓虹闪烁的人流中。

第二天一早,李松明捧着一大束鲜花来到医院,都是小崖平时喜欢的花,百合、薰衣草、勿忘我、康乃馨、红掌以及兰花。当他兴致勃勃地推开病房的门时,让他大吃一惊,室内空无一人,墙壁的挂钩上,没有了林小崖的外套,床头柜上的饭盒水瓶杂物也被清理一空,被子被叠得整齐方正。松明愣住了,难道小崖出院了?那为什么昨晚没去接机呢?他急急忙忙向医务室奔去。

询问的结果,如晴天霹雳,李松明差一点栽倒,手上的花,撒落一地的美丽。他靠在椅背上艰难地问医生:"她还能活多久?"医生说:"这种病死亡率很高,用大量激素,可引起各种并发症,最长不超过一年。"李松明什么也没说,拿着林小崖临走时留给他的信,跌跌撞撞地来到医院门口。突如其来的变故,令他无法呼吸,他被自己心底深处的伤痛摧毁得无法言语,整个人成了行尸走肉。

林小崖,这个值得他深爱一生的女人,就这样突然在他的生活中悄无声息地消失了,像水滴一样蒸发了。李松明看着他的信,心如刀割,痛不欲生。心里一千遍一万遍地呼唤着她的名字,自言自语地对她说:你这个傻女人,为什么要离开呢?我会一直陪伴在你身边的,我会让你在我的怀抱里慢慢地闭上眼睛,送你走完人生的最后一程,然后,把你的骨灰放在家里,一直守护你到老到死,来生,我们变成两棵不离不弃的树,生生世世在一起,永不分离。

他想念她,如饥似渴地想念,想念她明亮的眼睛和蔷薇花瓣似的嘴唇,想念她散发着兰草清香的秀发,想念她温柔的笑容和偶尔调皮的神情,想念她充满活力的工作状态,想念上周末他们一起看过的那场陈旧的电影和街头飘落的雨丝……

生命是一座恢宏华丽的城堡,轻轻一触,如尘灰般溃散。他的林小崖,如尘埃般消失了。

凌晨四点,东方已泛出了些微的鱼肚白,李松明扔掉了最后一个烟头,深吸一口气,做出了一个惊天的决定,他要辞职,他要去寻找林小崖。医生不是说还有一年的时间吗?他要在一年的时间里,寻找林小崖的下落,无论结果如何,他要尽自己最大的努力。

做出了这一决定,他的晕眩感渐渐消失,只要有希望,就会有生机。他不想开灯,默默地在黑暗中打开电脑,却感到自己的手指一点一点地冰冷下来。盛夏的天气,浑身冷得像筛糠,他颤抖着点开文件夹,这是以 qm 命名的文件——青梅的缩写。里面全是小崖发来的邮件,每次,他都将它复制到这里,细心地珍藏起来。

一年多以来,小崖的信件太多太多,他开始阅读它们,一字字一行行一封封,这些优美的文字,曾经在很多个隐约的夜晚,让他沉醉,让他迷离而不可自拔。他读着它们,从第一封直到最后一封,眼前多次浮现出林小崖的倩影,他明知是幻觉,却真心想去拥抱她。他在心里对小崖说:亲爱的,我会追随你到天涯海角,在临走之前,让我最后一次亲吻你的文字。把它们刻在心上。

看完了,他闭上眼睛,用心的光盘刻录下她所有的文字。然后,轻轻地按住了全选,选择了 Delect(删除),一瞬间,所有的符号和文字都不翼而飞,屏幕上只剩下一片白雪茫茫的空白。

原来一切都是曾经有过的。

原来一切都是空白。

李松明做完这一切,窗外已隐隐透出黎明的曙光,对着这个他生活了 22 年的城市,他似乎没什么留恋。那些喝白开水、西装革履、挤公车的简单生活,似乎已经无法承担起李松明的记忆。

他要点燃心中的火炬,去照亮林小崖脚下的路。

相思渺无畔

——著名画家丁绍光的爱情故事

以下这个凄美的爱情故事,是上次去云南旅游时听导游小姐说的,当时,整个车厢的乘客都为之动容。我也被他们忠贞不渝的爱情深深打动,现将它整理出来,献给大家。

第一章　情定版纳

(一)

二十岁那年,丁绍光被下放到云南的西双版纳。这片辽阔的红土高原,到处是亚热带森林,山峦秀丽,飞瀑奔流。这里居住着25个少数民族。

丁绍光很快就爱上了这片美丽富饶的红土地。酷爱画画的他,劳动之余,就背着画板出去画画,画这里的山、这里的水、这里的人。在他眼里,这里的少数民族民风淳朴,服饰风俗有别,他们的生活就像民族舞蹈一样丰富多彩,鲜明多姿,处处流露着优雅和纯真。

一天,放工后,绍光拿着画板来到村东头的小山坡写生,突然觉得眼前一亮,只见离此不远处的池水里一个少女正在沐浴。(这里的傣族女人都在河水或池水里沐浴),齐腰的长发瀑布般从头顶流泻到腰际,一缕夕阳辉映在她那光滑细腻的皮肤上,把脸庞照得绯红……好一幅《美人出浴图》。绍光呆呆地站在那里,怀疑自己是否碰上了仙女,传说中的仙女会在凡间找个幽静处沐浴的,不承想被自己撞上了。他下意识地拿起画笔,刷刷刷地画起来,他要用画笔留下这似梦似幻的一幕……

当他收起画架准备下山时,突然听见小径上有人喊:"喂!谁允许你画的?"绍光回头一看,正是那刚刚沐浴的少女。只见她亭亭玉立,一头秀发被梳理得侧向一边,穿着傣族筒裙,超凡脱俗。绍光见她问自己,窘得一句话也说不出,就像做贼被人当场抓住。少女见状指着他手中的画说:"你走吧,把画留下。"绍光看着自己一挥而就的作品,栩栩如生,那上面的少女美轮美奂,真的如仙女出浴。绍光实在舍不得,可看到走到眼前的少女嗔怒的样子也觉理亏,毕竟自己是偷着画的。无奈之下只好把画给了她。

少女拿了画也没再追究,很快便消失在山坡的后面……

(二)

这天是赶集的日子,一早,人们从四面八方汇集到这里。集市上拥挤着熙熙攘攘的人群,村村寨寨的山民把值钱的货物都拿出来挑到市场上交易,市面上一片繁荣景象。

"傣家有女初长成,豆蔻梢头二月初。"傣族的习俗是姑娘到了该找对象的年龄,就在赶集的这天把烧好的老母鸡带到集市上,标志着自己可以自由地选择郎君了。聪明的小伙子如果有意就可以上前搭讪,姑娘若是相中了,那盆老母鸡就是小伙子的口中之食了。吃了鸡,一段姻缘也就算定下了。

话说这天逢集日,绍光吃过早饭闲着没事,也想到集市上转转,看看有没有自己需要买的东西。

他一边走一边瞧,东张张西望望,突然觉得眼前闪出一个熟悉的身影,定睛一看,不是别人,正是那次画的《美人出浴图》的画中人。而此时的她正望着这边微微的浅笑呢,绍光的脑子里立刻浮现出那个新丽的夏日黄昏,平静的水面上铺满了漫天的晚霞,一个美丽的少女半裸着胴体露出水面,秀发瀑布般流泻下来……想到这里,绍光鼓起勇气走到她身边问道:"还认识我吗?"姑娘红着脸

说:"认识,你也来赶集吗?"

"嗯,没事来转转。"

"哦。"

"你身边的鸡是卖的吧?"绍光用手指着她身边的鸡问。

"不卖,要饿了你就吃吧!"

绍光听她这么一说,又闻着罐子里飘出的阵阵香味,还真的感觉有点饿,开玩笑说:"我可真吃了?"

"吃吧。"姑娘说着拿出一把小椅子让他坐着吃。绍光见状也没再客气,坐下就吃起来。姑娘见他吃的香喷喷的样子,心里可高兴了,忽闪忽闪着大眼睛看着他,绍光被瞧得不好意思,红着脸说:"你也吃吧,我一人吃不完。""好哇!"姑娘脆生生地答道。

他俩旁若无人地在街上吃着聊着笑着闹着,开心极了。鸡吃完了,姑娘说:"天还早,我们到前面小树林里去玩玩吧?"绍光顺着她手指的方向看去,离此不远处确实有片小树林,那里一片翠绿,远比这熙熙攘攘的集市上安静,高兴地应道:"好啊,我们去那里。"

到了小树林,姑娘自我介绍说:"我的名字叫玉汉,是傣族的,你呢,叫什么名字?"绍光说:"丁绍光,是这里的下放知青。家在陕西固城。"各自介绍之后,玉汉便把傣族的订婚习俗对绍光说了,并说:"自上次见到你,心里一直忘不了,今天你吃了我的鸡,就等于和我有了婚约,对此你有什么想法?"绍光一听顿时愣住了,天啦!原来这鸡是不能随便吃的? 他哪里懂得这里面的玄机? 憋得脸通红站在那里不知所措。玉汉见状,明亮的眸子在浓密的睫毛下闪烁着,充满了柔情,秀美的脸庞被树梢上透进来的阳光映衬得光彩照人。绍光看着她那娉婷婉约的风姿,娇艳俏丽的容颜顿生怜惜。其实,他心里知道,从上次画她的时候起,他心里就暗暗地喜欢上了她。"窈窕淑女,君子好逑。"如此温婉美貌的女子就在眼前,我又舍她而求谁呢？

绍光不想隐藏自己的感情，听从了自己内心的声音，诚恳地对玉汉说："我也喜欢你，既然吃了你的鸡，我会按照傣族的风俗对你负责的。"玉汉听后，一颗悬着的心放下了，两颗年轻的心紧紧地碰撞在一起，擦出了熠熠生辉的爱情火花。

（三）

有了爱情的滋润，绍光单调枯燥的知青生活变得丰富多彩起来。在那段甜蜜的时光里，他年轻的激情里燃烧着灵感的火花。在劳作之余他画了大量的白描，渐渐形成了自己的风格。

世上没有不透风的墙，玉汉的父母很快就知道了女儿和下放知青恋爱的事。玉汉在家是独生女，被父母视为掌上明珠，从小到大从没让她受过委屈。如今女儿爱上了城里来的知青，那还有好结果？到时他招工返城了，玉汉怎么办？

父母为了对女儿一生负责，怕她受伤害，坚决反对玉汉和绍光来往。

玉汉知道父母的用心良苦，怕自己遭抛弃，但已经着了爱情的魔，无论如何也要坚持与绍光来往。父母无奈只好采取强硬措施，将玉汉锁在家里不许出门。绍光知道此事后，急得坐立不安，他知道玉汉性格倔强，是不可能屈从父母的，他更知道玉汉对自己的爱有多深。情急之下他也顾不了许多，为了玉汉，他只好硬着头皮往玉汉家里闯。

到了玉汉家他向二老保证，今后无论走到哪里都不会辜负玉汉，即便是返城也会娶她的。二老听了绍光的表白，知道也拗不过女儿，再看看绍光长得也是一表人才，只好顺水推舟勉强同意了，但要绍光一定要记住自己的承诺，不可委屈玉汉。

在爱情婚姻上，父母与子女之间的斗争，赢家永远是子女，玉

汉当然也不例外。父母当即解禁了女儿,两个年轻人紧紧地相拥在一起,像经历了生离死别。玉汉伏在绍光的肩上委屈地放声大哭,绍光的眼睛也湿润了,小声附在她耳边温存地说:"没事了,你父母同意我们交往了,放心吧,我会爱你一辈子。"玉汉听绍光说父母同意了,破涕为笑。为了与心爱的人在一起,她在与父母的较量中取得了决定性的胜利。

为了缩短与绍光之间的距离,玉汉让绍光教她识字,日积月累也能看懂报纸和信件了。这让绍光很高兴,他越来越爱玉汉了,她不仅人长得漂亮,心地善良,勤劳智慧,对自己一往情深,更可贵的是她有一颗上进的心。

有时,吃过晚饭,他俩一起爬上村东头的小山坡,坐在山冈上看月亮。满天的星星眨着眼睛注视着他们,这一对心爱的人儿相依相偎在一起,情意绵绵,说着永远说不完的悄悄话……

有了绍光爱情的滋润,玉汉越发出落得楚楚动人。有了玉汉的爱恋,绍光的生活充满了明媚的阳光。这对甜蜜的爱人,迎来了多少羡慕的目光? 引来了多少人的嫉妒?

寒来暑往,恋爱中的日子过得像飞。一转眼,绍光被下放已有三年了。这天,老支书拿来一张招生表格让绍光填,说公社推荐他去考大学。绍光听了高兴地蹦了个高,他梦寐以求的就是考美术学院,这下终于机会来了。填完表,他一口气跑到玉汉家,把这一喜讯告诉了玉汉。玉汉听后高兴地笑着,眼里却含满了泪水,她心里清楚,绍光这只鸟,迟早总会冲天一飞的,只是不知道时间来得这样快。

三年来,两人形影不离,好得像一个人,眼看就要分开了,心里真是受不了。绍光见她这样,想着要离开心上人心里也很难过,一把将玉汉揽入怀中,深情地吻着她说:"玉汉,你要是不同意,我可以不去考大学,永远留在你身边。""不,你应该去,那才是你该去的地方。"玉汉急切地说。绍光说:"放心吧,无论我走多远都会回来娶你的。"玉汉点点头:"我会等着你回来。"接着又说,"从现在起,你什么事也别做,一切由我来安排,你一心一意复习考大学就行了,争取考上,奔自己的前程。"看着玉汉如此通情达理,绍光感动得一句话说不出,只是紧紧地抱着她不肯松手,生怕一松手她就会飞走似的。心里更加坚定了决心,如此深明大义的姑娘哪里去寻?我丁绍光今生今世能遇上这样的好姑娘是我的福气呵。

(四)

复习,考试,等待,时间在焦躁不安中一分一秒地过去。终于在一个风和日丽的午后,盼来了录取通知书——北京中央工艺美术学院的录取通知书。绍光从小就酷爱画画,多年一直坚持不懈,今天终于梦想成真,实现了自己的心愿。

晚上,他约玉汉到他们第一次幽会的小树林,兴奋地拿出录取通知书给她看,让心上人与他一起分享此刻的快乐。玉汉捧着通知书,深情地凝视着绍光喃喃地说:"绍光,这不是做梦吧?"绍光拥着她笑着说:"这不是梦,是真的,我要上大学了。"玉汉双手搂住绍光说:"我早就知道你会考取的,你的画那么好,就连专业的也不会有你画得好,我只希望你不要忘了我们的婚约。这一生我只爱你一个人,无论你走多远,我的心永远跟随着你,至死不渝。"

绍光见玉汉眼里泪光闪闪,说着说着已泣不成声,一股暖流涌遍全身,捧起玉汉美丽的脸,望着天上高悬的明月说:"玉汉,我对着月亮发誓,今生今世我丁绍光非你不娶。哪怕走到天涯海角,我也要回到你身边,娶你为妻。"说完,两人相拥而泣,难舍难分。玉汉从颈上摘下一块贴身佩戴的翡翠玉观音,郑重地递到绍光手心里说:"这块翡翠观音是我妈妈给我的护身符,是我们家的传家宝。

311

它能够驱邪避灾.逢凶化吉,今天,我把它送给你,就算是我的定情物,让它保你平安。"绍光觉得这份礼太重太重,简直重得他承载不起,正在他犹豫不定时玉汉拿过玉佩戴在了绍光的颈上,凄凄地说:"今后你看见它就像看见我一样,我们两人永不分离。"

绍光翻遍了全身也找不出像样的东西送给玉汉,最后从上衣口袋里抽出钢笔,这支笔是读高中时爸爸从美国寄回来送给他的,已经陪伴他六七年了。他把这支笔交到玉汉手里,说:"这支笔是我最最心爱的钢笔,今天把它送给你,到时候你用它给我写信。""好!"玉汉高兴地收下了,并用随身带的红丝线在笔管上一圈一圈地绕起来,然后在笔冒处打个暗扣,留一截线头把笔挂在胸前,也像带玉佩一样贴身挂着。

第二章　放飞理想

很快,一眨眼的工夫,开学的时间到了。这天,一大早,寨子里鞭炮齐鸣,锣鼓喧天,男女老少都站在路口欢送绍光。玉汉泪眼婆娑地站在人群中向绍光挥手告别,绍光挤进人群拉着她的手说:"等着我回来!"玉汉双眼红肿早已泣不成声,紧紧地抓住他的手不放,一个劲地点头。

新学期开始了,绍光对新生活充满了渴望。他像一块海绵,在这所学校里拼命地汲取着营养。他的绘画功底好,有天赋,画出来的画又独具匠心,富有名族特色,很快就得到教授专家的赏识,成了专业上的佼佼者。

在紧张的学习之余,他就给远方的玉汉写信,写他的学习,写他的生活,写他的思念……一封封信件像雪花般从北京飞往大西南,飞往云南的大山里——西双版纳。可是每封信都如石沉大海,没有一点回音,得不到玉汉的只言片语,绍光的心在思念中备受煎熬。

半年过去了,假期中学校又要组织到外地采风,毫无办法,绍光只有把思念埋在心底,想玉汉了就拿出翡翠观音,遥祝远方的玉汉一切平安。

日月如梭,光阴似箭。一年一度,转眼间四年过去了,绍光毕业后要求回到云南,被分配到云南艺术学院美术系任教。

谁曾想他刚刚千里迢迢的赶到云南,却接到了来自美国的一份加急电报,电文是:"父病危,速来美国。"也许世上的事都是老天注定的,尤其是姻缘离合。就在绍光欣喜于很快就能见到朝思暮想的玉汉时,来自美利坚的一份电报使他不得不改变计划,为了能见父亲最后一面,他只好决定先去美国看望病重的父亲。

第三章　漂泊海外

绍光来到美国,父亲已奄奄一息,交代了身后事,老人便撒手人寰了。

初来乍到的他,在美国人生地不熟,多亏了父亲生前好友陈先生的帮忙,才得以将父亲的后事料理好。

绍光在美国小住了一段,处理好了父亲生前的公司财产和身后的各项事宜,准备回国。可不幸的是,中国开始了轰轰烈烈的无产阶级"文化大革命运动",绍光不得不滞留在美国。他的回国梦破灭了,对祖国对玉汉的一腔思念之情被搁浅了。他痛苦,彷徨,失落……这种有家不能归、有情人不能相见的日子让他度日如年。

他每日把自己关在家里,没事就拿起画笔,画!画!画!画美丽的云南,画他心中美丽的姑娘。他用绘画来抒发内心的思念,来排解心中的郁闷……好心的陈叔叔见他日渐憔悴,很是心疼,经常喊他到家里吃饭,做中国菜给他吃,并劝他别着急,把眼光放远些,

好男儿志在四方,只要努力哪里都有用武之地。要他重整旗鼓在美国干一番事业,不要辜负父亲对他寄予的厚望。

面对现实,绍光别无选择,只能硬着头皮往前冲。他拿起画笔认真作画,画着画着,玉汉的影子总在眼前晃动:她那迷人的身姿,俏丽的脸庞,柔美的秀发,馨香的气息……他的每一幅画中都有玉汉的影子,玉汉已深入他的灵魂,植根于他的心里了。爱让他不能自拔,爱又赋予他前所未有的灵感。一幅又一幅富有民族特色的重彩画从他的笔下诞生。

这天,陈先生兴冲冲地来到他的画室,告诉他一个特大喜讯,说美国一家公司要承办一次规模很大的画展,展出的大多是一些名画家的优秀作品,让绍光也选几张拿去试试。

画展开始了,展厅里人山人海,画廊里都是一些有一定成就的画家作品,绍光的画被放在一个最不起眼的角落里。这并不奇怪,因为他与那些大师相比,还是个一文不名的青年绘画者。

可事情往往出人意料,画展结束后,暴出了一个天大的新闻:丁绍光的三幅中国画最早被卖出,而且售价最高。人们被画中那诱人的高原风光和富有灵性的人物素描而倾倒。各大媒体竞相报道,一时间,丁绍光成了美国画坛的大红人。

在这次画展上的成功,不仅使他一夜之间成了名人,也为他日后的成功之路奠定了坚实的基础。

绍光的作品中,渐渐融入了西方现代艺术的特色,他努力把东方的古典艺术和西方的现代艺术相结合,形成了独有的个性特色。他的大型壁画《美丽、富饶、神奇的西双版纳》献给了北京人民大会堂。之后他又到美国加州大学洛杉矶分校艺术系任教。

(五)

绍光来美国十几年了,在事业上有了一定的成就,可终身大事却迟迟没有解决,这事成了陈先生的心病。陈先生的女儿与绍光同岁,也毕业于洛杉矶艺术系,人长得很漂亮,性格又温柔,看得出来,女儿很喜欢绍光。陈先生看着两个年轻人已是年逾三十的人了,始终相处得不温不火,实在憋不住了,只好亲自出马挑明了此事,捅破了这层窗户纸。

其实,绍光何等聪明,他当然知道陈先生的千金对自己有意,也知道陈小姐的人品学识没得挑,要不是因为玉汉的缘故他也许会爱上她。可是,玉汉怎么办?他可是有过承诺的呀!没办法,情急之下,他只好对陈先生合盘脱出自己的苦衷。陈先生听后很是感动,更加认准了他,这样一个重情重意的人,女儿若能嫁他真是一生的福气。

在陈先生的竭力撮合下,绍光与陈小姐终于走进了婚姻的殿堂。婚后,两人相敬如宾,和睦相处,没有燃烧的爱情,没有甜蜜的情话,平淡地过着日复一日的时光。婚后第二年,他们有了心爱的女儿,绍光的心里有了一丝安慰。

太太温文尔雅,温婉娴静,对丈夫一往情深,这些绍光都明白,可每当与之亲密时总是有点心不在焉……太太知道他心里还藏着另外一个女人,但从不说穿,总想以自己的温情感化他。

每当看到绍光站在窗前遥望着远方发呆,她就知道他又在思念故土故人了,不声不响地沏上一杯热茶递到他手中,以冲淡他的思乡之情。每当看到绍光拿出随身佩戴的翡翠玉观音在手心抚摸时,她就会知趣地走开,给他一个空间,绝不打扰他那时的心境……绍光知道自己欠妻子的太多太多,妻子是天下难得的好女人,他告诫自己要对她好一些,再好一些。

90 年代末的一天,在法国留学的女儿打来电话,说第二天上午回美国,让爸爸妈妈去机场接机。夫妻俩都很高兴,出国四年的女

儿明天终于可以相见了。

第二天一早,妻子到公司处理事务,说是办完事打电话让绍光开车到公司去接她一道去机场,绍光说:"行,到时我去接你,我们一起去机场。"

九点半,妻子打来电话,让绍光去她单位。他冲完澡穿戴整齐来到车库,开着高级轿车向妻子单位驶去,可开着开着好像有点不对劲,心里有一丝不安,好像有什么东西落在家里没拿,左右看看没有落下什么,怪怪的,心里很惶惑。想来想去终于发现玉汉送的玉佩在冲澡时摘下忘了戴,这块玉可从来没离开过他呀,正准备掉回车头回家取,不料妻子这时又打来电话,问他到哪里了,她在楼下等他。没办法,他只好告诉妻子:"车子很快就到!"

接到妻子后,两人坐在车上,一路上说了很多话,似乎把结婚这么多年没说的话都弥补了。女儿要回来了,两人心情都前所未有地好。侧望副驾驶座位上的妻子,穿一袭米色风衣,保养极好的皮肤细腻光滑,齐耳的短发被风微微扬起,看上去显得神采奕奕。丁绍光打量着妻子,发现她是这样美丽,笑容是这样亲切。结婚二十多年了,由于自己总是放不下初恋情人,忽视了妻子的诸多好处。想到此,心里顿生一丝歉意,暗暗发誓:今生已经对不起玉汉了,再也不能辜负妻子了。她们都是他生命中最好最好的女人,女儿回家后,一定要好好珍惜家庭。正想着,妻子突然轻声说:"绍光,把车停一下,我想喝水,下车去买瓶饮料。""好。"绍光边答边把车停下。

他下车对坐在车里的妻子笑笑说:"你等着,我到对面去买。"他穿过公路走到一家商店,正准备买水,突然听见身后传来一声巨响,猛回头,只见一辆货车撞在了自家的红色小轿车上,惨案发生在一瞬间,丁绍光只觉得头"轰"的一下,便什么都不知道了。

当他从昏迷中醒过来,看见女儿痛哭不止,妻子已去了另一个世界。

绍光接受不了这一打击,女儿更是责怪他没能好好保护妈妈,说他平时对妈妈太不关心。女儿哭着说:"妈妈这么优秀的女人嫁给你真是亏了她,一生都不幸福,你心里一直装着另外一个女人,从来都没珍惜过她。"

女儿一针见血的话,深深地刺痛了绍光,他愧疚,后悔,悲痛欲绝。可是世界上从来就没有后悔的药。

办完丧事,女儿提出要回法国定居,离开这片伤心地,她无法原谅父亲对母亲的半心半意。一切都不可挽回,丁绍光更无回天之术,只能眼睁睁地看着女儿弃自己而去。

之后,他一个人在美国度日如年地生活了六年,背负着失去亲人的痛苦。他常常一个人的时候,拿出玉汉送给他的翡翠观音,对着他诉说衷肠。他相信这块玉真的能给他带来平安,真的能够避凶驱邪,他后悔妻子出事那次没能把他戴在身上。他真的好后悔呵,为什么从不离身的玉佩那次就忘了戴?难道冥冥之中真的有天意?又想,妻子已到了天国,玉汉现在是否还活着?要是还活着也该有六十多了,她过得好吗?

(六)

也许是心有灵犀,出国几年的女儿又从法国回到了他身边,在外面经历的事情多了,人也渐渐成熟了,她慢慢理解了爸爸,原谅了爸爸。她对日渐苍老的父亲说:"爸爸,这么多年,你一直有个心愿就是回中国、回云南。这次,女儿就圆了你的梦,陪你到中国去寻找玉汉阿姨,你已经对不起妈妈了,若能在余生找到玉汉阿姨,你还可以补偿她,为自己赎罪。"丁绍光觉得女儿说得在理,自己一生中欠两个女人的太多,在国外漂泊了这么多年,如果能在华发之

年回到梦魂牵绕的云南,回到玉汉身边,哪怕是看她一眼,也算是一件幸事。

旅美画家丁绍光回到云南,受到政府部门的热烈欢迎。丁绍光的名字上了各大报刊的头版头条,有专人专车陪他游览云南的名胜。云南翻天覆地的变化让绍光大受震撼,感叹中国改革开放以来的巨大成果。住了几天,他再也按捺不住自己的心,提出到当年下放的地方——西双版纳去看看。

来到日思夜想的西双版纳,触摸到这片高原的红土地,看到沿途扑入眼帘的如画风光,他仿佛又回到了四十年前。弹指一挥间,如今的他已是一位苍苍老者,来不及拍打满身的仆仆风尘,他踉踉跄跄迫不及待地要寻找玉汉的家。几经周折,好不容易找到玉汉的住址,现在已是人去楼空,到处是残砖破瓦杂草丛生,几片凋零的残叶在敞开的门窗上翻飞沉浮。进得门去,尘埃遍地,蛛网满目,昔日的欢声笑语,温馨美好,今日已荡然无存。

站在那里,他仿佛又一次看到了玉汉甜美的笑靥,听见了她那银铃般的笑声……他追问:人呢?人现在住在哪里?

看到丁绍光如此追问,村干部只好直说:“对不起,丁先生,玉汉阿姨住在山洞里。”绍光听说在山洞里,差点晕倒,大声疾问:“什么?山洞里?在哪个山洞快带我去!”村干部一行人带着丁绍光来到一个离村寨不远的山冈上,绍光一眼看出,这就是当年他和玉汉第一次邂逅的东山坡。这里居高临下,放眼远眺,一切尽收眼底,也是他当年经常作画的地方。

山腰上有个用石块垒起的山洞,见此,绍光疯了般奔向洞中。洞内空无一人,只有几处草木灰痕迹,绍光站在洞里,嘶哑着嗓门大喊:“玉汉!你在哪里?我是丁绍光,我回来了!”空寂的山洞回荡着他的声音,空旷的山野萦绕着他的余音。“玉汉!玉汉!”随行的人也齐声呼唤起来,山谷里一片"玉汉玉汉!"的回音却不见玉汉的影子。

这时山风骤起,只见树丛中走出一位白发苍苍的老太太,杵着棍子颤颤巍巍地朝这边走。一位眼尖的村民用手一指说:"快看!那不是玉汉吗?"顺着手指的方向绍光看到了一位衣衫褴褛、两眼深陷的老太婆,她的满头白发在风中肆意飞舞。他真不敢相信,这就是他那朝思暮想的初恋情人?他的玉汉?他心中的女神?此时的绍光再也控制不住自己,自责、愧疚、惋惜,各种感情交织在一起,他踉跄地奔向她,一把抱住她放声号啕,语无伦次地说:"玉汉,我是绍光,你睁开眼看看,我是你的绍光呀,我回来了,回来找你来了。"在场的人都哭了,那瞎老太婆表情木然,一动不动地站在那里,任他怎样哭诉也无动于衷。原来她已经疯了,什么也记不起来了。

"我知道,你已经把我遗失在河的对岸。

黄昏的暮色渐渐深浓,田野苍翠,山冈上的桃花绽放。

就这样,带着良辰美景,你终于抵达彼岸。

你在出发的时候,记得抚摸我的发丝了吗?

我怕你找不到我的气息,一整夜我都抱着你。

当我们相见时,即使已经非常苍老,你也会记得我。

我为你穿上过河的衣服,送你过河。

我们所做过的一切,都是捕捉的风,手里注定一无所有。

没有什么东西因为不舍而获得怜悯,所以我们放开手。

我的船还没有过来,时间蒙住了我的眼睛。

让我猜?我的眼睛已经盲了,只能在回忆里凝望你。"

丁绍光后来才得知,当年离开云南后,寄往云南的信件全被玉汉的父母扣押了,没敢让玉汉知道。他们固执地认为绍光是飞出去的大鹏,不可能再回到这小山坳里来了,劝玉汉死了这颗心,在寨子上重新找一个门当户对的。玉汉听了死活不肯,常常一个人跑到邂逅绍光的小山坡上去等,一天一天,一年一年过去了。"文化大革命"那会儿,由于与绍光之间的恋爱关系她还受到了牵连,说她是里通外国的特务,挨过批斗。再后来,父母年岁大了,相继离开了人世。

玉汉一个人孤苦伶仃,从早哭到晚,她哭逝去的父母,哭负心的绍光,哭自己的命怎么这么苦?她还是天天到小山坡上去等,去盼,眼泪哭干了,眼睛哭瞎了,头发盼白了,还是见不到心上人的影子。万念俱灰的她再也撑不住了,精神崩溃了,疯了。

丁绍光将玉汉接到北京,住进一所高级医院,他发誓,尽自己最大的能力,哪怕是倾其所有也要为玉汉治好病。

绍光每天到玉汉的病房去陪伴她,喂她吃药,跟她讲话,当然最多的是他一个人倾诉,他希望能够通过自己的倾诉换回玉汉的记忆。

时间一天天过去,玉汉还是没有恢复的迹象,丁绍光依然每天陪在她的床前,喂汤送药。这天,他握住玉汉粗糙干枯的手在自己脸上摩挲,眼泪禁不住地往外流。刹那间,他想起了一件事,迫不及待地从胸口掏出玉汉送给他的翡翠玉观音,放在玉汉的手心里:"玉汉,这是临别时你送给我的玉佩,我一直戴在身上,你摸摸,你摸摸呀。"突然,玉汉的手下意识地握住了玉佩,脸上泛起了从未有过的红晕,呆滞的脸上浮上了一抹笑意。丁绍光见状大喜,连忙叫来了医生,把刚才的情况告诉了医生,知道有了好转,医生都很高兴,治疗了这么长时间终于有了起色。

当晚,绍光一直握着玉汉的手,让她抚摸那块玉,讲他们年轻时的故事给她听,玉汉很安静,很温柔,嘴角挂着一丝微笑,有时还点点头,好像听懂了绍光的话。绍光一直陪到很晚很晚才离开。

第二天一早,他就迫不及待地赶往医院,当他兴奋地推开病房的门,惊呆了,只见玉汉的床头一片红光,映着透过窗棂的太阳,温暖而祥和。走近一看,原来是一只用红线缠绕的钢笔,是40年前绍光送给她的定情物。丁绍光握住那只笔,看看躺在床上的玉汉,当年的情景像放电影一样一幕幕在眼前闪现……

(七)

他的一生,一直在不停地行走,一边走一边让时光和美从灵魂中唰唰掠过,好像在风里行走,明知一无所有却心存不甘。现在,面对玉汉,他终于选择了停留,不是欲望,不是诱惑,他仅仅是听从了自己内心的声音,一种发自远逝了的责任。

不幸的是,现代医学也不是万能的上帝,就在玉汉的病情有所好转的时候却突发脑溢血而命赴黄泉。这是谁也没有料到的事,丁绍光一腔赎罪的热情被一场突如其来的变故而终止。玉汉没有给他机会,他心有不甘却又无能为力。

在清理玉汉的遗物时,丁绍光发现,在她病床的枕头下面,平平整整地铺着一张画,那是第一次见到她时丁绍光为她画的沐浴图。几十年了,所有的东西都遗失了,唯有绍光送给她的两样东西一直陪伴在她身边,直到去世。

现在,丁绍光已回国定居,在云南大学的寓所里挂着为玉汉作的沐浴图。他的大名在云南家喻户晓,他以玉汉的名字为贫困山区捐款捐画。现在的云南有玉汉小学、玉汉中学、玉汉公司、玉汉宾馆……总之,他的一切捐赠统统都以玉汉的名字命名。

他与她今生注定无缘,只能期待来世牵手。

小说天地

秃宝命交桃花

秃宝并不秃。

当年秃宝的父母40多岁得子,为图吉利好养,将他取名秃宝。

秃宝小时候话不多,长得胖乎乎、矮墩墩。爱笑,小眼睛笑起来眯成一条缝,特别招人喜欢,大人们戏称他是"欢喜团子"。

"欢喜团子"在小伙伴们中间成了"肉团子",遇到高兴的事,不容分说大家一起把秃宝抬起来铆足了劲儿往上抛,随着嗨呀嗨呀的号子声,秃宝被大家一次次抛起又一次次接住。大家开心他也高兴。可遇到不顺心的事,他也必是伙伴们的"出气筒",这个推一掌,那个搡一把,他从不与人计较,总是憨憨地笑,眼睛眯成一条缝,嘴咧得像荷花。

秃宝在外受人欺,在家可是父母的心肝宝贝。在父母眼里,秃宝是世界上长得最好看的孩子,也是天底下最听话的孩子。

到了上学的年龄,秃宝也随着村里的孩子入学读书。他虽然笨笨的,傻傻的,但学习却是极其认真。放学回家后必是先做完作业再吃饭,为此,父母在人前大大地露了一次脸,逢人便说秃宝懂事,学习认真,是个有出息的料。

秃宝笨鸟先飞,总比别人多下功夫,成绩自然也不会太差,小学毕业,也顺利地上了初中。

秃宝在一天天长大,做父母的喜悦自不必说。每逢周六,父亲总要走十几里的山路去镇中学接他回家,母亲则到街上买些好菜烧给他吃,晚上一家人围着小方桌坐着吃饭,就像过节一样高兴。秃宝话不多,偶尔也讲些学校里的趣事,每每这时,父母总是含笑地听着,心里灌了蜜似的甜,觉得儿子懂得多,有出息。

322

日子一天天过去,村里通往小镇的路,由蜿蜒的羊肠小道变成了机耕路,又由机耕路变成了宽阔的大马路。秃宝在这条渐行渐宽的路上走了三个春夏秋冬,个子也像拔节的苗,呼啦啦地往上蹿。现在的秃宝,身板结实,魁梧得像头小牛犊,就是那大大的脑袋,憨憨的笑容还是小时候的模样。

秃宝读完初中就回家务农了,找了一位老兽医学劁猪。凭着一股子倔劲,花了两年的时间,他学会了所有兽医的活计,成为继老兽医之后的好兽医。

当上兽医的秃宝,每天有干不完的活,整天背着药箱走村串户,忙得不亦乐乎。

生意出奇地好,加上自己的勤劳,带来了意想不到的经济效益。秃宝的腰包渐渐鼓了起来,家里新盖了三间青砖瓦房,日子也过得红火起来。

有了钱的秃宝,本身并没有什么变化,衣着仍然朴素,为人仍然谦和,工作还是那样兢兢业业,脸上还是挂着憨憨的笑。可在庄稼人眼里他俨然是个"大款"了。

邻村的桃花长得像葱一样水灵,柳一样妖娆,却热烘烘地喜欢上了老实憨厚的秃宝。这事传出去谁也不相信,连秃宝自己也不敢相信,可在帮桃花家猪打疫苗时桃花真的乘人不备在他脸上"吧"地亲了一口,摸着热乎乎的脸,他憨憨地笑了,心里甜滋滋的。

消息传出,人们说:"桃花能看上秃宝?那肯定是看上了他口袋里的钱,要不一朵鲜花怎肯插在牛粪上?"桃花刁,秃宝孬,桃花俊,秃宝矬,怎么能般配?

谁也没料到,秃宝这块牛粪上真得插上了鲜花。半年后,桃花春风得意,喜气洋洋地嫁给了秃宝。

婚后的秃宝有了爱情的滋润,走路哼着歌,挺胸昂头,逢人笑

眯眯,心里满盛着快乐,干起活来也分外卖力。

可好景不长,没过几个月父母被迫离开正房,搬往一旁的矮屋。可怜秃宝有时与父母说几句话也会遭到老婆噼里啪啦一顿臭骂,更不用说去关心照顾老人。秃宝心里难受极了,嘴上却什么也说不出。

秃宝走路再也不抬头挺胸了,秃宝的憨笑也不见了,秃宝的话更少了,秃宝为自己不能让父母过上好日子感到羞愧。

桃花却不管不顾,依旧招摇惹事,整天春风满面,活得滋润饱满,没事时嗑着瓜子东家进西家出,张家长李家短,把个村邻关系扯成了一堆乱麻。村里每天都有吵嘴打架看热闹的,而秃宝每天只是埋头干他分内的事,一任桃花是非饶舌却无能为力。

几年后,秃宝的父母相继离世。秃宝已然是两个孩子的父亲,俗话说:好汉难养三口,秃宝苦挣苦累却要养活四口之家。没日没夜地背着药箱四处奔走却换不回桃花的一个笑脸、一句安慰。秃宝的心里凉凉的,看着别人夫妻间恩恩爱爱,和和美美,他只有羡慕的份。

终于有一天,耐不住寂寞的桃花越过墙头,将她那繁花满枝的春情泼洒在小她几岁的买卖人身上。憨厚的秃宝心知肚明却敢怒不敢言。有苦无处诉,积压在心里解不开散不掉,一天到晚心口生生地痛。

红杏出墙的桃花描眉画眼,浓妆艳抹,隔三岔五地随野老公走南闯北,抛家不顾。偶尔回家也是对秃宝横挑鼻子竖挑眼,左右不入她的眼,一张嘴成天架在他身上骂个不休。

秃宝成了哑巴,唯恐见到熟人,走路勾着头,驼着背,人也瘦了,四十出头的人活像个小老头。他像一架机器,背着药箱机械地走东蹿西,一刻不停地走走走……

他不想回家,不想见到桃花,但终究回避不了。那天回来,大门反锁着,怎么也打不开,透着门缝他看到了最龌龊的一幕,他的老婆正和一个五大三粗的男人纠缠在一起。当时他只觉得浑身的热血直冲脑门,不知哪儿来的一股力量,他一边声嘶力竭地大叫着一边跑到厨房抄起一把菜刀,举起就往大门上劈去。一边劈一边号啕,吓得屋里的桃花惊魂失魄,跪地求他放那男人一条生路,他什么也不听,什么也听不进,唯一的想法是冲进去把他们剁了。

门内的桃花和那男人用大方桌顶着大门,唯恐他破门而入,门外的秃宝万念俱灰,精疲力竭,累倒在门坎上……

不知过了多久,天已黑透了,听不见门外任何动静的桃花打开后窗让那男人逃走了,自己却吓得不敢开门。嫁给秃宝这么多年,还是第一次看到秃宝有如此凶悍的一面,她吓得瑟瑟发抖,彻夜无眠。

第二天,人们在秃宝父母的坟前发现了秃宝,他用菜刀割腕自杀了,静静地躺在父母的身边,身旁是 雏暗红的血 他走得很安详,嘴角有一抹不易发觉的笑意……

秃宝太累了,这个世界不属于他,他要去寻找父母,有父母的呵护宠爱,秃宝再也不会受欺受辱了……

行走在春天深处

——黎黎文学作品赏读

　　我并不认识黎黎，因为她是我从未谋面也很少交流的朋友。但我又觉得很熟悉黎黎，因为循着她温婉如风的吟唱，优雅似水的倾吐，我走进了她心灵那个满室生香闺阁。我们似乎是发小，是同窗，是同事，是密友，是一个个月朗星稀的夜相对品茗的知己。流连在她的文字里，仿佛结伴而行在春天的深处。

　　她三个板块的文字构成了一幅鲜活灵动立体的图景：小说，是一株株开满鲜花的乔木；散文，是一丛丛神态各异的灌木；随笔，是一片片墨绿葱葱的芳草，形成了神采各异的风景。融入其间，会有一股温婉柔和的风，拂去俗世的劳顿；会有一盏清冽纯净的泉水洗掉行旅的浮尘；会有一缕淡淡幽幽的清香，慰藉隐现伤痛心怀；会有一丝绵软醇厚的甘甜沁入肺腑。

　　当过台湾文化部长的作家龙应台有言："文学与艺术使我们看见现实背面更贴近生活本质的一种现实，在这种现实里，除了理性的深刻以外，还有直觉的对"美"的顿悟。美，也是更贴近生存本质的一种现实。"在黎黎充满立体感的春天里看景，回味，不由得不想一个问题：每个人都有自己的人生，都会走过少不更事的童年，从书生意气的青年出发，带着天降大任于斯人的梦，步入上下求索的旅程。古人说人这一辈子的"大任"是"修身齐家治国平天下"，而按世俗之眼，真正完全堪当如此大任的人能有几何？大多如你、我和黎黎，走过漫漫行旅，依然是个普通人。没有封王拜相，没有轰轰烈烈，没有叱咤风云，没有闻名遐迩。而身处俗世求来索去，求到几许功名？索到几成斩获？大多如你、我和黎黎，没有大富大贵，没有宝马香车。如此可见生命的失败？可言自身无用，愧对先贤？有违初衷？可叹生不逢时？这已是人生观、价值观层面的课题。

罗丹有言：这个世界并不缺少美好，而是缺少发现美好的眼睛。黎黎用作品告诉我们，她有这样一双慧眼。我问过黎黎她的人生经历，她说很普通，普通得就像春野的一棵草，读书、下乡、工作、结婚、生子、过着普通人的寻常日子。普通人，不仅是一个单纯的自然人，也是一个社会人。当今社会做人难，各有各的难处，各有自己的风雨阴晴曲曲折折喜怒哀乐。在黎黎笔下，没有怨天尤人，没有愤世嫉俗，没有长吁短叹，只有一以贯之的从容睿智，总能以女性特有的敏感与细腻，智者的灵慧与深刻，用一种最佳视角捕获到世间的真善美。她能让自己一直行走在生机盎然如诗如画的春天。早春，她是油菜花金黄色海洋里的一朵浪花；是夹竹桃浓艳妖冶脂粉气中不施铅华的清纯女生，是茉莉花滴滴露珠中素雅的倒影；春深，她用卷耳带有温情的细刺触摸心灵的柔软之处，激活沉睡许久的童趣；她用合欢粉红色的折扇，拂去心灵之空的云彩浮尘，汇入一派明净爽朗的情境；她撑起雨伞，伫立小巷深处，徜徉江岸，抖落丁香愁绪，拾起竹的韵律花的情思；酷夏，她徜徉在紫薇树下，一路看尽半年花，在如烟如霞的花事里，采撷入眼的绚丽、入心的滋润；在蒙尘的浪荡坞慢煮岁月，品味熟透的浪漫与深沉；入秋，行走在迷离的雾中，品尝腾云驾雾超凡脱俗的惬意。独坐老桂树下，翻检流淌着馥郁芬芳的前尘往事；而在冬的静寂里，任思绪化蛹为蝶，飞舞在颜筋柳骨的书道，唐风宋韵的字行，日复一日地收集雅趣，放飞遐思……

和岁月牵手在通幽曲径，走向春天的深处。这是一种心性、一

种修为、一种信仰,一种大智慧才可生成的人生观价值观。这些东西构成了一个最具张力、最具耐力、最有活力的真善美的灵魂。这就是文如其人、文见其心。有了这些东西,即是履行了人生大任,即是求索到了超凡脱俗、人世最为弥足珍贵的东西。

人生短暂,文字却能永恒。每个人都是生命的过客,行走在社会流程的历史断面,都是自己所处断面的见证,都可以留下些许文字。然而,唯有真善美的文字才能永恒,而真善美的文字是真善美的心灵折射。透过黎黎的作品可以看到,她像一个痴于养生的人,懂得自己需要的保养方式与滋养内容。善于从浩如云海的文字典籍中选取最能提升自己文学修养的内容,善于从阅读的共鸣中滋润自己的心性,善于在回味的畅想中提取文思的灵性,善于在锲而不舍的笔耕中完成笔力的春华秋实。于是,她拥有了文学功底的积淀,拥有了文思的视野,拥有了观察事物的锐度、反映生活的视角、表现自己世界的欲求。一个自称为普通女性的黎黎,成了懂文学、会用文学滋润生命讴歌生活的黎黎。

在她慧心独具的笔下,凡·高悲惨的人生,是成就高贵灵魂的阶梯;安妮宝贝历经叛逆和重塑自我,是心灵朝圣之途的推力;青花瓷浅笑于岁月,执念于清雅的心性,是在烈火焚烧中涅槃的全部意义;敢死队里甘为爱人挡子弹的从容,是爱人守贞不渝的互换……这些,都以凄美的意境,在张扬人格的力量、文学的力量、岁月的力量、灵魂的力量。

文学,是世世代代青年人共同的梦,通往文学圣堂的路上,挤满了熙熙攘攘的朝圣者,多少人因其遥远望而却步,流散于朝圣途中?多少人跋涉终生也未能抵达。能够坚持下来,触摸到它的台阶,沐浴在圣光之下,能够吟诵出它的真言,即是虔诚的文学信徒,即是文学朝圣的成功者。黎黎即属其一。她抵达了领悟生命真谛的圣堂,抵近了毗邻的文学自由王国的圣堂。

美国文学评论家艾略特认为,每一个个人的创作成就必须放在文学谱系里去评判才有意义。所谓谱系,就是历史。历史是延伸的,历史是文化的传承、积累和扩展,是人类文明的轨迹。昨天是今天的历史,今天是明天的历史。文学是以语言文字为工具,形象化地反映客观现实、表现内心情感、再现一定时期和一定地域的社会生活的艺术。我们所处的这个时代,是各种思想文化激荡撕扯的时代;我们所处的国度,是价值观念多元共生,文化信念混杂的国度。这样的历史文化背景下,真善美与假恶丑交织,我们就像汪峰的歌:"都是这美丽世界的孤儿""我在这里欢笑,我在这里哭泣;我在这里活着,也在这里死去;我在这里祈祷,我在这里迷惘;我在这里寻找,我们在这里失去。"官方和民间都在呼唤正能量,为这个物理学名词赋予了社会意义,囊括了世间一切真善美的事物。黎黎的作品表现的真善美,正是我们这个时代、这个社会需要的正能量,她以自己独到的审美视角,清纯质朴的文风,绵柔而又坚韧、平和而又硬朗的笔力,为我们铺展开一片蓝天、一抹云霞、一方净土、一道山脉、一面海域。坐下来,读进去,能让我们焦虑浮躁的心平静下来;读一篇,想一想,能让我们心中的块垒融化;读下去,细细品,仿佛与老友长谈,那一只温暖绵软的手牵引着我们融入童话一般的世界。通览全部作品,像是闪烁的点点星辰,亮在心的夜空。这就是黎黎作品的魅力,跻身文学谱系的价值与意义所在。

岁月会老,春天不老,黎黎的春天与岁月同在!

高天

2016.7.28